rororo

Nach ihrem Abschluss in Anglistik an der Salisbury University absolvierte Annie Kelly ihren Master of Fine Arts in Lyrik an der West Virginia University. Wenn sie nicht gerade Liebesromane oder Jugendbücher schreibt, kocht sie, rockt zu Metal-Balladen der 80er und verbringt Zeit mit ihrem Mann, ihren drei Kindern und fünf Haustieren. Sie lebt in West Virginia und unterrichtet Schreiben und Komposition an der Shepherd University.

«Eine süße Geschichte mit einem interessanten Plot, der immer mehr an Fahrt aufnimmt. Ich empfehle ‹Flirting with Disaster› allen, die schwierige Umstände, einen heißen Helden und eine Heldin mit einem Herz aus Gold suchen.»

HARLEQUINJUNKIE.COM

Annie Kelly

Flirting with Disaster

ROMAN

Aus dem Englischen von
Michael Schickenberg

ROWOHLT TASCHENBUCH VERLAG

Die Originalausgabe erschien 2015 unter dem Titel «After Tonight»
bei Intermix Books / Penguin Random House LLC, New York.

Deutsche Erstausgabe * Veröffentlicht im Rowohlt Taschenbuch Verlag, Reinbek bei Hamburg, November 2016 * Umschlaggestaltung any.way, Barbara Hanke / Cordula Schmidt * Umschlagabbildung Hill Creek Pictures / UpperCut Images / Getty Images * Satz aus der Adriane, InDesign, bei Dörlemann Satz, Lemförde * Druck und Bindung CPI books GmbH, Leck, Germany
ISBN 978 3 499 27263 9

Für Josh

Tja, da war ich nun, weit von meinen ehrgeizigen
Zielen entfernt, mit jeder Minute schwerer verliebt.

F. SCOTT FITZGERALD

Das Verbotene hat einen Reiz, der es ungemein erstrebenswert macht.

MARK TWAIN

KAPITEL 1
Mädelsabend

DU HAST mir eine To-do-Liste geschrieben? Für den Club?»

«Ich habe dir eine To-do-Liste geschrieben. Für den Club», wiederholt Carson und lächelt strahlend.

Wenn sie so grinst, ähnelt meine ehemalige Mitbewohnerin mit ihren kurzen schwarzen Haaren und den feinen Gesichtszügen einer Fee. Oder einem Dämon, der sich als Fee verkleidet hat und der mich dazu bringen will, all meine sorgsam aufgestellten Regeln zu brechen.

«*Erstens*», liest Rainey, wie immer die Dritte in unserem Bunde, hinter mir vor. «*Einen Long Island Iced Tea trinken – und zwar bis auf den letzten Tropfen!*» Sie lacht auf. «Hyacinth trinkt doch gar nicht mehr. Nicht mal den Sekt an Silvester hat sie geleert.»

Carson zuckt die Schultern. «Es ist immer gut, die eigenen Grenzen auch mal zu überschreiten.»

«Oder sie gleich einzureißen», ergänze ich missmutig. «Ist das dein Ernst mit dem zweiten Punkt? *Wild abtanzen und mit dem Arsch wackeln?*»

«Na klar! Du bist eine gute Tänzerin – musst dich nur ein bisschen locker machen und entspannen.»

«Aber an mir ist nichts dran zum Wackeln.»

«Da oben schon», erwidert Rainey und schaut vielsagend auf meinen Ausschnitt. «Sogar im Doppelpack, Süße.»

«Das sagt ja die Richtige», gebe ich schnaubend zurück.

Wenn wir zu dritt ausgehen, zieht Rainey ganz klar die meisten Blicke auf sich. Sie ist eine echte Sexbombe – blonde Haare, riesige Brüste, Beine bis nach Australien, alles. So ziemlich jeder Mann, den ich kenne, gerät aus dem Konzept, wenn sie zufällig in Rock oder Shorts vorbeispaziert.

Ich lasse mich in den Beifahrersitz von Carsons Jeep sacken und verschränke die Arme. Als ob ich nie *gelebt* hätte! Da gab es durchaus so einige betrunkene Karaokeauftritte, Tabledance-Einlagen und One-Night-Stands. Okay, ich hatte bisher nur eine richtig ernsthafte Beziehung. (Und der Typ hat meine Lieblingsfleecedecke und meine Tasse von den Baltimore Ravens mitgenommen.) Aber die ist jetzt vorbei, und mittlerweile habe ich mich damit abgefunden, dass Brent der Meinung ist, wir hätten keine gemeinsame Zukunft. Abgefunden, aber verwunden habe ich nichts. Wenn ich daran denke, versetzt es mir immer noch einen Stich.

«Mein persönlicher Favorit ist Nummer drei», sagt Carson vom Fahrersitz und nimmt den Blick kurz von der Straße, um mich anzugucken. *«Den geilsten Typen im ganzen Club finden und mit nach Hause nehmen.»*

Rainey legt mir vom Rücksitz aus die Arme um die Schultern und drückt mich. «Alkohol, Arschwackeln und heiße Kerle – besser kann das Wochenende doch nicht losgehen, oder, Cyn?»

Mein Blick verfinstert sich. «Ist euch klar, dass ich Lehrerin bin und Amerikas Jugend unterrichte? Für die ich ein Vorbild sein muss, zu dem man aufblickt?»

«Du bist Lehrpraktikantin», erwidert Carson und sieht mich leicht genervt an. «Erst danach bist du eine richtige Lehrerin. So läuft das, Schwester.»

«Genau», pflichtet ihr Rainey bei und lehnt sich wieder zurück. «Außerdem sitzen wir doch alle im selben Boot, oder? Wir unterrichten zwar nicht alle in der Schule, aber ich leite die Nachmittagsbetreuung beim YMCA, und Carson gibt drei Tage die Woche Nachhilfe. Während der Arbeitszeit müssen wir alle Vorbilder sein. Aber in unserer Freizeit können wir machen, was wir wollen.»

«Oh», erwidere ich spöttisch, «dann sollte ich unbedingt gleich losziehen und so richtig einen auf Miley Cyrus machen. Vielleicht macht ja jemand ein Video von meinem wackelnden Arsch und stellt es auf YouTube. Also, wenn die Kids dann keinen Respekt vor mir haben, weiß ich es auch nicht ...»

Rainey zuckt mit den Schultern. «Ich will nur, dass du mal Spaß hast. Du bist immer so ernst, und du arbeitest so viel. Du hast eine Pause verdient.»

Ich muss lächeln. Typisch Rainey. Immer in Sorge, wenn es um die Menschen geht, die sie liebt. Eigentlich kann sie gar nicht anders, als sich immer um andere zu kümmern. Als ich sie am College kennengelernt habe, wollte sie erst Psychiaterin werden, dann Kinderpsychologin. Jetzt ist sie fast mit ihrem Master in Sozialpädagogik fertig und schwört, ihre Berufung gefunden zu haben. Aber ich bin fast sicher, dass sie alles aufgeben und dem Peace Corps beitreten würde, wenn sich die Gelegenheit böte.

Carson dagegen ist die geborene Lehrerin, und ich verstehe immer noch nicht recht, warum sie sich nicht wie ich für ein Lehrpraktikum beworben hat. Jedes Mal, wenn ich sie gefragt habe, hat sie nur mit den Achseln gezuckt und vage geantwortet, sie sei besser darin, «mit Einzelpersonen zu arbeiten». Sie ist eine klasse Nachhilfelehrerin, von daher stimmt das wohl. Jedenfalls habe ich gelernt, dass es besser ist, das Thema nicht mehr anzuschneiden.

«Wo fahren wir denn eigentlich hin?», frage ich und bemühe mich, etwas weniger angenervt zu klingen. Immerhin sind es meine besten Freundinnen, und ohne sie an meiner Seite hätte ich den ganzen Mist in meinem Leben – die Krankheit meines Vaters, das stressige Studium, die völlig unerwartete Trennung – niemals bewältigt.

«In einen neuen Club», sagt Carson lässig. Sie schaut kurz in den Rückspiegel und setzt den Blinker. «Heißt Cave, soweit ich weiß.»

«Cave?» Ich runzele die Stirn. «Nie gehört. Ist der an der Hafenpromenade?»

Rainey kichert. Ich sehe sie strafend an.

«Was?» Sie schüttelt den Kopf. «Nichts. Tut mir leid. Ich hab dich gern, Cyn, das weißt du, aber manchmal bist du echt naiv. Das ist irgendwie süß.»

«Wow. Was für ein wunderbar falsches Kompliment. Vielen Dank.»

Sie runzelt die Stirn. «So war das nicht ...»

«Rainey will eigentlich nur sagen», fährt Carson dazwischen, «dass das Cave nicht am Hafen ist. Es ist im Zentrum, und zwar *richtig* im Zentrum. Außerdem ist es nicht so ganz öffentlich.»

Ich ziehe skeptisch eine Augenbraue hoch. «Wir fahren zu einem Privatclub?»

«Jepp.»

«Und der ist im Zentrum? Oh, Pardon, *richtig* im Zentrum? Im Sinne von nicht im Hafen, keine Straßenbeleuchtung, keine sicheren Bars und Clubs, wo auch Touristen hingehen?»

«Jepp.»

«Also eigentlich ein Ort, den man normalerweise meidet?»

«Jepp.»

«Toll.» Sofort wühle ich in meiner Handtasche nach Pfefferspray, das aber – wie sollte es anders sein – schön ordentlich zu Hause in meinem Nachttisch liegt. «Es wäre wirklich nett, wenn ihr mich in solche Aktionen vorher einweihen würdet.»

«Ach bitte!», spöttelt Carson. «Hätte ich dir gesagt, wo wir heute Abend hingehen, hättest du es gegoogelt. Und dann wärst du völlig ausgerastet und hättest gekniffen. Ich kenne dich doch.»

«Kann sein», gebe ich zu. «Aber denk mal an dieses Café in Little Italy. Hätte ich das vorher nicht im Netz gesucht, hätten wir nie von dem Ärger mit dem Gesundheitsamt erfahren.»

«Tja, und dann hätten wir dort wahrscheinlich lecker gegessen, und es wäre überhaupt nichts passiert.»

«Vielleicht», antworte ich schulterzuckend. «Aber ... Wieso wäre ich eigentlich nicht mitgekommen, wenn ich den Club gegoogelt hätte?»

Rainey beugt sich wieder nach vorne. «Heute Abend machen wir mal was anderes als sonst. Der Club ist super exklusiv. Nur ausgewählte Gäste kommen da rein. Und wir stehen fett auf der Gästeliste.»

Carson zwinkert mir zu. «Mal nicht ins Power Plant Live, hm? Keine Chicas, die gerade einundzwanzig geworden sind und die Security-Typen angraben. Mal nicht in eine dämliche Tiki-Bar. Dieser Laden ist ein bisschen ... extremer.»

Ich beiße auf meiner Lippe herum. «Extremer? Wie jetzt?»

Carson biegt in die Lombard Street ein. Diesmal antwortet sie, ohne mich anzusehen. «Extremer in dem Sinn, dass dort ein anderer Schlag von Leuten abhängt, als du es gewohnt bist.»

Ich werfe die Hände in die Luft. «Was soll denn dieses Rumgeeiere? Spuckt's aus. Ihr habt doch sonst nichts gegen klare Worte. Fahren wir zu einem illegalen Pokerabend, oder was? Oder ... Oh nein, schleppt ihr mich wieder in einen Stripclub?»

Die beiden lachen los.

«Vertrau uns, okay?», sagt Rainey schließlich. «Auch wenn es dir schwerfällt. Glaub mir, du wirst einen Superabend haben. Versuch dich einfach mal zu entspannen.»

«Na, danke.»

Selbst an guten Tagen kann ich mich nicht entspannen, da wird es wohl jetzt erst recht nicht klappen. Ich habe gerade echt mehr als genug um die Ohren – meine Masterarbeit ist demnächst fällig, dazu noch der Job an der Franklin School. Gestern beim Abendessen hat Dad mich sogar gefragt, ob nicht eher ich diejenige bin, die betreutes Wohnen bräuchte.

«Prinzessin, ich habe gehört, dass Rockys Zimmernachbar gerade abgehauen ist. Ich wette, ich könnte dich da günstig reinbringen!»

Natürlich weiß ich, dass er nur Spaß macht, allein schon deshalb, weil ich ja ursprünglich gar nicht wollte, dass er da hinkommt.

Carson parkt den Wagen am Ende einer dunklen Gasse. Beim Blick aus dem Seitenfenster muss ich schlucken. Ich bin an gutbeleuchtete Parkhäuser in Hafennähe gewöhnt oder daran, mit dem Taxi zum Federal Hill zu fahren. Hier brüllt mein Überlebensinstinkt förmlich, ich soll angeschnallt im Auto sitzen bleiben und mich an den Griff über der Beifahrertür klammern.

«Da wären wir», sagt Carson fröhlich, als wären wir im Park angekommen und würden gleich den Picknickkorb aus dem Kofferraum holen. «Hat jede ihr Handy?»

«Jepp.» Rainey klingt genauso happy und hüpft im Sitzen leicht auf und ab.

«Gut. Sollten wir uns verlieren oder sollte eine von uns gehen wollen, wird eine SMS geschickt. Und die anderen antworten auf jeden Fall. Klar?»

Ich starre Carson an. «Warum sollten wir uns verlieren?»

Sie zuckt die Schultern. «Der Club ist groß. Man kann ja nie wissen.»

Zweifelnd betrachte ich durchs Fenster die Rückseiten der schmalen Reihenhäuser an der Straße. Wo um alles in der Welt soll hier ein Club sein, der so groß ist, dass man sich darin verlieren kann?

«Na los, kommt schon!», sagt Rainey und klettert vom Rücksitz hinaus in die Nacht. Ich nehme noch einen letzten tiefen Zug gute, sichere Jeep-Luft, dann öffne ich die Tür und steige aus.

«Hey», sagt Carson zu mir, während sie den Wagen abschließt und zur Sicherheit noch einmal am Türgriff zieht, «ich bin froh, dass du dich heute Abend für die Stiefel entschieden hast. Du siehst echt heiß aus.»

Ich lasse den Blick an mir hinabgleiten, über den dunkelgrünen Sweater mit V-Ausschnitt und die Skinny Jeans zu den fast kniehohen Stiefeln, die Rainey mir geliehen hat. Sie musste mir aber zuerst versichern, dass ich nicht wie eine Nutte aussehe, «weil Nutten keine Sweater von Ann Taylor tragen».

«Ja, du siehst super aus. Kaum wiederzuerkennen», sagt Rainey mit heftigem Nicken.

Ich streiche mir das Haar glatt, das sich schon wieder kringelt, weil ich beim Glätten geschlampt habe. Gereizt funkele ich die beiden an. Dann stapfe ich grummelnd los.

«Äh, falsche Richtung.»

Ich drehe mich um. Carson hat die Arme verschränkt und grinst mich blöd an. Rainey ist bereits voraus und folgt einem Pflasterweg zwischen zwei Häusern, an Müllsäcken und Mülltonnen vorbei. Seufzend gehe ich zurück. Als ich neben Carson bin, klopft sie mir auf den Rücken.

«Wir wollen dich doch nur aufbauen. Du solltest mit dir zufrieden sein und dich amüsieren. Aber ohne fremde Hilfe bekommst du das anscheinend nicht hin.»

Ich beiße mir auf die Lippe und lehne mich an Carsons Schulter. «Ich weiß. Danke. Ich werde mich bemühen, es mir heute einfach gutgehen zu lassen und Spaß zu haben.»

«Na also!»

Sie nimmt mich fest an der Hand und zieht mich halb hinter sich her. Ich lächele, jetzt tatsächlich vorfreudig. Zwar weiß ich nicht, auf was ich mich eingelassen habe, aber ausnahmsweise bin ich wirklich mal gespannt auf das Unbekannte.

KAPITEL 2
Große Erwartungen

DAS GUTE Gefühl hält ganze drei Minuten an.

«Ist das hier dein Ernst?», zische ich Carson ins Ohr.

Wir stehen in einer Menschenschlange in einem dunklen Gang, den wir durch die Haustür eines völlig unscheinbaren Reihenhauses betreten haben. Dann ging es abwärts, und der Gang wurde immer tunnelartiger, absolut gruselig. Die Wände sind eigentlich gar keine Wände – sie bestehen aus feucht glänzendem Fels. Der Boden ist nur festgetrampelt, und über unseren Köpfen hängen aus Tierschädeln gefertigte Lampen. Jedenfalls nehme ich an, dass es Tierschädel sind, da sie nicht wie menschliche Schädel aussehen – beruhigend, wenn ich mich so umschaue. Die Luft ist abgestanden und feucht, dabei aber kühl. Als wären wir in einer Höhle. Sind wir wohl auch.

Ich war nie sonderlich klaustrophobisch, aber dieser Ort fühlt sich an wie ein kaltes, nasses Grab. Innerlich bereite ich mich darauf vor, mir den Weg nach oben notfalls mit Kratzen und Beißen freizukämpfen.

«Ich weiß», sagt Carson mit ernster Miene, «der Laden

wirkt ein bisschen suspekt, aber vertrau mir. Wenn wir erst mal drin sind, wird es besser. Ich versprech's dir.»

Ich verdrehe die Augen. «Aber du hast doch gesagt, du warst noch nie hier.»

«War ich auch nicht.»

«Wie kannst du mir dann irgendwas versprechen?»

Sie zuckt mit den Schultern. «Weiß nicht. Ich dachte, du würdest dich dann besser fühlen.»

Als wir in der Schlange vorrücken, sehe ich, wie die Leute hinter einem dicken, schwarzen Vorhang verschwinden. Dann stehen wir ganz vorn. Ich spähe durch ein Loch im Stoff, kann aber nichts sehen, denn auf der anderen Seite ist es völlig dunkel.

«Name?»

Ein Mann mit dickem Glitzerlidschatten und einer schwarzen Melone auf dem Kopf sieht mich fragend an.

Ich blinzele verwirrt. «Äh, Hyacinth?»

Carson drängt sich an mir vorbei. «Hi», sagt sie und schenkt dem Einlasser ihr strahlendstes Lächeln, «Carson Tucker. Wir sind zu dritt. Das Passwort ist ‹Leder›.»

Passwort?

Ich drehe mich fragend zu ihr, aber sie grinst immer noch den glitzernden Einlasser an. Überrascht mich nicht. Anders als ich hat Carson eine Schwäche für extravagante Typen. Außerdem steht sie auf die glitzerhäutigen Vampire aus *Bis(s) zum Morgengrauen* ...

Der Einlasser blickt auf sein Tablet, dann sieht er auf. «Eure Ausweise, bitte.»

Jede von uns zeigt kurz ihren Führerschein, wofür wir von Mister Glitter einen Stempel auf den Handrücken bekommen. Nachdem er uns offiziell für einlasswürdig befunden hat, weist er höflich auf den schwarzen Vorhang und macht dabei einen kleinen Diener.

«Dort entlang, Ladys. Viel Vergnügen.»

Carson kann ihren Blick kaum von ihm losreißen, aber Rainey schiebt sie weiter durch den Vorhang. Als ich ihr folge, verstehe ich, warum ich auf der anderen Seite des Vorhangs nichts sehen konnte – da ist nicht nur ein Vorhang, sondere mehrere hintereinander, alle aus dickem schwarzem Samt mit eingewirkten Silberfäden. Als wir zum vierten oder fünften Vorhang gelangen, wird dieser von einer Art mechanischem Arm für uns aufgezogen.

«Guten Abend. Willkommen im Cave.»

Vor uns steht eine Frau, die das gleiche glitzernde Make-up und den gleichen Hut trägt wie der Einlasser. Der einzige Unterschied ist, dass sie nackt ist – splitternackt. Bis auf einen metallisch grünen Bodypaint-Bikini.

Rainey betrachtet sie mit großen Augen von oben bis unten. «Du siehst *super* aus. Wo kann ich das machen lassen?»

«Bodypainting ist in Kammer vier», antwortet die Frau freundlich. Sie deutet hinter sich und rattert dann herunter, was sie zu jedem Gast sagt: «Bitte nehmt bei allem, was ihr ausprobiert, Rücksicht auf die anderen Gäste. Oberstes Gebot ist Anonymität. Die Clubregeln sehen vor, dass die Gäste niemals ihren echten Namen preisgeben, sondern einen selbstgewählten Namen verwenden, der ihnen gefällt. Ich zum Beispiel nenne mich Ivy.»

Na klar.

Ich nehme an, Carson spürt, wie unwohl ich mich fühle, weshalb sie mich am Arm zur Seite zieht. Außerdem kommt hinter uns schon die nächste Gruppe herein.

Sie fasst mich fest an der Schulter. «Das hier ist ein Fantasy-Club. Es geht darum, dass die Leute hier in einer sicheren, anonymen Umgebung ihre Hemmungen ablegen.»

«*Was* für ein Club?»

«Ein Fantasy-Club», wiederholt sie und zeigt vage umher.

Der Raum ist riesig. Vor uns befindet sich eine große runde Bar, die ein paar Stufen tiefer liegt und deren Sockel schwach bläulich leuchtet. Ringsherum stehen Tische, an denen ich jetzt nach und nach Gesichter und Körper ausmache. Sie tauchen wie aus einem Nebel auf, als wäre ich betrunken. Da ist eine junge Frau in einer engen Lederhose mit korsettartiger Seitenschnürung. An einem dreibeinigen Tisch sitzen einige Männer im Anzug. Zwei Männer in Jeans und mit Irokesenschnitt gehen an der Bar vorbei und verschwinden in einem dunklen Gang. Erst jetzt fallen mir die Gänge auf.

Es gibt acht davon, alle dunkel und eng; wie die Beine einer Spinne gehen sie von der Haupthalle ab. Über jedem Gang hängt ein Schild, von denen ich einige entziffern kann:

Bondage.

Bodypainting.

Power Exchange.

Und etwas weniger bedrohlich: *Dancefloor.*

Rainey zeigt auf das Schild, das uns am nächsten ist – *Power Exchange.* «Die Leute kommen hierhin, um ihre Interessen auszuloten.»

«Interessen?»

Ich spiele nur ungern den Vollidioten, aber hier muss mir echt jemand auf die Sprünge helfen. Eigentlich habe ich viel Phantasie, aber selbst in meinen wildesten Träumen hätte ich nicht gedacht, mal in so einem Schuppen zu landen.

«Sexuelle Interessen. Fetische und so», klärt mich Rainey bereitwillig auf. Ich starre erst sie an, dann Carson, die mit den Schultern zuckt.

«Es gibt verschiedene Bereiche, wo man Sachen ausprobieren kann. Man kann sich bemalen lassen wie die Frau am Eingang. Oder du lässt dir die Augen verbinden. Für die Mutigeren gibt es auch ‹Bondage›, das probieren angeblich auch viele aus.»

Da ich noch nie gestorben bin, ist es eine völlig neue Erfahrung für mich, dass mir plötzlich das Herz stehenbleibt.

«Ihr habt mich in einen *Sexclub* gebracht?», quietsche ich. «Spinnt ihr?»

Carson hebt beschwichtigend die Hände. «Ich schwöre dir, das ist *kein* Sexclub. Das ist einfach ein Club für Leute, die etwas trinken gehen und dabei mal etwas Neues ausprobieren wollen. Sieh dich um – die meisten hier sind ganz normal angezogen und werden auch nicht an der Leine geführt oder so was. Auch wenn man nicht mitmacht, ist es einfach lustig hier. Es ist wie Halloween in Fell's Point oder Mardi Gras in New Orleans. Es ist eine *Erfahrung.*»

Ich beiße mir fest auf die Lippe und sehe mich noch einmal um. Immer mehr Menschen strömen hinter uns durch den Vorhang herein, und ich muss zugeben, dass die meisten von ihnen nicht aussehen wie Ivy-Girl oder Glitter-Boy, sondern eher wie ich. Ich sehe viele Jeans, Röcke und Hemden.

Einige der Frauen tragen dieselbe Art sexy Stiefel, zu denen Rainey mich heute Abend überredet hat. Die meisten von ihnen sind allerdings von Kopf bis Fuß in Lackleder gekleidet. Soll ich jetzt lachen oder weinen? Gerade noch hatte ich Angst, wie eine Nutte auszusehen, jetzt fürchte ich, als Domina zu gelten.

«Hand aufs Herz», fährt Carson fort und legt die Hand an die entsprechende Stelle, «wir sind nur hier, um zu gucken. Man kommt nur mit Einladung hier rein. Mein Bruder ist mit Micah, einem der Barkeeper, befreundet, und der hat uns auf die Gästeliste gesetzt.»

«Komm schon, Cyn.» Rainey wippt auf den Fußballen, was unweigerlich zur Folge hat, dass ihre blonde Haarpracht hin und her schwingt – und ihre Brüste in dem engen schwarzen Top auf und ab hüpfen.

«Du musst nichts machen, was du nicht willst», beschwört sie mich.

«Äh, außer der To-do-Liste dann wohl», erwidere ich.

«Na gut, stimmt.» Sie grinst. «Außer der Liste.»

Ich betrachte meine Fingernägel; das Weiß der French Nails schimmert im Schwarzlicht.

«Nur um es noch mal zusammenzufassen», sage ich schließlich langsam. «Wir sind hier in einem komplett kranken Club, und ich soll mir einen heißen Lover mit nach Hause nehmen, ja? Und was ist, wenn dieser Typ sich als Zehenfetischist entpuppt oder mich ans Bett fesseln will?»

«Das wird schon nicht passieren.» Carson klingt, als sei sie sich ihrer Sache sehr sicher. «Ich kenne niemanden, der bessere Menschenkenntnis hat als du. Du durchschaust jeden kranken Spinner mit Hang zu Gummimasken und Reitgerten sofort.»

Ich schnaube und schüttele dann den Kopf. «Na gut. Aber gebt mir schnell was zu trinken, bevor ich es mir anders überlege und doch noch abhaue.»

Rainey jubelt und umarmt mich stürmisch. «Das wird der Hammer!»

Ich erwidere die Umarmung halbherzig. Prompt gehen zwei Männer mit Hundehalsband an uns vorbei.

Worauf zum Teufel habe ich mich hier eingelassen?

Während wir die Stufen zur tiefergelegenen Bar hinabgehen, versuche ich, meine Schnappatmung in den Griff zu kriegen. Selbst beim Getränkeholen habe ich in diesem Club das beunruhigende Gefühl, als würde ich gleich vor ein Erschießungskommando gestellt.

«Drei Long Island Iced Teas», sagt Rainey zu einer Barkeeperin in blauem Latexanzug, der so eng ist, dass nichts mehr der Phantasie überlassen bleibt.

Die Frau hebt eine ihrer perfekten Augenbrauen und sieht uns an. «Long Islands machen wir nicht. Alle Drinks sind hauseigene Kreationen.»

«Prima. Dann dreimal den stärksten Drink, den ihr habt.»

Rainey wirft ihre Kreditkarte auf die Bar. Nachdem die Barkeeperin sie genommen hat, klatscht sie drei Pappuntersetzer vor uns hin. Carson thront schon auf einem der Barhocker, als würde sie hier hingehören – und irgendwie tut sie das auch. Sie war immer schon die Wagemutigste von uns dreien, und mit ihrer lässigen, leicht trashigen Art passt sie einfach gut hierher. Heute Abend trägt sie einen knappen Jeansrock mit Netzstrumpfhose und ein Def-Leppard-T-Shirt. Je nachdem, wie sie den Kopf dreht, lässt das Schwarzlicht ihr dunkles Haar fast blau aussehen.

Ich bekomme gar nicht mit, wie die Barkeeperin die Drinks hinstellt, aber als ich wieder zur Bar schaue, stehen dort drei hohe Gläser ordentlich nebeneinander. In

Reih und Glied, wie drei kleine Soldaten. Na ja, jedenfalls wenn Soldaten fluoreszierend grün wären und eine Ananasscheibe am Helm tragen würden – und einen kleinen Plastiktotenkopf.

«Ich will noch was loswerden», sagt Carson, während sie die Drinks verteilt. «Ich trinke auf die beiden Frauen, die ich über alles liebe, und die Schwestern, die ich nie hatte. Auf dass wir immer glücklich und gesund bleiben, und so saucool, wie wir nun mal sind!»

«Amen.» Ich lächele, als wir anstoßen und den ersten Schluck nehmen.

«Scheiße!», keucht Rainey und hustet. «Ist der stark!»

Sogar Carson, die sonst jeden unter den Tisch trinken kann, verzieht das Gesicht.

Ich dagegen mag den Geschmack irgendwie. Ja, stimmt schon, der Drink ist stark, aber er ist auch fruchtig. Und säuerlich. Wie eine Mischung aus Gummibärchen und Sauren Zungen.

Ich nehme noch einen kräftigen Schluck. «Ich find's lecker», stelle ich fest.

Die Mädels starren mich an. Dann schüttelt Carson grinsend den Kopf. «Ich hätte es wissen müssen – ein Schluck richtig hartes Zeug, und die Frau kommt auf den Geschmack. Los, gehen wir tanzen.»

«Yeah, let's go!», stimmt Rainey zu und schwingt sich von ihrem Hocker. Sie zeigt auf das Dancefloor-Schild. «Zeit für Nummer zwei auf der Liste, Cyn.»

Ich trinke noch einen Schluck. «Geht schon mal vor. Ich muss mir noch ein bisschen Mut antrinken, bevor ich mich da reinwage.»

Carson legt den Kopf schief. «Hast du jetzt Schiss?»

«Nein, nein. Ehrlich nicht, ich werde heute Abend tanzen. Ich will mich nur noch etwas ... an die Umgebung gewöhnen.»

Sie stemmt die Hände in die Hüften und schüttelt den Kopf. «Wir lassen dich hier ganz sicher nicht alleine an der Bar sitzen, Hyacinth.»

Ich zucke halb gleichgültig mit den Schultern. «Ich bin schon ein großes Mädchen. Außerdem bin ich nicht allein – Mystique ist ja auch noch da.» Grinsend nicke ich in Richtung der blau gekleideten Barkeeperin. «Und soll ich mir nicht einen Mann suchen? Mit euch beiden als Babysitter wird das eher nichts, denke ich.»

«Sie hat recht, Cars. Sei nicht so eine Mutti», springt Rainey mir bei.

Carson verdreht die Augen, lässt sich aber schon vom Barhocker gleiten. «Na gut, wenn du meinst ...»

«Es ist alles okay.» Ich wedele mit der Hand. «Geht tanzen und kommt in zehn Minuten wieder, dann habe ich ausgetrunken.»

Rainey kichert. «Eher in fünf, wenn du in dem Tempo weiterschluckst.»

Ich trinke achselzuckend noch einen Schluck. «Dann habe ich eure Gläser vielleicht auch schon leer, wenn ihr zurückkommt.»

Rainey hakt sich bei Carson ein. «Ich fänd's super – tu's doch.»

Dann sehe ich meinen zwei besten Freundinnen hinterher, wie sie in Richtung Tanzfläche abmarschieren. Kaum hat der Gang sie geschluckt, krame ich mein Handy aus der Handtasche und schaue aufs Display.

Keine verpassten Anrufe aus Holly Fields.

Hat das etwas zu bedeuten? Warum hat Dad nicht angerufen? Er wollte sich vor dem Zubettgehen noch einmal melden.

Mir ist egal, ob hier an der Bar jemand mithört – ich drücke die erste Schnellwahltaste und halte mir das freie Ohr zu.

«Holly Fields, Heim für betreutes Wohnen.»

«Hey, Bridget, hier ist Hyacinth.»

«Hallo, Cyn!» Ich kann ihr breites Grinsen quasi durchs Telefon hören. «Wie geht's dir, Schätzchen? Man sieht dich ja fast gar nicht mehr hier.»

Offenbar schaltet die Musik auf dem Dancefloor jetzt einen Gang hoch, denn plötzlich dringt ein wummernder Beat zu mir herüber. Ich drücke mir mit der Handfläche fest das Ohr zu.

«Ja, ich weiß. Es geht bei mir drunter und drüber in letzter Zeit. Sag mal, mein Dad wollte mich eigentlich anrufen, bevor er ins Bett geht. Ist alles in Ordnung mit ihm?»

«Aber sicher, Kleines. Ach, diese Männer – spielen bis in die Puppen Poker oder gucken irgendeinen MVA-Kampf im Fernsehen.»

«Du meinst wohl ‹MMA›? Mixed Martial Arts?», frage ich grinsend. Sie seufzt leise auf; es klingt genervt.

Ich muss grinsen. «Wenn du Dad siehst, kannst du ihm sagen, dass ich mit Freunden aus bin und dass ich ihn morgen früh anrufe?»

«Na klar. Du machst das genau richtig, Kindchen. Ab und zu muss man auch mal die Puppen tanzen lassen.»

«Danke, Bridget. Dann bis Donnerstag.»

Ich lege auf und reibe mir das schmerzende Ohrläppchen. Dad will, dass ich mein eigenes Leben lebe, aber irgendwie bin ich noch nicht so weit, die Verantwortung für ihn wirklich abzugeben. Nachdenklich zur Decke schauend, trinke ich einen großen Schluck. Wahrscheinlich war das einer der Gründe, warum Brent mit mir Schluss gemacht hat. Er wollte sich auf keinen Fall eine Freundin ans Bein binden, die ihren Vater versorgen muss, und das im Laufe der Zeit womöglich immer mehr. Er wollte reisen, bis spät in die Nacht ausgehen und spontan etwas unternehmen. Ich dürfte diesem Traum ziemlich im Weg gestanden haben.

Die traurige Wahrheit ist, dass die meisten Frauen in meinem Alter jetzt mit ihrem Freund oder Verlobten oder Mann zu Hause sind.

Und ich?

Tja, ich habe gerade am Samstagabend von einem Club aus bei meinem Vater angerufen. Ich sollte mir *wirklich* einen Mann suchen, der Lust hat, Punkt zwei auf Carsons Liste zu werden.

«Darf ich mal raten – dein Mann?», sagt eine tiefe Stimme neben mir.

Ich blicke sofort auf, trotzdem brauche ich noch gut zehn Sekunden, um den Sinn der Worte zu erfassen. Die ersten neun bin ich vollauf damit beschäftigt, in einem Paar tiefblauer Augen zu versinken.

Natürlich habe ich schon gutaussehende Männer gesehen. Aber *so* gutaussehend? Solche Männer gibt es doch nur in Hollywood. Er hat ein Gesicht, das man «hübsch» nennen würde, wenn es nicht gleichzeitig so männlich-markant wäre. Mit den kurzgeschorenen Haaren und dem kantigen Kiefer sieht er aus wie jemand, mit dem man sich nicht unbedingt anlegen möchte, aber der warme und schelmische Blick erweckt eher den Eindruck, als würde er gleich loslachen.

Moment mal.

Etwa über mich?

«Was?», frage ich, als ich schließlich wieder Worte formen kann.

«Dein Mann.» Er zeigt auf das Handy in meiner Hand. «Wolltest du ihm erklären, wo du bist? Natürlich ohne dabei zu verraten, dass du in einem Sexclub bist, in dem der normalen Bevölkerung Bondage und sexuelle Freizügigkeit nahegebracht werden.»

«Oh.» Ich schaue kurz auf mein Telefon, das ich so fest umklammert halte, als hinge mein Leben davon ab. «Äh, nein. Das war nicht mein Mann.»

«Dein Freund?»

Ich schüttele den Kopf.

«Hm.» Er kneift leicht die Augen zusammen. «Dann hast du dir ein Taxi gerufen? Um dich vor den Hundehalsbändern und dem ganzen Glitzerkram in Sicherheit zu bringen?»

Darüber muss ich lächeln. «Nein, so furchtbar ist es hier gar nicht. Höchstens ein bisschen ... gewöhnungsbedürftig.»

«Du bist noch nie hier gewesen?»

Ich verneine wieder mit einem Kopfschütteln. «Zum ersten Mal. Ich bin mit Freundinnen hier.»

Blue Eyes nickt und blickt kurz auf zu dem Schild, das den Weg zur Tanzfläche weist. «Ja, ich weiß. Ich habe sie gesehen.» Dann lächelt er schief mit einem Mundwinkel. «Aber dich habe ich zuerst gesehen.»

«Oh», antworte ich lahm und spüre, wie mein Gesicht

warm wird. Nervös stecke ich mein Handy zurück in die Handtasche und widme mich eifrig meinem neongrünen Cocktail. Ich bin so verdammt lange mit Brent zusammen gewesen, dass ich gar nicht mehr weiß, wie man sich verhält, wenn man von einem Mann angesprochen wird.

«Also, äh ...» Ich sehe Blue Eyes wieder an und räuspere mich. «Willst du einen Drink?»

Er lächelt wieder, und diesmal bilden sich in den Augenwinkeln süße kleine Fältchen. «Müsste *ich* das nicht eigentlich fragen?»

Da hat er recht, oder? Gott, ich bin so eine Niete beim Flirten.

«Ich habe aber schon einen», gebe ich zurück und zeige dabei auf mein Glas.

«Hm.» Er verschränkt die braungebrannten muskulösen Arme vor der Brust, die ebenfalls muskulös und braungebrannt ist, jedenfalls lässt der V-Ausschnitt seines T-Shirts das vermuten. «Der ist allerdings gleich alle.»

Ich schwenke das Glas hin und her, sodass die Eiswürfel aneinanderklackern, und lächele ihn an. «Hm. Da hast du wohl recht.»

Na also, ich kann das ja doch.

Ich kann flirten.

Peinliche Hyacinth: 0.

Sexy und selbstsichere Hyacinth: 1.

«Dann sollte ich dir unbedingt einen neuen besorgen», schlägt Blue Eyes vor.

Ich sehe ihn mit leicht gesenktem Kopf an. Mein Mund ist plötzlich wie ausgedörrt. Attraktive Männer dieses Kalibers werfen meist einen einzigen Blick auf Rainey und schauen für den Rest des Abends weder nach links noch rechts. Nachdem ich ihn sekundenlang angestiert habe, hebe ich schließlich leicht die Schultern und lächele scheu.

«Wenn du willst.»

«Oh, und ob ich will.» Er zwinkert mir zu und stößt sich dann von der Bar ab. «Schön hierbleiben, hübsche Frau.»

Aus dem Augenwinkel sehe ich, wie er ans andere Ende der Bar schlendert und dort mit der Barfrau spricht. Ihre Körpersprache ist eindeutig – sie reibt ihm ihr latexgeschnürtes Dekolleté regelrecht ins Gesicht. Aber der Blick seiner durchdringenden blauen Augen wandert zurück zu mir. Und dann lächelt er wieder. Er hat diese halbmondförmigen Lachfalten, die ich so liebe, die fast wie ein zweites Lächeln sind. Die fand ich immer schon viel besser als normale Grübchen.

Plötzlich wird mir heiß, und ich fühle mich leicht schwindlig. Morgen werde ich dieses Gefühl «angetrunken» nennen, aber für den Augenblick nenne ich es «selbstbewusst». Denn dort kommt der heißeste Mann, den ich je gesehen habe, mit einem Drink auf mich zu und lächelt mich genau so an, wie ich es mag. Der stetig pulsierende Beat der Musik, die laut von der Tanzfläche herüberschallt, ist in meinem Kopf wie ein Mantra – *Nummer drei, Nummer drei, Nummer drei.*

Den geilsten Typen im ganzen Club finden und mit nach Hause nehmen.

Lächelnd fahre ich mir mit der Zunge über die Unterlippe.

Ich glaube, den nehme ich.

«Also», sagt er, als er wieder zurückkommt und den Drink vor mich hinstellt, «was machst du so? Wenn du nicht gerade deine Fetische erkundest, natürlich.»

Ich nippe lächelnd an meinem neuen Drink, der noch stärker als der letzte zu sein scheint. «Ich beende gerade meinen Master.»

Er sieht mich erstaunt an. «Wow, ein Master? Du siehst noch gar nicht so alt aus.»

«Ist das deine Art, mir ein Kompliment zu machen?», frage ich leicht skeptisch.

Er lacht. «Unbedingt.»

«Danke.» Auch wenn meine Wangen spürbar rot werden, zwinge ich mich, nicht wegzugucken – nicht, wenn mir ein derart göttlicher Mann seine ganze Aufmerksamkeit widmet.

«Ich tue mein Bestes», gibt er zurück. «Davon abgesehen muss ich doch dafür sorgen, dass du mir nicht von einem, äh, *wirklich interessanten* Gast weggeschnappt wirst.»

Mit einem Kopfnicken zeigt er auf einen Mann, der gerade vorbeigeht. Er trägt ein enges silbernes Glitzer-T-Shirt und darüber einen ebenfalls glänzenden BH mit spitzen, kegelförmigen Körbchen.

Ich lache auf und schüttele den Kopf. «Ich bin sicher offen für ein Abenteuer, aber für *so was* bin ich dann wohl doch noch nicht bereit.»

Blue Eyes trinkt grinsend einen Schluck aus seiner Bierflasche. «Wer hier ein Abenteuer will, der bekommt auch eins. So viel ist sicher.»

«Klingt, als wärst du öfter hier.»

«*Öfter* würde ich nicht sagen – aber ich bin oft genug hier gewesen, um eine Menge schräger Sachen miterlebt zu haben. Manchmal frage ich mich, wieso dieser Laden nicht längst geschlossen ist.»

Ich lehne mich leicht zu ihm rüber. «Da ich anscheinend

einen echten Experten vor mir habe – kann ich dich was fragen?»

«Klar, frag.»

«Was soll diese Sache mit den falschen Namen? Ich meine, warum sollen die Gäste nicht wirklich wissen, mit wem sie es zu tun haben?»

Er stützt einen Arm auf die Bar und streicht mit dem Finger an der Kante meines Untersetzers entlang. Beim Anblick der Hand, die sich vor und zurück bewegt, regt sich irgendwo tief in meinem Bauch etwas Warmes.

«Es ist so eine Art Regel, dass jeder im Club anonym bleiben soll», antwortet er. «Geht man mit jemandem nach Hause, kann man natürlich machen, was man will. Aber solange man hier ist, soll man sein, wer man sein will, und nicht, wer man ist.»

Ich rümpfe leicht die Nase. «Das klingt mir ein bisschen suspekt.»

Er lacht. «Das sehe ich allerdings auch so.»

«Warum kommst du dann her?»

«Da gibt es mehrere Gründe.» Er schiebt sich ein bisschen näher an mich heran. «Zum einen gehört der Club einem Freund von mir, und ich komme umsonst rein. Aber vor allem komme ich her, weil die meisten anderen Clubs in der Stadt doch bloß Fleischmärkte sind – und das nervt gewaltig.»

Jetzt muss ich aber lachen. Ich schaue demonstrativ zu unserer Barkeeperin hinüber und blicke dann wieder ihn an. «Ach, und dieser Club soll kein Fleischmarkt sein?»

Er setzt ein schiefes Grinsen auf, das wahnsinnig sexy aussieht und meine Knie weich werden lässt. Jedenfalls ein bisschen. Gut, dass ich sitze.

«Ich meinte eher die Männer auf dem Fleischmarkt – prollige Typen wie aus der Realityshow, mit Anabolika-Muskeln, tonnenweise Gel im Haar und gefakter Bräune. Hier ist es anders, finde ich. Hier wollen die Gäste nicht *nur* jemanden abschleppen – sie haben hier auch einfach Spaß, sie tanzen und lassen sich ein bisschen gehen. Es geht nicht nur ums Flachlegen.»

Aus der Traum. Mist. Wenn er vom Fleischmarkt genervt ist und er Flachlegen doof findet, war's das dann wohl mit Nummer drei. «Dann bist du wohl nicht daran interessiert, hier jemanden ... flachzulegen?»

Als ich schließlich all meinen Mut zusammennehme und ihn wieder ansehe, erwidert er meinen Blick, die Lider leicht gesenkt. Er hat unfassbar lange Wimpern, die seine Augen dunkel einrahmen, fast wie ein Lidstrich.

«Ich würde nicht sagen, dass ich nicht interessiert bin», sagt er langsam. «Ich bin einfach nur wählerisch.»

«Wählerisch?»

«Ja.» Langsam wie ein Raubtier auf der Jagd schleicht sich ein sexy Grinsen auf sein Gesicht. Es wird breiter und breiter. Und breiter. «Wählerisch, wenn es darum geht, mit wem ich mich an der Bar unterhalte. Wem ich einen Drink spendiere. Und wen ich abschleppe.»

Ich muss mich mit aller Macht zwingen, mir nicht auf die Unterlippe zu beißen. Jetzt bloß nicht aussehen wie eine verängstigte Schülerin. Stattdessen spiele ich an meinem Strohhalm herum.

«Gut zu wissen», bringe ich schließlich hervor.

«Also», sagt er, lehnt sich mit dem Rücken an die Bar und nimmt einen Schluck Bier. Im Gegensatz zu mir scheint ihn das Gespräch überhaupt nicht nervös zu machen. «Du bist zum ersten Mal im Cave. Das bedeutet, dass du ein paar Sachen tun musst.»

«Ach ja?» Ich sehe ihn fragend an. «Und welche wären das?»

Er hält zwei Finger hoch. «Erstens, du musst tanzen.»

Ich verdrehe die Augen. «Du redest wie meine Freundinnen. Die wollten mich schon fast mit Gewalt auf die Tanzfläche zerren.»

Er zuckt die Schultern. «Richtig so. Tanzen ist Pflicht. Und dann musst du dich bemalen lassen.»

«Auf keinen Fall.»

«Warum nicht?»

Ich ziehe eine Augenbraue hoch. «Äh, weil ich nicht exhibitionistisch veranlagt bin?»

Er schnaubt. «Ach, komm. Das ist doch keine große Sache.»

Ich verschränke die Arme. «Sich splitternackt ausziehen und dann nur mit Gebrannter Umbra und Preußischblau bekleidet herumhüpfen ist keine große Sache?»

Und schon wieder dieses schiefe Lächeln. «Na, ich weiß nicht, Bob Ross. Ich glaube nicht, dass sich alle, die sich hier bemalen lassen, ganz ausziehen. Außerdem sind die Bodypainter hier wirklich seriöse Künstler. Die meisten haben eigene Tattoo-Läden oder sind Grafikdesigner. Ihre Arbeiten sind hammergut.»

«Tja», sage ich und kippe den Rest meines zweiten Drinks hinunter, «nur eine klitzekleine Kleinigkeit hast du dabei nicht bedacht.»

«Und die wäre?»

«Dass ich mich nicht bemalen lassen *will.*»

Blue Eyes mustert prüfend mein Gesicht, als könne er

direkt darin lesen. Mir wird heiß unter seinem Blick – aber vielleicht ist es auch nur der Alkohol. Oder beides, wer weiß.

«Willst du nicht oder traust du dich nicht?»

Ich verdrehe die Augen. «Natürlich traue ich mich. Ich bin einfach nur ... wählerisch», pariere ich mit seinem Wort, was mir ein weiteres Grinsen einbringt.

«Wählerisch in welcher Hinsicht?»

«Wählerisch, wem ich erlaube, mich anzufassen.»

«Aha.»

Ganz kurz blitzt seine Zunge auf, als er sich die Lippen befeuchtet. «Sehr tugendhaft», stichelt er dann und lehnt sich wieder gefährlich nah zu mir herüber. «Aber in Wirklichkeit ist das doch nur eine Ausrede.»

«Ach, echt?»

Er kommt noch näher, bis seine Lippen fast mein Ohr berühren. Dann flüstert er: «Echt.»

Mein Herz hämmert plötzlich wie verrückt. Unmöglich, dass ihm das verborgen bleibt. Er nimmt meine Hand, die auf meinem Schoß liegt, und verschränkt seine Finger mit meinen. Ein paar Sekunden betrachtet er konzentriert unsere verwobenen Finger. Dann sagt er mit ruhiger und leicht heiserer Stimme: «Ich würde ein beliebiges rechtes Körperteil dafür geben, dich mit etwas weniger Kleidung und dafür mehr Farbe am Leib zu sehen.»

Herr im Himmel.

Nervös räuspere ich mich und streiche mit der freien Hand die Tropfen an meinem schwitzenden Glas nach unten. Dann rolle ich das kühle Glas über meine ebenfalls schwitzende Wange. Klar, es ist warm hier, und klar, mir wird immer heiß, wenn ich Alkohol trinke, aber das hier ist noch etwas anderes. Dieser Mann – dieser *Fremde* – hat etwas. Etwas Maskulines, Potentes. Irgendetwas an ihm macht mich buchstäblich heiß.

Und irgendetwas an ihm bringt mich dazu, ja zu sagen.

«Okay. Ich mach's.»

Die Worte sind schneller raus, als ich überlegen kann, aber sein Gesicht ist es wert: Die Überraschung darin löst sich langsam in köstliches Vergnügen auf.

«Ganz sicher?» Er grinst immer noch, jetzt irgendwie komplizenhaft. «Nimm mich bloß nicht zu ernst – natürlich musst du das nicht machen, wenn du nicht willst.»

«Ist doch nur Farbe, oder?», erwidere ich gelassen. «Ist doch nicht für immer.»

Oh Mann. Ein Lächeln wie eine Naturgewalt.

«Natürlich nicht. In diesem Club ist nichts für immer.» Sein Blick schweift kurz umher und kehrt dann zurück zu mir. «Es sei denn, man will etwas für immer.»

In seinem warmen Blick liegt Humor, aber nicht nur das. Ich erkenne so etwas wie Anerkennung. Verlangen. Etwas, bei dem sich mir die Frage aufdrängt, was er wohl an all den anderen Abenden hier gemacht hat.

«Und was ist mir dir?» Wir lassen uns beide von den Barhockern gleiten und stehen plötzlich so nah voreinander, dass sich unsere Zehen fast berühren. Ich versuche, in Raineys hohen Absatzstiefeln nicht zu schwanken. «Hast *du* dich schon mal bemalen lassen?»

Er lacht. «Erwischt. Nein, habe ich nicht.»

«Im Ernst? Aber du hast doch gerade noch gesagt, jeder müsse das beim ersten Besuch machen.»

«Ich dachte dabei wohl mehr an die Frauen, die zum ersten Mal hier sind», antwortet er. «Aber warum eigentlich nicht? Ich bin dabei, wir machen es zusammen.»

«Du willst dich zusammen mit mir bemalen lassen?»

«Baby», sagt er mit tiefer Stimme und grinst dabei wieder so unverschämt sexy, «mit niemand anderem auf der Welt würde ich mich lieber bemalen lassen.»

«Ich wette, das sagst du zu allen Frauen», erwidere ich lachend.

Plötzlich nimmt er meine Hand und zieht mich zu sich. «Wie heißt du eigentlich, hübsche Frau?»

Ich blinzele nur. «Was?»

Federleicht streichelt er mit seinem Daumen über meine Handfläche. «Ich sagte: ‹Wie heißt du?›»

«Ich dachte, hier soll man sich nicht ...»

Schneller, als ich schauen kann, hebt er die andere Hand und legt sie sanft an meine Wange. «Ich weiß, was man hier nicht soll. Aber ich *will*.»

«Warum?»

Ich hasse den quietschigen Ton meiner Stimme. Dann senkt er die Lider auf Schlafzimmerblickhöhe – und plötzlich ist mir vollkommen egal, wie ich klinge.

Ich vergesse alles um mich herum. Alles, bis auf ihn.

«Weil du mich faszinierst. Weil du sexy bist. Und weil ich dich besser kennenlernen will.»

Ich beiße mir auf die Lippe, und sofort fixieren seine Augen meinen Mund. Fast vergesse ich zu atmen, ich muss mich regelrecht daran erinnern.

«Hyacinth», sage ich schließlich. «Ich heiße Hyacinth.»

Es lodert in seinen Augen, als er mich anlächelt. Er lässt seine Hand an meinem Kinn entlangwandern, bis sein Daumen genau unter meiner Unterlippe liegt.

«Hyacinth.»

Er sagt es ganz leise und langsam, als wolle er jede Silbe auskosten. Oder klingt es nur in meinem verwirrten Kopf so? Bei der lauten Musik kann ich ihn ja eigentlich kaum hören. Oder ist es gar nicht der Beat der Musik, den ich höre, sondern mein pochendes Herz? Oh Mann, ich weiß gar nichts mehr.

«Sehr erfreut, Hyacinth», sagt Blue Eyes schließlich und hebt leicht mein Kinn an, damit sich unsere Blicke treffen. «Ich heiße Smith.»

KAPITEL 3

Wer nicht wagt, der nicht gewinnt

BITTE WAS soll ich tun?»

Mit halboffenem Mund starre ich die junge Frau vor mir an, die in der einen Hand einen Airbrush, in der anderen ein Martiniglas hält. Sie klimpert mit ihren extralangen Wimpern, die silberne Spitzen haben.

«Den Sweater ausziehen», wiederholt sie, wobei sie jedes Wort extra betont.

Ich blicke kurz hinüber zu Smith, der sich schon lässig und breitbeinig auf einem Hocker niedergelassen hat. Die in Leder gekleidete Frau, die vor ihm steht, strahlt in vorfreudiger Erwartung. Wer könnte es ihr verübeln? Alle Blicke sind auf ihn gerichtet, als er sein Hemd aufknöpft.

Oh Gott. Unglaublich.

Er ist schön wie ein Kunstwerk – selbst in dem bläulichen Licht des Clubs ist seine Haut herrlich bronzefarben, und die Muskeln seines Oberkörpers sind so scharf definiert, wie man es sonst nur in der Werbung für irgendwelche Fitnessgeräte sieht.

Verschämt sehe ich hinab auf mein blasses Dekolleté.

Keine zehn Pferde bringen mich dazu, mein Oberteil auszuziehen. Nackt sehe ich neben ihm doch aus wie ein Gespenst! Und davon abgesehen habe ich nichts gegen Kleidung – besonders in der Öffentlichkeit.

«Also gut, Schätzchen», sagt die Frau, die mich bemalen soll. Sie lehnt sich etwas zurück, um meinen Körper im Ganzen zu begutachten. «Den BH kannst du meinetwegen anlassen, den sprühe ich einfach über. Aber ich sag dir, wenn du was richtig Starkes willst, musst du schon ein bisschen Haut zeigen. Das hier ist schließlich kein Kinderschminken, alles klar?»

Ich schlucke. Smith beobachtet mich über die Schulter hinweg, während die andere Malerin vor ihm hockt und in großen geschwungenen Bewegungen mit dem Airbrush über seinen Oberkörper fährt.

«Hyacinth?»

Oh Mann, es klingt so wahnsinnig toll, wenn er meinen Namen sagt.

«Ja?»

«Du musst das wirklich nicht tun», sagt er lächelnd.

Aber hinter seinen Worten verbirgt sich eine Herausforderung, das wissen wir beide. Ich hebe das Kinn, nehme all meinen Mut zusammen und streife mir schwungvoll den Sweater über den Kopf. Auch ohne hinzusehen, weiß ich genau, was für einen BH ich trage – beigefarbener Satin, Körbchen ohne Polster. Zum Sterben langweilig.

Ich wende mich zu Smith um, sodass er mich ganz sieht, und sein unverschämt verführerisches Lächeln ist plötzlich verschwunden. Stattdessen brennt Verlangen in seinem Blick.

«Halleluja», entfährt es ihm leise.

Ich spüre, wie ich rot werde, trotzdem zucke ich lässig die Schultern. «Ich mag nun mal Herausforderungen.»

«Das sieht man.»

Sein Blick ist fest auf meine Brüste gerichtet. Ich sehe kurz an mir hinab – meine harten Nippel zeichnen sich deutlich unter dem Satin ab. Etwas in mir will sofort die Arme verschränken, aber ich zwinge mich, es nicht zu tun.

Meine Airbrush-Künstlerin legt mir die Hand auf die nackte Schulter. «Jetzt dreh dich mal wieder um, damit ich dich sehen kann.»

Erleichtert entziehe ich mich Smiths Blick. Ich drehe mich schnell um und straffe die Schultern. Ms. Silberwimper grinst mich von unten an, und schon spüre ich den Luftstrahl des Airbrushs, der einmal quer über meine Brust wandert.

«Was zum ...»

«Nicht nach unten gucken.» Sie legt mir den gekrümmten Zeigefinger unters Kinn und drückt meinen Kopf leicht zurück nach oben. «Lass mich einfach meine Arbeit machen.»

Dann senkt sie die Stimme. «Ich verspreche dir, ich lasse dich so sexy und heiß aussehen, dass ihm die Augen aus dem Kopf fallen – noch mehr, als sie es jetzt schon tun.»

Ich öffne empört den Mund – und schließe ihn wieder. Fragend sieht sie mich an. Ich nicke langsam. Mit mal weit geschwungenen, dann wieder kleinen kreisförmigen Bewegungen führt sie den Airbrush über meinen Körper. An manchen Stellen legt sich die Farbe als feiner, feuchter Nebel auf die Haut, teils spüre ich nur den Luftstrahl der Sprühpistole.

Ich beiße mir auf die Lippe und riskiere einen Blick

über die Schulter. Smith steht mit erhobenen Armen da, die Hände hinter dem Kopf verschränkt. Ein verblasstes filigranes Tattoo zieht sich über einen seiner Unterarme. Wow, selbst seine Unterarme sind echte Hingucker – gebräunt und kräftig, von der Art, die einen im Traum fest um die Taille fasst. Unwillkürlich stelle ich mir Szenen vor, in denen er mich mühelos hochhebt und vor Killerbienen, Zombies oder was auch immer in Sicherheit bringt.

«Cyn?»

Ich schaue auf und erblicke Carson, die ein paar Meter entfernt am Eingang steht. Ihre Kinnlade ist heruntergeklappt, die Augen sind weit aufgerissen. Hinter ihr steht Rainey, die nicht weniger baff aussieht.

«Oh Mann, ich wusste ja, dass es dir guttun würde, wenn du mal rauskommst, aber *damit* hätte ich nicht gerechnet.»

Rainey schiebt sich an Carson vorbei, die sprachlos auf meine Brüste starrt.

«Mann.» Rainey lässt ihren Blick an mir hinauf- und wieder hinabgleiten. «Das ist einfach ... wow.»

Ich lächele etwas verkrampft. «Ich habe es noch nicht gesehen, also sag mir nicht, was es ist.»

«So, fertig. Du kannst jetzt gucken», sagt Ms. Silberwimper.

Sie tritt zurück und zeigt auf einen großen Spiegel, der ein paar Meter entfernt steht. Zögernd nähere ich mich ihm.

Bitte lass mich nicht wie Lady Gaga aussehen. Alles, aber nicht wie Lady Gaga ...

Ich betrachte mich im Spiegel – und bin hin und weg. Nein, ich sehe kein bisschen aus wie Lady Gaga. Kein Tierfellmuster oder Blitze oder was ich sonst noch so an den anderen Clubgästen gesehen habe. Stattdessen ein Dickicht aus langen grünen Grashalmen, die verschlungen von meiner Taille aus nach oben wachsen. Dazwischen Dutzende von winzigen violetten Blüten. Sie ziehen eine Spur vom Bauch hinauf über meine Brüste bis zu den Schlüsselbeinen. Die Blüten in Schulternähe sind heller und glänzen golden, als würden sie von der Sonne beschienen.

«Was für Blumen sind das?», fragt Carson. Ich blicke über die Schulter. Auch sie starrt fasziniert mein Spiegelbild an.

«Hyazinthen», antworte ich leise.

Rainey schüttelt ungläubig den Kopf.

Ich drehe mich zu der Airbrush-Künstlerin um, die sich schon um den nächsten Gast kümmert. «Das ist wunderschön – vielen Dank.»

Sie grinst mich an. «Du hast einen tollen Namen. Schön, dass dir meine Arbeit gefällt. Und erzähl all deinen Freunden davon – ich habe ein Tattoostudio am Roland Park. Wenn du dich mal tätowieren lassen willst, komm vorbei.»

Ich nicke und stehe etwas ratlos mit meinem grünen Sweater in der Hand da. Was mache ich jetzt damit? Ich kann ihn unmöglich über dieses Meisterwerk ziehen. Am besten binde ich ihn mir um die Hüfte ...

«Den nehme ich.» Carson schnappt sich den Sweater. «Damit du gar nicht erst auf die Idee kommst, ihn wieder anzuziehen.»

«Aber wenn wir gehen, will ich ihn zurückhaben. Ich habe keine Lust, oben ohne durch Baltimore zu laufen.»

Sie zuckt die Achseln. «Warten wir's mal ab – vielleicht gefällt dir dein neuer Look ja dann so gut, dass du ihn auch woanders zeigen möchtest.»

«Wohl kaum», gebe ich zurück.

Aber als ich einen letzten langen Blick in den Spiegel werfe, muss ich zugeben, dass ich mehr als glücklich mit dem Ergebnis bin. Das Risiko hat sich voll gelohnt. Ich habe mich derart entblößt noch nie so wohl gefühlt.

«Wow.»

Smiths Atem streicht über meine nackte Schulter. Als ich mich umdrehe und an ihm hinabsehe, verschlucke ich fast meine Zunge.

Er hat sein Hemd wieder angezogen, es aber offen gelassen, sodass man seinen Oberkörper fast vollständig sieht. Brust und Bauch sind wie eine griechische Statue gestaltet. Tiefe Schatten betonen die herrlichen Linien und Wölbungen von Smiths Muskeln. Mittig auf seiner Brust prangt ein s-förmiges Symbol, das an Superman erinnert. Es ist in dunklen metallischen Tönen gehalten, wie Eisen, bloß dass es am Rand in Rauch zu zerfließen scheint. Rankenartiger Stacheldraht sprießt nach allen Seiten daraus hervor.

«Du siehst stark aus», sagt er zu mir.

Ich muss erst ein paarmal blinzeln, bevor ich den Blick von seiner Brustmuskulatur (zum Anbeißen) und seinen Bauchmuskeln (nicht weniger zum Anbeißen) lösen und ihm ins Gesicht schauen kann. Er lächelt.

«Du aber auch», gebe ich zurück.

Er lässt seinen Blick schamlos über meinen ganzen Körper wandern, während ich mich bemühe, nicht rot zu werden.

«Damit wäre die erste Aufgabe erledigt.» Er steckt die Hände in die Taschen und sieht in Richtung Tanzfläche. «Bist du bereit für Nummer zwei?»

Fast muss ich lachen. Wenn er wüsste, dass ich neben

seinen zwei «Aufgaben» von der Bar noch eine ganz andere Liste abzuarbeiten habe.

«Forderst du mich zum Tanzen auf?», frage ich kokett. Es funktioniert, denn Smith wirkt plötzlich fast schüchtern.

«Ich glaube schon. Hast du Lust?»

Ich tue so, als müsste ich darüber nachdenken, dann nicke ich. «Gerne.»

Hinter mir diskutieren Carson und Rainey derweil, mit welchem Motiv sie sich bemalen lassen wollen.

Ich zupfe Carson am Arm und deute mit dem Kopf auf Smith. «Wir gehen tanzen. Wir sehen uns später, okay?»

Sie scheint nicht sofort zu verstehen, aber dann verzieht sich ihr Mund zu einem breiten Lächeln. «Super. Viel Spaß.» Und etwas leiser fügt sie hinzu: «Schreib uns eine SMS, wenn du mit ihm abhaust.»

Ich spüre deutlich, wie sie – und alle anderen Anwesenden – Smith und mir hinterherschaut. Kein Wunder, ich habe den Knackarsch in dieser Jeans ja auch gesehen und weiß genau, was in den anderen Frauen vorgeht.

Er dagegen hat nur Augen für mich, als wir uns der Tanzfläche nähern, die in farbigem Licht und im hyperaktiven Wetterleuchten der Stroboskope zu pulsieren scheint. Dutzende spärlich bekleideter bis fast nackter Körper – einige von ihnen bemalt, andere nicht – bewegen sich enthemmt zur Musik. So enthemmt, dass ich nicht weiß, ob ich mithalten kann.

«Du wirkst nervös», sagt er lächelnd.

«Ich tanze eher selten», erwidere ich. «Ich mache das, äh, nicht besonders gut.»

«Das kann ich kaum glauben.»

Er streicht mir die Haare über die Schulter und lässt die Hand dann an der Rückseite meines Arms nach unten gleiten. Sofort bekomme ich Gänsehaut an den Stellen, wo er mich berührt. Ich hätte nie gedacht, dass Männerhände sich gleichzeitig so stark und sanft anfühlen können.

«Man muss nur dem Rhythmus folgen», sagt er.

«Und genau den finde ich nicht.»

«Dann zeige ich ihn dir. Komm.»

Ich werfe ihm einen skeptischen Blick zu, den er aber vollständig ignoriert. Er zieht mich einfach an sich. Unsere bemalten Oberkörper berühren sich; seine Haut fühlt sich auf meiner herrlich warm, fast schon heiß an. Zuerst weiß ich nicht, wohin mit den Händen, aber dann nimmt er meine Handgelenke und legt sie sich auf die Schultern. Ich spüre, wie sich die Muskeln unter seiner Haut anspannen, als ich die Finger leicht auf den dünnen Stoff seines Hemds drücke.

«Für den Anfang nicht schlecht», murmelt er.

Nervös lecke ich mir über die Unterlippe. Behutsam fasst er mich mit beiden Händen an der Taille und dreht mich um, sodass mein Rücken seinen Bauch berührt. Seine Hemdknöpfe drücken sich leicht in meinen Rücken, sein Gürtel reibt an meiner Hüfte. Ich spüre seinen Atem, der mal stärker, mal schwächer meine Haut streift. Langsam geht er vorwärts und lenkt mich gekonnt durch die Menschenmenge bis zur Mitte der Tanzfläche. Dort hält er an und verstärkt seinen Griff, damit ich mich nicht von ihm löse.

«Okay, jetzt geh leicht in die Knie», flüstert er mir ins Ohr. Dabei berührt er mit der Wange meine Haare, sein Atem streicht warm über meinen Hals. Ich muss mich zusammenreißen, um nicht zu zittern. Er ist mir schon so verdammt nah, trotzdem möchte ich am liebsten noch weiter in ihn hineinkriechen.

Ich entspanne meine Beinmuskeln, und sofort geben meine Knie etwas nach, was dazu führt, dass ich weiter nach hinten gegen Smiths Brust sinke. Jetzt spüre ich seine Hände hinten am Bund meiner Jeans. Dann schiebt er sie, dem Stoff folgend, langsam nach vorne, bis sie links und rechts vom Knopf liegen.

Das muss der Moment sein, in dem meine Atmung endgültig aussetzt.

«Tanz mit mir.» Er drückt seine Hüfte von hinten an mich und bewegt sich zusammen mit mir. Der Beat der Musik ist schnell, fast hypnotisch. Mit geschlossenen Augen folge ich seiner Führung, passe mich seinen Bewegungen an.

Während unsere Körper langsam einen gemeinsamen Rhythmus finden, versuche ich an nichts zu denken, was mich verunsichern könnte – dass ich zu stark schwitze, dass meine Frisur platt gedrückt ist, dass ich zu wenig Lippenstift drauf habe und deshalb im Schwarzlicht bleich wie ein Gespenst aussehe. Ich habe Angst, nicht so gut zu tanzen wie Smith, Angst, dass ich zu viel getrunken habe und mich der Alkohol jeden Moment voll umhauen könnte. Vor allem aber habe ich Angst, dass meine Erregung auch noch den letzten Rest Vernunft in meinem Kopf ausschalten könnte.

Aber nach ein paar Minuten ist mir das alles so was von egal. Das Gefühl von Smiths Körper an meinem verdrängt alles andere aus meinem Kopf. Das Tanzen mit ihm ist wie ein Weckruf. Es fühlt sich so unglaublich scharf an, wie sich unsere Körper aneinander reiben, wie sich seine Haut an meine schmiegt. Und ich zeige ihm, wie scharf ich es finde – Alkohol sei Dank.

Ich atme tief aus und lasse meinen Kopf nach hinten an seine Schulter sinken. Er reagiert, indem er seine rechte Hand langsam nach oben gleiten lässt, bis sie auf meinem Bauch liegt.

«Ist das okay?», fragt er leise. Seine Stimme klingt rau, angespannt.

Ich nicke nur. Und muss vor Erregung schlucken.

Er gibt einen zufriedenen kehligen Laut von sich und zieht mich noch dichter an sich. Unglaublich, diese Muskelpakete. Ehe ich mich zurückhalten kann, habe ich meine Hand zwischen uns geschoben, sodass meine Handfläche auf seinem Waschbrettbauch liegt.

Sofort spannen sich die Muskeln, als ich sie mit den Fingern erkunde. Unser heißes Tanzen ist mittlerweile schon fast nicht mehr jugendfrei. Vor allem, weil er jetzt den kleinen Finger unter den Bund meiner Jeans schiebt. Und unter das Gummiband meines Slips.

In diesem Moment passieren zwei Dinge: Erstens, der Rausch des Alkohols trifft mich mit voller Wucht; ab jetzt schwimmen sämtliche meiner Gedanken durch ein wirres Paralleluniversum, in dem es nur Sex und Tanzen gibt. Und zweitens, mein Gehirn kapituliert, packt ein und geht nach Hause. Ab jetzt hat mein Körper das Sagen.

Keine drei Sekunden später verschränke ich die Hände in Smiths Nacken. Meine Brüste heben sich, und er führt meine Hüften, bis mein Arsch genau da sitzt, wo er ihn haben will. Deutlich spüre ich seine harte Erektion. Erfreut und erregt schiebe ich ihm beim Tanzen meinen Arsch entgegen.

Zischend atmet er durch die Zähne aus und schiebt seine Hände immer höher, bis sie meine Rippen erreichen. Fast unmerklich streichelt er meine Haut.

«Ich weiß echt nicht, wieso du meinst, du könntest nicht tanzen», sagt er und drückt dabei seine Lippen an mein Ohrläppchen. «Glaub mir, du tanzt absolut geil.»

Dann wandert sein Mund von meinem Ohr zum Hals. Ich kann ein Stöhnen nicht aufhalten. Millimeter für Millimeter lässt er seine Daumen nach oben wandern und zeichnet mit ihnen die untere Rundung meiner Brüste nach. Und als ob das noch nicht genug wäre, leckt er mit der Zungenspitze über die empfindliche Stelle direkt unter dem Ohr.

Das reicht.

Ich drehe den Kopf, um ihn anzusehen. «Ich will, dass du mit mir nach Hause kommst.»

Ganz kurz erstarrt Smith – dann lässt er langsam von mir ab und dreht mich zu sich um. Er senkt den Kopf und sieht mir direkt in die Augen. «Bist du betrunken?»

Ich schaue ihn böse an. «Nein, bin ich nicht!»

Meine Entrüstung scheint ihn zu amüsieren.

«Ich kann mir nur nicht vorstellen, dass du zu den Frauen gehörst, die in nüchternem Zustand einen Typ abschleppen würden, den sie gerade erst kennengelernt haben.»

«Dann hast du offenbar keine Ahnung», erwidere ich bissig. «Ich schleppe nämlich überhaupt keine Typen ab.»

Mist, in meinem Kopf klang das weit weniger bemitleidenswert.

Smith lacht leise und verschränkt die Arme vor der Brust. Am liebsten möchte ich ihn davon abhalten – was für eine Schande, diesen Körper zu verdecken. Und da ich nach ein paar Drinks offensichtlich zu Kontrollverlust neige, sage ich es auch gleich laut.

«Lass das. Es ist ein Schande, diesen Körper zu verdecken.»

Grinsend lässt er die Arme sinken. Dann legt er mir die Hände auf die Schultern und drückt sie leicht. «Komm, wir suchen deine Freundinnen.»

Na super. Er schießt mich jetzt schon ab – dabei haben wir es noch nicht einmal bis in meine Wohnung geschafft. Wie blöd muss eine Frau sich anstellen, dass ein Mann einen One-Night-Stand mit ihr ausschlägt?

Wütend schüttele ich seine Hände ab. «Vergiss es. Ich suche sie allein.»

Smith blinzelt und macht dann einen Schritt auf mich zu. «Bist du sauer?»

«Nein, alles prima – du willst nicht mitkommen und glaubst anscheinend, ich bräuchte einen Babysitter. Ich finde meine Mädels schon alleine. Danke fürs Tanzen.»

Ich wirbele herum und stampfe von der Tanzfläche. Aber ich komme nicht weit. Seine Hand schließt sich fest um meinen Oberarm. Ich beiße die Zähne zusammen, will ihm so richtig die Meinung sagen, aber mein Zorn verraucht, als er mich zu sich umdreht.

«Hör mal zu», sagt er und zieht mich an sich, wobei er mit der Hand sanft über meinen Rücken hinab zur Taille streichelt. «Nichts, wirklich gar nichts würde ich lieber tun, als mit dir zu kommen. Du hast überhaupt keine Ahnung, wie sehr ich das will. Aber mal ehrlich, Hyacinth – willst du das denn wirklich?»

Ohne auch nur eine Millisekunde zu zögern, antworte ich: «Ja, genau das will ich. Ich will, dass du mit mir nach

Hause kommst. Ich will, dass du mich unwiderstehlich findest. Ich will dich so richtig ...» – hier stocke ich kurz – «ich will dich so richtig *scharf machen.*»

Smith stöhnt leise auf und legt seine Stirn an meine. Dann schließt er kurz die tiefblauen Augen, öffnet sie wieder, und mit einem Mal schimmert darin etwas auf, das schwer zu beschreiben ist. Er blickt von meinen Lippen zu meinen Augen und wieder zurück.

«Ich kann an nichts anderes denken als daran, wie dringend ich dich küssen möchte», flüstert er gerade so laut, dass ich es über die Musik hinweg höre. «Genau genommen würde ich außer küssen auch gern noch ganz andere Dinge mit dir tun.»

«Zum Beispiel?», hauche ich.

Er streichelt mir über die Wange und lässt die Hand dann langsam über meine Kehle zum Träger des BHs gleiten. Dann schiebt er ihn leicht mit dem Daumen hin und her und sagt: «Lass uns hier abhauen und zu dir fahren. Oder zu mir. Oder wo auch immer du mit mir hinwillst.»

Ich halte die Luft an, als er mit seinem Daumen der Wölbung meiner Brüste folgt.

«Ich will allein sein mit dir», fährt er fort, «damit ich dich noch woanders küssen kann. Hier» – er streicht mit dem Fingerknöchel zwischen meinen Brüsten nach unten – «und hier» – er lässt den Finger weiter abwärts wandern, streicht über meinen Nabel und hält dann ganz knapp über der Jeans an – «und an allen anderen Stellen, an denen du mich lässt.»

Oh. Mein. Gott.

«Bitte, ja!», bringe ich mit halberstickter Stimme hervor. Es ist ein Wimmern, ein flehendes Bitten.

Ich lege meine Hand auf das gemalte Emblem auf seiner Brust und lasse sie dann sachte über seinen Bauch und weiter nach unten gleiten. Sofort versteift sich sein Körper, und etwas Gequältes schleicht sich in sein Gesicht. Auch er ist erregt, so viel ist sicher, *sehr* erregt. Irgendwie erleichtert es mich, dass er genauso intensiv empfindet wie ich.

Er löst eine Hand von meinen Schultern und schiebt sie mir in den Nacken. Wie automatisch hebe ich den Kopf, und unsere Blicke treffen sich. Beim Anblick der Lust in seinen Augen ist mir, als würde ich in einen Spiegel schauen – ganz sicher brennt in meinen Augen das gleiche Feuer. Dann murmelt er etwas, das wie «scheiß drauf» klingt, und senkt seine Lippen auf meine. Ich bin verloren.

Smith schmeckt köstlich, ich kann es nicht anders beschreiben. Als er mit seiner Zunge meine Unterlippe liebkost, schmecke ich den säuerlichen Geschmack seines Biers, unterlegt von etwas leicht Minzigem, als ob er sich die Zähne geputzt oder Pfefferminz gelutscht hätte, bevor er in den Club gekommen ist. Er vertieft die Küsse, fädelt seine Finger durch die Gürtelschlaufen meiner Jeans und zieht mich noch dichter an sich. Gleichzeitig drückt er sich mir entgegen. Ich streichele mit den Fingern ganz leicht über seine Schultern und seinen Rücken. Einer von uns beiden stöhnt auf, aber ich bin so in Ekstase, dass ich nicht sagen könnte, wer es war.

«Hyacinth», flüstert er, die Lippen auf meinem Mund.

Zärtlich beiße ich ihm in die Unterlippe, und jetzt ist es ohne Zweifel er, dem ein kehliger Laut der Befriedigung entfährt.

«Komm mit mir nach Hause», wispere ich und lasse

meine Zunge erst an seinem Hals, dann an seinem Ohr spielen.

Um uns herum blitzen die Stroboskope, die Bässe pumpen. Smith sieht mir auf eine Art in die Augen, die mich gleichzeitig lähmt und elektrisiert. Noch nie habe ich einen Mann so gewollt, wie ich jetzt diesen Mann will. Mit dem Daumen streiche ich ihm übers Kinn. Sein Dreitagebart fühlt sich stoppelig an, aber auch weich, einfach unwiderstehlich.

Smith tritt einen Schritt zurück und sieht mich an. Dann grinst er. «Ich habe eine bessere Idee.»

KAPITEL 4

Das Wiedersehen

WOHIN GEHEN wir?», rufe ich, während Smith mich hinter sich her von der Tanzfläche zieht. Statt zu antworten, verstärkt er den Griff seiner Hand.

Dann sind wir wieder an der Bar, wo er anhält, um mit einem ganz in Schwarz gekleideten Security-Mann zu sprechen. Smith hört kurz zu, nickt dann und sieht zu mir herüber. In seinem Blick liegt etwas Schelmisches, und sofort schaltet mein Herz einen Gang höher. Schließlich gibt ihm der Security-Typ einen Schlüssel.

Smith bedeutet mir, näher zu kommen. Dann nimmt er wieder meine Hand. «Bist du noch dabei?»

Er sieht mir fragend in die Augen. Ich nicke. In seinem Blick flackert Lust auf. Er beugt sich zu mir herab und presst seinen Mund an mein Ohr.

«Folg mir, okay? Am Ende des Gangs da drüben ist die VIP-Suite.»

Smith führt mich um die Bar herum in einen dunklen schmalen Gang, von dem zwei Türen zu den Toiletten abgehen. Ganz am Ende ist eine weitere Tür, die kein Schild trägt. Er öffnet sie mit dem Schlüssel und tritt mit einer einladenden Geste zur Seite. «Nach Ihnen, hübsche Frau.»

Ich zögere kurz. Hinter der Tür ist es stockfinster, nur eine ganz schmale Treppe ist zu erkennen. Ich schaue zu Smith. «Du bist hoffentlich kein Serienmörder?»

Er sieht mich schräg an und legt die Arme über Kreuz. «Und *du*?»

Grinsend schüttele ich den Kopf. «Touché.»

Vorsichtig, einen Fuß vor den anderen setzend, tappe ich vor ins Dunkel. Das pulsierende Wummern der Musik dringt durch die Wände, sodass man in dem engen Gang fast das Gefühl hat, sich im Inneren eines Lebewesens zu befinden. Smith greift um mich herum, dann flackert über uns plötzlich eine Lampe auf, die alles in blassblaues Licht taucht.

Ich habe das Gefühl, etwas Nettes oder Witziges sagen zu müssen, aber in meinem Gehirn herrscht gähnende Leere. Kein Gedanke weit und breit, nur meine Begierde. Und Smith scheint es ähnlich zu gehen, denn keine Zehntelsekunde später presst er mich mit dem Rücken an die Wand.

«Du bist so unglaublich sexy», flüstert er, sein Mund direkt an meinem. «Weißt du das?»

Normalerweise würde ich jetzt den Kopf schütteln. *Bin ich sexy?* Eigentlich fühle ich mich nie sexy, meistens noch nicht einmal hübsch.

Aber hier und jetzt?

Hier und jetzt fühle ich mich sexy wie nie, vergrabe meine Hand in Smiths Haaren und ziehe ihn an mich.

«Ich will dich», flüstere ich an seinem Mund und necke ihn mit der Zunge.

Eine weitere Aufforderung braucht er nicht. Wild erobert er mit der Zunge meinen Mund und stöhnt kehlig auf. Er lässt die Hände von meiner Taille zu den Hüften gleiten und zieht mich kraftvoll an sich.

«Den ganzen Abend hast du mich heiß gemacht», sagt er und streicht mit den Händen über meinen Arsch. «Wie du dich bewegst, besonders beim Tanzen ... Gott, ich glaube, ich war noch nie so hart.»

Eigentlich stehe ich nicht auf Dirty Talk, weil es meist nur ein Vorwand für Arschlöcher ist, möglichst oft «Möse» sagen zu dürfen. Aber Smiths Worte klingen, als kämen sie von ganz tief innen, sie klingen authentisch. Sie fühlen sich *echt* an – und ich fühle genau dasselbe. Ich presse mich an ihn.

«Fass mich an», flüstere ich keuchend an seinem Mund.

Ich bin von mir selbst überrascht. Was ist aus der alten Hyacinth, dem lieben Mädchen, der verantwortungsbewussten Studentin, Tochter und Lehrerin, geworden? Kaum vorstellbar, dass sie so etwas Schamloses sagt. Die neue Hyacinth dagegen küsst jetzt Smiths Kiefer und schiebt seine Hände erst hoch zur Taille, dann immer höher, bis sie den glatten Satin ihres BHs berühren.

Ab hier findet Smith den Weg selbst. Behutsam schiebt er seine Zeigefinger unter dem elastischen Bund entlang, bis er hinten am Verschluss ist. Seine Haut fühlt sich auf meinem glühenden Körper fast kühl an. Ich stöhne leise auf, vor Lust, und ein bisschen vor Ungeduld.

«Bist du sicher?» Smiths Stimme klingt, als würde er jeden Moment die Kontrolle verlieren, aber ich weiß, dass er sofort aufhören würde, wenn ich es wollte.

Aber ich greife nach hinten und öffne den Verschluss.

Die Träger gleiten über meine Schultern und Arme nach unten, und Sekunden später liegt der BH auf dem Boden.

Smith legt die Hände auf meine Brüste, die so empfindlich sind wie noch nie. Er betrachtet sie verzückt und schüttelt dann den Kopf. «Deine Brüste sind perfekt.»

Er sagt es fast ehrfürchtig, als wäre mein Körper etwas ganz Besonderes, ein Wunder oder so. Das Gefühl ist berauschender als der ganze Alkohol, den ich getrunken habe. Genüsslich streicht Smith mit den Daumen über meine Nippel und beobachtet mich dabei genau. Ich atme scharf ein. Dann kneift er sie ganz sanft.

«Magst du das?», fragt er. Seine Lider sind leicht gesenkt, und ich muss hart schlucken. Ich nicke. In dem bleichen Licht wirkt die Haut unserer Körper fast durchsichtig. Sie schimmert, als würden wir von innen leuchten.

«Was magst du noch?», raunt er und küsst mein Schlüsselbein.

Wieder stöhne ich leise auf. «Einfach nur deine Hände auf meinem Körper.»

Er umfasst meine Brüste von unten und streichelt die empfindliche Haut an der Unterseite. «Glaub mir, ich könnte den ganzen Tag deine Titten anfassen. Aber meine Hände können noch ganz andere Sachen, ganz zu schweigen von meinem Mund.»

Kaum hat er das gesagt, senkt er den Kopf und schließt die Lippen um eine meiner Brustwarzen. Er umspielt sie mit der Zunge, und ich kann gar nicht anders, als die Augen zu schließen. Ich kralle die Hände in seine kurzen Haare.

«Ja!» Das Wort ist eine Mischung aus Bitte und Stoßgebet, dazu Dank an die Götter, besonders an den Sex-mit-einem-völlig-Fremden-Gott.

«Ich will auch was zum Anfassen haben», sage ich. Smith löst sich etwas von mir und bewundert die harte rote Knospe meiner linken Brust. Während er seine Küsse zur anderen Brust hinüberwandern lässt, drücke ich meine Finger an seinen Bauch und schiebe sie langsam nach unten zum Bund seiner Jeans. Ich ertaste den Knopf und schnipse ihn auf.

Smith stöhnt leise. «Stopp.» Er fasst meine Hand und deutet mit dem Kopf die Treppe hinauf. «Machen wir oben weiter. Heute ist keiner in der VIP-Suite.»

Übersetzung: Wir sind dort völlig ungestört und können tun, was immer wir wollen.

Ich zögere kurz.

Smith nimmt meine Unterlippe zärtlich zwischen die Zähne. «Ich will noch andere Stellen an dir kosten», sagt er, und es klingt fast wie ein Knurren. «Wie ich es versprochen habe.»

Noch nie im Leben bin ich so schnell eine Treppe raufgerannt.

Zu schnell, wie es scheint – als ich oben bin, schwankt die Welt um mich herum, und ich muss mich am Geländer festhalten, um nicht umzukippen.

«Ui ...» Ich lehne mich mit der Schulter an die Wand, blinzele ein paarmal und sehe dann Smith an. Innerhalb von Sekundenbruchteilen verändert sich sein Gesichtsausdruck – von lustvoll über verwirrt zu besorgt.

«Hyacinth? Alles okay?»

«Keine Ahnung ... Vielleicht liegt es an den Drinks ...»

«Musst du dich übergeben?»

Ich beiße mir etwas zu fest auf die Lippe. «Weiß nicht.»

Er greift sofort meine Hand. «Los, Baby, wir gehen runter und suchen deine Freundinnen.»

«Aber ich muss dich doch mit nach Hause nehmen», protestiere ich und fahre mir mit der schweißfeuchten Hand über die Stirn. «Nummer drei ... Du solltest doch die Nummer drei sein ...»

Wohl nicht die brillanteste Antwort, aber mir bleibt nicht viel Zeit, mich darüber zu ärgern. Die Welt dreht sich immer schneller, ich schließe die Augen. Dann versinkt alles um mich herum – die steile Treppe, das blaue Licht, Smiths besorgtes Gesicht – in tiefer Dunkelheit.

*

Ich erinnere mich, wie ich die Augen öffne, an die Decke starre und dabei denke, dass die Lampen wie Sterne aussehen. Ich erinnere mich auch, wie ich kurz darauf noch einmal aufwache und das Gefühl habe zu schweben. Bis mir klar wird, dass mich jemand über die Tanzfläche zur Bar trägt. Dann wird alles um mich herum wieder schwarz, bis wir plötzlich auf dem Parkplatz meines Apartmentkomplexes sind.

Zusammengefasst: Ich erinnere mich nur noch bruchstückhaft an alles. Natürlich haben Carson und Rainey mir den Rest des katastrophalen Freitagabends gnadenlos geschildert. Smith war offenbar ganz der Gentleman, trotz meines völlig vergeigten Abschleppversuchs. Er hat darauf bestanden, hinter Carson herzufahren, als sie ihm nicht erlaubt hat, mich nach Hause zu bringen. Und hier hat er mich dann noch bis in die dritte Etage getragen.

«Du bist mitgekommen», sage ich.

Jedenfalls glaube ich, dass ich das gesagt habe. Ob ich

wirklich noch verständliche Worte von mir geben konnte – keine Ahnung. In meiner Erinnerung lächelt Smith und streichelt mir übers Gesicht, während er mich auf die Couch legt. Dann streift er mir die Stiefel ab, während ich versuche, den Sweater loszuwerden. Was natürlich Quatsch ist, da ich den ja längst nicht mehr anhabe.

Ich kenne nicht einmal seinen Nachnamen. Und eine Nummer hat er auch nicht hinterlassen. Kein Wunder bei dem Eindruck, den ich bei ihm hinterlassen haben dürfte. Wer würde da ein zweites Date wollen? Oder besser gesagt, ein richtiges erstes?

Trotzdem tut es weh. Ja, ich weiß, es ging nur um eine heiße Nacht und nicht um die Liebe fürs Leben. Oder? Smith war nicht nur zum Umfallen attraktiv, er war auch höflich. Und witzig. Und ich habe mich die ganze Zeit absolut wohl in meiner Haut gefühlt. Was er an einem Abend geschafft hat, hat Brent während unserer ganzen Beziehung nicht hingekriegt.

Fast zwei Tage dauert es, bis ich die Übelkeit und die Selbstverachtung überwunden habe. Ich bin froh, als die Arbeitswoche an der Franklin School wieder losgeht. Eine lange Woche, in der ich kaum dazu komme, an Fantasy-Clubs oder Bodypainting zu denken. Oder an einen geheimnisvollen Mann namens Smith.

Froh bin ich jedenfalls bis Donnerstag, als der Direktor mich nach der wöchentlichen Lehrerkonferenz in sein Büro bittet.

Wäre ich noch in der Highschool, würde ich wohl kaum dem Direktor gegenübersitzen und mich fragen, was der ernste Gesichtsausdruck soll. In der Highschool hätte ich einfach nur die nächste Auszeichnung als beste Schülerin oder eine weitere Urkunde für herausragende akademische Leistungen entgegengenommen.

Oder einen Pokal.

Irgendwie gab es immer einen Pokal.

Aber jetzt, am Donnerstagnachmittag, sitze ich Direktor Weathersby gegenüber und spüre einen dicken Kloß im Hals. Zwar sitze ich hier als erwachsene Frau und Mitglied des Kollegiums, trotzdem fühle ich mich leicht beklommen.

«Wie geht es Ihnen, Miss Hendricks? Irgendwelche Probleme mit den Schülern?»

Mr. Weathersby sagt nicht «schon», aber das meint er wohl. Da ich noch ziemlich neu an der Schule bin, fühlt er sich wahrscheinlich verpflichtet, mir ein bisschen auf den Zahn zu fühlen. Und er will bestimmt sichergehen, dass ich auch den höheren Jahrgangsstufen gewachsen bin, denn für Ende zwanzig sehe ich doch recht jung aus. Außerdem klinge ich, wenn ich aufgeregt und nervös bin, wie Minnie Maus.

«Ich komme gut zurecht, Sir. Danke.»

«Und von Ihrer Mentorin, Mrs. Jenks, bekommen Sie alles, was Sie für den Unterricht brauchen?»

«Ja. Natürlich.»

Mr. Weathersby bringt seinen massigen Körper auf dem Stuhl in eine andere Position, wobei der ganze Schreibtisch klappert. «Ich weiß, dass unsere Schule nicht den besten Ruf hat», sagt er und räuspert sich. «Unsere Schüler können schon mal ein bisschen *schwierig* sein, wenn ich es mal so ausdrücken darf.»

Ich lächele immer noch, wenn auch etwas weniger breit. Ich verstehe, was er mir sagen will – die Franklin School ist in ganz Baltimore als Problemschule bekannt. Die Schüler hier haben ständig mit dem Jugendamt zu tun. Noch bevor ich hier angefangen habe, habe ich mehr als einmal das Wort «Knastischule» gehört. Und so ganz falsch ist die Bezeichnung nicht – ein Großteil der Schüler war schon einmal in Jugendarrest. Bei vielen Schülern der oberen Klassen ist es mehr als fragwürdig, ob sie je den Abschluss schaffen werden, auch wenn sie jetzt schon zwei bis drei Jahre älter sind als der durchschnittliche Highschoolabsolvent.

«Bisher läuft wirklich alles gut», lüge ich und hoffe, dass ich dabei gelassen wirke. Gelassen und friedlich, wie eine glückliche Kuh auf der Weide. Eine Kuh, der man auf dem Flur nicht «geile Schnitte» oder «Frischfleisch» hinterherruft – und das sind nur die Nettigkeiten heute. Dabei tue ich mein Bestes, möglichst alt zu wirken – heute trage ich zum Beispiel ein knielanges schwarzes Kleid mit einer roten Strickjacke darüber. Mein Gesicht ist eigentlich zu rund für hochgesteckte Haare, trotzdem trage ich immer einen Dutt oder einen Pferdeschwanz. Aber viel hilft das alles nicht. Da der Altersdurchschnitt der Erwachsenen in diesem Gebäude um die fünfzig liegt, darf ein gewisses Mindestinteresse seitens der männlichen Schüler eigentlich niemanden verwundern.

Mr. Weathersby straft mich mit einem Netter-Versuch-aber-ich-glaube-Ihnen-kein-Wort-Blick. «Die meisten unserer Schüler kommen aus schwierigen Verhältnissen, aber wir sind verpflichtet, jeden aufzunehmen, unabhängig von seinen oder ihren aktuellen Problemen.»

Mir ist klar, warum er das sagt. Vorhin bei der Lehrerkonferenz hat Officer Rains, der Schulpolizist, uns über ein

Programm des Justizministeriums informiert, in dem die Teilnehmer zu jeder Zeit eine elektronische Fußfessel tragen müssen, mit der ihr Aufenthaltsort überwacht wird. Auch an unserer Schule gibt es einige Schüler, die in diesem Programm sind.

«Aus diesem Grund halte ich es für wichtig, mit Ihnen zu sprechen», fährt Mr. Weathersby fort und rückt seine gestreifte Krawatte gerade. «Sie sind kaum älter als einige unserer schwierigsten Schüler. Bitte lassen Sie sich davon nicht verunsichern. Setzen Sie sich durch. Die Schüler haben Sie als Lehrpraktikantin genauso zu respektieren wie die regulären Lehrer.»

Ich nicke. «Das war mir bewusst, als ich die Stelle angenommen habe. Ich versichere Ihnen, ich komme mit all dem klar.»

So bin ich eben. Typ Rockstar. Immer ein bisschen toller als die anderen. Alles, was ich im Leben angefasst habe, habe ich mit Bravour gemeistert. Jahr für Jahr unter den besten Schülern, Abschlussrednerin meines Highschooljahrgangs, Collegeabschluss mit magna cum laude. Aber jetzt? Ehrlich gesagt habe ich es etwas über, jede Prüfung mit links zu bestehen und jedes Spiel mühelos zu gewinnen. Eine Aufgabe, von der alle glauben, ich sei ihr nicht gewachsen, ist genau das, was ich gerade brauche.

«War das alles, Sir?», frage ich und bemühe mich, höflich zu klingen. Ich bin spät dran. Dad macht sich garantiert Sorgen. Unser Abendessen am Donnerstag habe ich noch nie ausfallen lassen.

Mr. Weathersby räuspert sich und lächelt mich etwas verkrampft an. «Nein, noch nicht ganz. Ich habe Sie noch wegen einer anderen Sache hergebeten. Sie bekommen morgen früh einen neuen Schüler. Vielleicht erscheint es Ihnen etwas ungewöhnlich, aber ich halte es für wichtig, dass Sie ihn jetzt schon kennenlernen.»

«Oh. Okay, prima.» Ich setze mein perfekt einstudiertes Lehrerlächeln auf. Freundlich, aber nicht zu offen; fürsorglich, aber nicht herablassend. Meine Geheimwaffe. Hältst du die Schüler auf Distanz und wahrst gleichzeitig die Autorität, respektieren sie dich, selbst wenn sie längst alt genug sind, um Schnaps zu kaufen. Oder wenigstens Zigaretten. Und Pornos.

«Mr. Asher, kommen Sie doch bitte rein», ruft Mr. Weathersby.

Während ich noch überlege, ob ich aufstehen oder sitzen bleiben soll, öffnet sich hinter mir die Tür. Warum bloß dieses Vortreffen? Vielleicht ist es jemand, der schon einmal einen Lehrer angegriffen hat?

Scheiße, vielleicht hat er seinen letzten Englischlehrer umgebracht, und Mr. Weathersby will mir eine letzte Chance geben, heil davonzukommen ...

Hör schon auf, Cyn.

Aber als ich mich mit starrem Lächeln umdrehe, sind alle Gedanken an Gewalttäter und Verstöße gegen Bewährungsauflagen mit einem Schlag wie ausgelöscht. Der Grund: Ich kenne den Schüler, der gerade hereingekommen ist.

Ich kenne ihn gut. *Viel zu gut.*

Unsere letzte Begegnung war auf einer dunklen Treppe, wo ich halbnackt und mit Farbe besprüht an seinem Hals hing und ihn angefleht habe, mich anzufassen.

Dieselben hellbraunen Haare, militärisch kurz geschnitten, für die ich mich sofort auf den Boden geworfen und

Liegestütze gemacht hätte. Derselbe filigran tätowierte Schriftzug an seinem muskulösen Unterarm. Dasselbe sexy schiefe Lächeln auf denselben vollen Lippen, mit denen ich letzten Freitag rumgeknutscht habe, bis mir schwindlig wurde.

Scheiße.

Ich bin in der Hölle.

In einer grausamen, gemeinen Horrorhölle, speziell für mich gemacht.

Wäre ich allein, würde ich jetzt meinen Kopf zwischen die Knie stecken und mich darauf konzentrieren, nicht zu hyperventilieren. Stattdessen sitze ich vor Peinlichkeit erstarrt auf diesem Stuhl. Ich meine, ich bin erst seit ein paar Monaten Lehrpraktikantin – das dürfte doch zu schaffen sein, ohne einen Schüler zu verführen. Könnte man annehmen.

Habe *ich auch* angenommen.

Von wegen.

Ich starre Smith an, er starrt zurück. Ich muss nur diese Augen sehen, und mein dämliches, sexbesessenes Gehirn kann sofort wieder nur daran denken, wie es ist, von ihm berührt zu werden.

Oh Gott, und wenn er die Sache erwähnt? Dann ist mein Job hier futsch. Wie konnte ich nur so blöd sein?

«Miss Hendricks, das ist Smith Asher. Er ist neu an unserer Schule, und er wird ab jetzt an Ihrem ersten Englischkurs teilnehmen.»

Ich schlucke erst, dann nicke ich. Wenn ich das nicht tue, übergebe ich mich oder fange an zu heulen. Da ist schlucken und nicken das kleinere Übel.

«Ich stelle Ihnen Mr. Asher außerhalb des Kurses vor, da

seine Situation ein Sonderfall ist. Er war bisher im Homeschooling-Programm des Sozialamts, weshalb er erst so spät im Schuljahr zu uns wechselt. Das ist auch der Grund, weshalb er verpasste Tests und Arbeiten nicht nachzuholen braucht. Relevant für seinen Abschluss im Frühjahr sind lediglich seine Anwesenheit und die Leistungen ab jetzt.»

Mr. Weathersby legt die Fingerspitzen vor dem Gesicht aneinander und sieht von mir, immer noch sitzend, zu Smith, der jetzt links von mir steht und sich mit der Hüfte an den Stuhl neben mir lehnt. Ich fahre mir mit der Zunge über die Lippen und zwinge mich, nicht zu ihm aufzusehen.

Stattdessen starre ich den Direktor an – der meine Lehramtskarriere sofort beenden könnte, wenn er wüsste, wie viel ich vom Körper dieses Schülers bereits gesehen habe.

Neben mir raschelt Stoff – anscheinend hat Smith sich jetzt doch fürs Hinsetzen entschieden. Als er sich auf dem Stuhl neben mir niederlässt, weht ein Hauch seines Aftershaves zu mir herüber. Ich erkenne den schweren und gleichzeitig frischen Duft sofort wieder; genauso hat er gerochen, als er sich an mich gepresst hat. Mir wird schwindelig.

«Wie gesagt, Mr. Ashers regelmäßige Anwesenheit und Beteiligung sind von höchster Wichtigkeit», fährt Mr. Weathersby fort. «Ich muss Ihnen ja nicht extra sagen, Miss Hendricks, wie sehr uns die Zukunft unserer Schüler am Herzen liegt.»

«Nein, Sir, natürlich nicht.»

Meine Stimme klingt dünn, furchtbar dünn. Ich werde rot und möchte am liebsten die Augen zukneifen. Immerhin schaffe ich es, den Blick starr geradeaus auf ein paar Fotos auf dem Schreibtisch zu richten.

Smith hustet. «Mr. Weathersby, das ist wirklich nicht nötig.»

Der Klang seiner Stimme ist wie Starkstrom, der durch jeden Nerv meines Körpers fährt. Ich springe fast auf, beherrsche mich aber im letzten Augenblick. Schnell schlage ich die Beine übereinander, bloß um sie gleich darauf wieder nebeneinanderzustellen – so sehe ich noch am wenigsten wie ein herumhüpfender Freak aus.

«Miss, äh, Hendricks wird mit mir absolut keine Probleme haben», sagt Smith.

Vorsichtig schiele ich zu ihm hinüber. Er hat die Arme abweisend vor der Brust verschränkt.

Der Direktor zieht eine Braue nach oben. «Ich hoffe, Sie haben recht.»

Dann klopft es an der Tür, und eine der Schulsekretärinnen rauscht herein.

«Mr. Weathersby», japst sie, «der Bewährungshelfer von Kyle Dorman will mit Ihnen sprechen – anscheinend ist der Junge heute Nachmittag nicht aufgetaucht. Und einer der Metalldetektoren funktioniert nicht. Mal wieder.»

Der Direktor schüttelt den Kopf und verdreht die Augen, dann sieht er mich an. «Danke, dass Sie gekommen sind, Miss Hendricks. Und Mr. Asher, bitte kommen Sie morgen früh vor dem Unterricht noch einmal vorbei, dann gebe ich Ihnen Ihren Stundenplan.»

Ich erhebe mich langsam und zwinge mich, nicht sofort Hals über Kopf aus dem Büro zu stürzen. «Danke, Sir.»

Mit einem Kloß im Hals halte ich Smith die Hand hin, ohne ihm dabei in die Augen zu sehen. «Schön, Sie kennenzulernen. Wenn Sie irgendwas brauchen, lassen Sie es mich bitte wissen.»

Ich erwarte Smiths Händedruck, aber als er ausbleibt, sehe ich ihn doch an. Diese Augen – es glüht förmlich darin. Sicher hat es was mit Testosteron oder so zu tun. Aus jeder Pore verströmt er Selbstvertrauen und Männlichkeit. In meiner Erinnerung habe ich es auf die Beleuchtung im Club oder den Alkohol geschoben, aber jetzt wird mir klar, dass Smith immer diese maskulin-potente Ausstrahlung hat, egal ob am Tag oder in der Nacht.

«Danke, Miss Hendricks.» Seine Stimme ist leise. «Ich werde Ihnen Bescheid geben, falls ich Ihre Hilfe brauche.»

Nachdem ich ein paarmal wie dämlich geblinzelt habe, ringe ich mir ein Lächeln ab – mein Lehrerlächeln. Es fällt mir nicht leicht, aber ich bekomme es hin. «Okay, prima.» Meine Stimmlage liegt eine Oktave höher als normal, aber immerhin werde ich nicht ohnmächtig, als er dann doch noch meine Hand nimmt.

Als er meine Hand berührt, fühle ich mich plötzlich wie einer von diesen aufblasbaren Boxsäcken mit sandbeschwertem Fuß. Mir wird ohnehin schnell schwindelig, aber als ich Smiths Haut auf meiner spüre, haut es mich fast um. Seine Berührung ist eine Offenbarung – eine warme, einladende, prickelnde Offenbarung. Dabei schüttelt er meine Hand noch nicht einmal, er hält sie nur einen Moment, drückt sie leicht und lässt sie dann los. Auch nachdem er einen Schritt zurück gemacht hat, spüre ich seine Nähe noch, sie umhüllt mich wie eine zusätzliche Kleidungsschicht.

Was habe ich da doch gleich gesagt?

Dass ich Herausforderungen liebe?

Würde mich beim nächsten Mal *bitte* jemand daran erinnern, verdammt noch mal die Klappe zu halten, wenn ich so einen dämlichen Spruch von mir gebe? Das ist, als ob man mitten im Horrorfilm «Bin gleich wieder da» sagt. Oder «Schlimmer kann's nicht mehr werden», wenn eine grauenvolle, unerträgliche Scheißwoche einfach nicht enden will.

Genau als eine solche Scheißwoche entpuppt sich diese Woche gerade.

Mr. Weathersby schiebt seinen Stuhl nach hinten, und das Quietschen auf dem Boden schießt mir durch Mark und Bein. Ich muss hier unbedingt raus.

«Schönen Feierabend», nuschele ich noch vage.

Dann stürme ich aus der Tür und durchs Hauptsekretariat, wobei ich immer wieder über mein Kleid streiche, als ob sich diese Mischung aus Horror und Peinlichkeit abstreifen ließe. Erst am Ende des Flurs fange ich wieder an zu atmen. Als ich schließlich meinen Kursraum betrete, schließe ich hinter mir die Tür und lasse mich dagegenfallen.

Fuck.

Die letzten Tage habe ich alles versucht, um den Freitagabend zu vergessen. Ich habe mir sogar eingeredet, diese Vollblamage sei nie passiert. Aber jetzt, mit dem Rücken an der Tür meines Kursraums, kommt alles zurück. Ich kann an nichts anderes mehr denken als daran, wie er mich berührt hat. Alle meine fünf Sinne kennen nur noch eins: Smith.

Aber es muss einen Weg geben, das alles wieder zu vergessen, und ich werde ihn finden. Schritt eins: Bloß raus aus der Franklin School!

KAPITEL 5
Schadensbegrenzung

GUT EIN oder zwei Minuten lang verdanke ich es nur der Tür in meinem Rücken, dass ich nicht umkippe. Ich muss mich jetzt erst mal orientieren und die Fakten sortieren. Als ich wieder sicher bin, dass ich meinen Beinen vertrauen kann, gehe ich langsam hinüber zu meinem Pult und setze mich. Dann lege ich den Kopf auf die kühle Tischplatte.

Ich muss kündigen, so einfach ist das. Ich werde Mr. Weathersby irgendeine Ausrede auftischen und ihn dann bitten, dass er mich versetzt. Oh Mann, ich würde auch in der Vorschule arbeiten, um diesem Desaster hier zu entkommen.

Ich versuche, ein paarmal tief durchzuatmen und mich dabei ganz auf das fleckige Linoleum oder die porösen Betonwände zu konzentrieren. Alles, was mich von der aufsteigenden Panik ablenkt, ist gut. Kann schon sein, dass ich eben noch der Meinung war, dass man nicht immer so perfekt sein muss. Aber mal im Ernst, das war doch nur aufgeblähter Bullshit. Ich hätte diesen Job nie angenommen, wenn ich nicht gedacht hätte, dass ich ihn wie alles andere mit links wuppen würde. Versagen kommt bei mir einfach nicht in die Tüte. Klar, kündigen wäre ganz schön drastisch. Aber ein Teil von mir will lieber still und leise raus aus der Sache als spektakulär scheitern.

Gott, allein beim Gedanken daran fühle ich mich wie eine Totalversagerin.

Es dauert ewig, bis ich bemerke, dass es in meiner Schreibtischschublade laut und unablässig brummt. Seufzend nehme ich meine Handtasche heraus und krame darin nach meinem Handy. Ich habe drei SMS, zwei sind von Dad:

Kommst du heute?

Hallo?

Und eine von Carson:

Heute Lust auf rote Margaritas? Abstürzen im
La Tolteca! Es ist durstiger Donnerstag, Baby!
Nur noch 1 T bis zum WE!

Nein, ich habe heute ganz sicher *keine* Lust auf Frozen Margaritas mit Rotwein, auch wenn das Zeug klasse schmeckt. Ich will nach Holly Fields und mit Dad zu Abend essen, und dann muss ich zusehen, wie ich aus diesem Schlamassel wieder rauskomme. Bisher habe ich noch nicht die Spur einer Ahnung, wie ich das anstellen soll.

Als ich die Schule durch den Haupteingang verlasse und zum Lehrerparkplatz gehe, vibriert mein Handy schon wieder. Diesmal ist es ein Anruf. «Hey, Dad, ich bin auf dem Weg.»

Dad hustet und räuspert sich. «Hallo, Prinzessin, tut mir leid, dass ich dich nerve.»

«Nein, alles okay, Dad. Mir ist noch eine Besprechung dazwischengekommen, aber jetzt bin ich gerade raus.»

«Jetzt musst du schon zu Besprechungen? Du machst den Job doch erst seit einem Monat. Die und ihre verdammte Bürokratie.»

Ich muss lächeln. Typisch Dad, immer auf der Seite der Unterjochten. «Es ist doch noch gar kein richtiger Job, Dad. Ich bekomme kein Geld dafür. Die Arbeit soll mir helfen, einen Job zu *finden*, wenn ich mit dem Master fertig bin.»

«Und du bist an der Franklin School, hast du gesagt?»

«Ja», antworte ich und bereite mich auf die obligatorische Predigt vor.

«Du weißt ja, was ich davon halte, dass du in diesem Viertel arbeitest.»

«Aber du weißt auch, dass ich an der Highschool unterrichten will und es nur diese Stelle gab.»

Auch wenn ich nicht weiß, wie lange ich noch hier sein werde.

«Na gut. Du bist also jetzt auf dem Weg, ja?»

«Jepp. Ich bin um» – ich nehme kurz das Handy vom Ohr, um die Uhrzeit abzulesen – «halb sechs bei dir.»

«Schön, du weißt ja, wo du mich findest.» Er hustet noch einmal, und ich höre, wie er mit dem Telefon irgendwo anstößt – vermutlich am Nachttisch –, dann ist die Verbindung unterbrochen.

Am Auto angekommen, werfe ich das Handy in die Handtasche und durchwühle das vordere Fach nach dem

Schlüssel. Ich muss die näher kommenden Schritte völlig überhört haben, denn als direkt hinter mir Smiths Stimme ertönt, springe ich vor Schreck fast einen halben Meter in die Höhe.

«Du bist also Lehrerin.»

Ich wirbele herum. Er hat die Hände in den Taschen vergraben und lächelt mich frech an, einen Mundwinkel leicht nach oben gezogen. Sein blaues T-Shirt spannt sich wie eine zweite Haut über dem muskulösen Körper und bringt seine Augen perfekt zur Geltung. Sein Blick, der über meinen Körper huscht, kommt mir allzu bekannt vor. Ich mache einen Schritt nach hinten, bis ich mit dem Hintern an die Autotür stoße.

«Genau genommen nicht», sage ich langsam. «Noch nicht.» Mittlerweile haben meine Finger den Schlüssel gefunden und krallen sich jetzt so fest darum, dass es jeden Moment anfangen muss zu bluten.

Zweifelnd sieht er mich an, zieht die Hände aus der Tasche und verschränkt die Arme vor der Brust. Jetzt bloß nicht an das Supermansymbol denken!

«Das sieht mir aber nicht so aus», sagt er.

«Ist aber so», erwidere ich gereizt. «Ich bin Lehrpraktikantin.»

«Aha.» Er nickt knapp. «Na, dann ist das Ganze doch gar nicht so peinlich.»

Ich lache schnaubend auf. Mal ehrlich, peinlicher geht doch gar nicht.

«Kannst du mir mal bitte erklären, wie es kommt, dass du einundzwanzig bist und noch zur Schule gehst?»

«Lange Geschichte. Es fängt damit an, dass ich gar keine einundzwanzig bin.»

Oh, nein. Scheiße.

Sei bitte nicht minderjährig, auf keinen Fall minderjährig. Lieber Gott, bitte mach, dass er nicht zu den Jungs gehört, die schon wie erwachsene Männer aussehen.

«Ich bin zwanzig», fährt er fort und wippt leicht auf den Fersen. Dieses unmögliche Grinsen – er hat meine Panik doch genau gesehen.

«Und wie bist du in den Club gekommen?»

«Gefälschter Führerschein. Außerdem kenne ich doch den Chef, weißt du noch?»

«Oh.» Ich schlucke und weiß nicht recht, was ich sagen soll. «Hör zu, das Ganze hier ist total dumm gelaufen, und ich bitte dich nur um eins: Lass mich mit Mr. Weathersby reden, bevor ich kündige.»

Er runzelt die Stirn. «Warum solltest du kündigen?»

Ich starre ihn an. «Im Ernst jetzt?»

«Ja, klar, im Ernst.»

Mein Körper versteift sich, als er einen Schritt auf mich zumacht. Das Auto ist direkt hinter mir, ich kann nicht weiter zurück.

«Es ist doch kaum etwas passiert, Hyacinth», sagt er jetzt leise.

Ich lache laut auf. Sehr laut. So laut, dass das Lachen zu einem Schnauben wird.

Das ist ja ganz reizend.

«Hast du vergessen, dass wir am Freitag wie die Blöden rumgeknutscht haben?»

«Glaub mir.» Es zuckt an seinem Kiefer, als würde er kurz die Zähne zusammenbeißen. «Ich habe gar nichts vergessen.»

Ich leider auch nicht. Genau das ist das Problem.

«Aber das war vorher», fährt er fort. «Bevor du meine Lehrerin geworden bist und ich dein Schüler.»

Ich hasse, wie diese Worte aus seinem Mund klingen, und hasse, dass ich es hasse.

«Ich werde niemandem davon erzählen», sagt er schließlich. «Wir haben uns außerhalb der Schule kennengelernt und hatten ein bisschen Spaß miteinander. Wir haben keine Regeln missachtet, und schon gar keine Gesetze.»

Meine Kehle ist wie zugeschnürt. Er versteht es einfach nicht.

«Außerdem sind es doch nur ein paar Monate», fügt Smith hinzu. «Im Juni mache ich meinen Abschluss, und du siehst mich nie wieder.»

Ich muss schlucken. Im Juni werde auch ich hier fertig sein. Aber das sage ich ihm nicht.

Stattdessen sage ich: «Ich weiß nicht, ich halte es für besser, gleich zu kündigen.»

Smith macht einen Schritt zurück und betrachtet mich mit hochgezogenen Brauen. «Die Wahrheit ist wohl eher», sagt er dann mit einem feisten Grinsen, «dass du mich attraktiv findest und dir nicht sicher bist, ob du dich in meiner Nähe im Zaum halten kannst.»

Ich öffne den Mund. Und schließe ihn wieder. Wütend balle ich beide Hände zu Fäusten, damit ich ihm keine scheuern kann. *Das* würde mir *echt* Ärger einbringen.

«Das stimmt nicht», presse ich mühsam zwischen zusammengebissenen Zähnen hervor. Schulterzuckend wendet er sich ab. «Okay. Egal.» Er geht auf einen großen schwarzen Pick-up-Truck zu, einen Dodge.

«Du hast deine Nummer nicht dagelassen», platze ich heraus. Er dreht sich um und starrt mich an.

«Was?»

«Letztes Wochenende.» Ich schlucke und werde purpurrot. «Du hast keine Nummer dagelassen.»

Smith sieht mir mit erhobenem Kopf gerade in die Augen. Nur mit Mühe halte ich seinem Blick stand.

«In Anbetracht aller Umstände, *Miss Hendricks*, war das wohl auch besser so.»

Dem kann ich leider nicht widersprechen, sosehr ich auch möchte.

«Hör zu, Hyacinth ...» Smith verstummt und fährt sich mit der Hand über den Kopf. «Ganz im Ernst, von mir erfährt keiner etwas darüber, was im Club war. Oder danach. Das schwöre ich dir.»

Ich nicke. «Danke.»

Dann steige ich ins Auto, lasse den Motor an und stelle die Automatikschaltung auf DRIVE. Und das alles, während der größte Fehler meines Lebens mich dabei beobachtet.

*

Anscheinend hat irgendwer Dad in seinem Rollstuhl in die Cafeteria geschoben, denn er isst schon, als ich ankomme.

«Hi, Daddy.» Ich beuge mich hinab zu ihm und küsse ihn auf die Wange. «Tut mir leid, dass ich mich verspätet habe.»

Ich werfe einen Blick auf sein Tablett. «Mal wieder Hackbraten?»

«Ja.» Er kaut, schluckt und nimmt den nächsten Bissen. «Was soll ich sagen? Schmeckt köstlich.»

«Das freut mich», sage ich und drücke seine Schulter. «Ich hole mir nur kurz ein Sandwich, okay?»

«Na klar, Prinzessin.»

Ich hänge meinen Mantel und meine Tasche an einen Haken neben der Tür und stelle mich dann in die Schlange vor der Essenstheke. Vor mir steht Mr. Anderson. Er lächelt mir freundlich zu, als ich mir ein Tablett nehme.

«Hey, Cyn, wie läuft es an der Schule?»

Meine Arbeit ist eigentlich das Letzte, worüber ich gerade sprechen möchte, aber der alte Mr. Anderson ist wirklich ein reizender Mann, und ich weiß, dass er es nur gut mit mir meint. Ich lächele ihn an. «Großartig. Danke der Nachfrage, Mr. A.»

«Das freut mich zu hören», gibt er lächelnd zurück.

Dann bin ich dran, und Laverna, eine der Bedienungen, gibt mir mein Putenbrustsandwich samt Apfel. Eigentlich ist sie auch eine Bewohnerin, aber sie kocht für ihr Leben gern, deshalb lässt die Heimleitung sie ein paarmal die Woche in der Abendschicht aushelfen.

«Lassen Sie es sich schmecken.» Lavernas Stimme kratzt heute ein bisschen, weshalb ich sie besorgt ansehe.

«Benutzen Sie auch immer schön Ihr Spray, Miss Laverna? Sie klingen nicht so gut.»

Sie zuckt mit den Schultern und lächelt schuldbewusst. «Vielleicht habe ich es gestern Abend vergessen. Ich bin ja so früh eingeschlafen.»

Ich schüttele den Kopf und schnalze leise mit der Zunge. «Wenn Sie nicht gut auf sich achten, werde ich jeden Abend vorbeikommen und kontrollieren, ob Sie Ihr Spray benutzt haben.»

Kichernd winkt sie mich weiter. «Sie tun gerade so, als ob das eine Drohung wäre. Ihr Dad fände es toll, wenn Sie so oft hier wären. Und wir anderen übrigens auch.»

Ich unterdrücke ein Seufzen. «Ja. Ich weiß.»

Ich bin Holly Fields in vielerlei Hinsicht wirklich dankbar. Dad wird erstklassig versorgt. Die Schwestern sind wunderbar, und er hat hier gute Freunde gefunden. Leider hat er auch ein paar verloren, aber ein bisschen Schwund ist wohl immer, wenn man in eine Betreuungseinrichtung zieht.

Ursprünglich wollte ich gar nicht, dass Dad hierher kommt. Nach seinem Autounfall habe ich mich lange selbst um ihn gekümmert, was gut geklappt hat. Er konnte zwar seine Beine nicht mehr bewegen, aber ansonsten war er körperlich fit, im Kopf sowieso. Er bekam Behindertenrente, sodass wir gut klargekommen sind.

Aber nach der Hälfte meines ersten Collegejahrs ging es mit den Schlaganfällen los, und er brauchte ständig jemanden um sich. Seit dem zweiten Schlaganfall ist er halbseitig gelähmt; er hat sich leider nie wieder ganz erholt. Er kann immer noch alleine essen und sich anziehen, meistens jedenfalls. Aber Schuhe zubinden, Auto fahren oder Schraubgläser öffnen – keine Chance. Bei allem, wofür man beide Hände braucht, muss ihm eine Schwester helfen. Oder ich.

Er hat darauf bestanden, ins Heim zu gehen. Ich dagegen war der festen Überzeugung, mich gleichzeitig um ihn kümmern und studieren zu können. Ich hatte ein Stipendium, die Studiengebühren waren also kein Problem. Aber dann, vor etwa einem Jahr, komme ich eines Dienstags nach Hause, und da sitzt er in seinem Rollstuhl in der Küche, neben sich die gepackte Tasche.

Ich glaube, ich habe noch nie so geheult wie an diesem Tag. Wie die letzte Versagerin habe ich mich gefühlt. Klingt unlogisch? Kann sein. Aber seit Mom verschwand – da lag ich noch in den Windeln –, bin ich die einzige wirkliche

Konstante in Dads Leben gewesen. Und auch die einzige Frau – jedenfalls seit er so abgebaut hat. Er wiederum ist für mich immer eine Art Kompass im Leben gewesen, mein Polarstern. Rückblickend bin ich nicht mehr sicher, was mir damals mehr Angst gemacht hat: dass ich Dad im Stich lasse, oder er mich.

Während ich zurück zu Dads Tisch gehe, schiebe ich die tristen Gedanken beiseite. Rechts und links von ihm sitzen jetzt seine beiden engsten Freunde, Rocky und Wyatt. In Holly Fields leben Menschen aller Altersstufen und Pflegegrade. Mein Vater hat sich mit zwei Männern angefreundet, die wie er deutlich jünger sind, als man es von Bewohnern einer solchen Einrichtung erwarten würde.

«Meine Herren», sage ich grinsend, «störe ich oder darf ich mich dazusetzen?»

«Setz dich, Cyn. Du bist eh der einzige Grund, warum ich mit diesem alten Furz hier esse», sagt Rocky und stupst Dad mit dem Ellbogen in die Rippen.

Rocky ist ein oder zwei Jahre länger hier als Dad, und er ist so etwas wie das Maskottchen von Holly Fields. Jeder hat ihn gern. Er hat ALS, aber trotz dieser furchtbaren Diagnose ist er jedes Mal, wenn ich ihn sehe, bester Laune und scheint mit dem Leben rundum zufrieden zu sein. Stolz behauptet er von sich, «noch keine fünf Jahrzehnte auf dem Buckel und volles Haar wie ein junger Gott» zu haben. Entsprechend bittet er mich bei jedem Besuch, doch mal meine Freundinnen mitzubringen. Zu seinen besten Zeiten war er bestimmt ein ziemlicher Ladykiller.

Wyatt dagegen ist viel ruhiger und zurückhaltender, obwohl er etliche Jahre jünger ist. Er ist letzten Monat sechsundzwanzig geworden. Sein Unfall liegt erst ein halbes Jahr zurück, danach hat er zwei Monate im Koma gelegen. Laut Dad, der angeblich die Ärzte belauscht hat, erholt er sich prächtig.

«Hey, Hyacinth», begrüßt mich Wyatt und lächelt. Seine dunkelbraunen Locken sind in den letzten Wochen stark nachgewachsen – die OP-Narbe, die sonst wie ein blutrotes C über seinem linken Ohr prangt, ist kaum noch zu sehen. Neurochirurgische Eingriffe sind echt übel und gefährlich. Wyatt hatte tierisches Glück, nicht nur den Unfall, sondern dann auch die Operationen zu überleben.

Er ruckelt seinen Rollstuhl zur Seite und macht Platz für meinen Stuhl. «Mal wieder Pute?»

«So sieht's aus.»

Er zuckt mit dem Kopf, was ein Nicken sein soll, und ich drücke kurz seine Schulter. Seine Arme, voller bunter Tattoos, sind immer noch erstaunlich kräftig. Dad hat erzählt, Wyatt sei vor dem Unfall ein ziemlich erfolgreicher Musiker gewesen – ein Drummer, glaube ich. Allerdings wollen die meisten irgendetwas total Tolles gewesen sein, bevor sie nach Holly Fields gekommen sind.

Beim Essen schaue ich stur auf mein Sandwich und vermeide es, den drei Männern zuzusehen, die sich oft ziemlich abmühen. Manchmal fällt es mir wirklich schwer, nicht einzugreifen. Mein Vater isst nur mit einer Hand, während die andere gelähmt auf seinem Schoß liegt; Rocky zittert wie verrückt, wenn er einen Löffel oder eine Tasse in die Hand nimmt; und Wyatt scheint sein Essen manchmal nur anzustarren, als wolle er es per Telekinese in den Mund befördern. Natürlich kenne ich den Grund: Sein Körper will ihm wieder einmal nicht gehorchen. Er arbeitet hart an sich, aber es liegt noch ein Stück Weg vor ihm.

«Soll ich dir helfen?», frage ich leise.

Er schüttelt den Kopf und lächelt unglücklich. «Erzähl mir lieber was», weicht er aus. «Wie läuft es als Lehrerin?»

Kurz verdrehe ich die Augen zur Decke. «Willst du das ernsthaft wissen?»

«Klar.»

Ich blicke rüber zu Dad, der mit der Gabel in seinen Kartoffeln herumstochert und sich vor Konzentration auf die Unterlippe beißt. «Ich hab's versaut, glaube ich. Und keine Ahnung, was ich tun soll.»

Wyatt, dem es endlich gelingt, seine Hand neben das Tablett auf den Tisch zu legen, sieht mich an.

«Das fällt mir jetzt schwer zu glauben», sagt er ruhig. Dann lächelt er, und in den Winkeln seiner grauen Augen bilden sich kleine Fältchen.

Ich schüttele den Kopf. «Es gibt da jemanden an der Schule, den ich ... den ich vorher schon kannte. Ich glaube, er hat nicht den besten Eindruck von mir. Jedenfalls überlege ich gerade, ob es nicht besser wäre, die Schule zu wechseln.»

Keine Reaktion von Wyatt – er ist voll damit beschäftigt, die Gabel aufzunehmen. Ich muss meine Hände im Schoß umklammert halten, um ihm nicht zu helfen.

«Gefällt es dir denn an der Schule, an der du bist?», fragt er, als die Gabel schließlich den Weg in seine Hand gefunden hat. Dann spießt er damit eine gekochte Möhre auf und führt sie langsam zum Mund.

«Ja – auch wenn es Dad lieber wäre, ich wäre nicht an der Franklin. Er denkt, es sei dort zu gefährlich für mich. Aber seit ich weiß, dass ich an der Highschool unterrichten will, ist mir auch klar gewesen, dass ich mein Lehrpraktikum an der Franklin School machen werde. Ich will nicht an irgendeine feine Privatschule mit Kindern, die stinkreiche Eltern und schon eigene Aktienpakete haben. Ich will dahin, wo meine Arbeit wirklich gebraucht wird.»

Wyatt nickt, während er auf seiner Möhre herumkaut. «Okay. Verstehe ich.»

Ich nehme mein Sandwich und fange an zu essen, denn mittlerweile sieht Dad zu mir herüber. Ich will nicht, dass er was von meinen Sorgen mitbekommt.

Zu spät. «Was ist los, Prinzessin?», fragt er. «Du siehst ein bisschen geknickt aus.»

Ich schüttele den Kopf und zwinge mich zu einem Lächeln. «Mir geht's gut, Daddy. Ich bin nur müde. Und ich kann heute nicht lange bleiben.» Ich blicke kurz zu Wyatt, dann wieder zu Dad. «Wir fangen morgen mit *Hamlet* an, darauf muss ich mich noch vorbereiten.»

«Sein oder nicht sein», witzelt Rocky und trinkt einen großen Schluck Milch. «Was war noch mal Hamlets große Schwäche? Ehrgeiz?»

«Unentschlossenheit», antworte ich und verschlucke mich fast an dem Wort.

Mann, warum muss Literatur einen bloß immer so voll mit der Nase auf die eigenen Probleme stoßen?

Leider werde ich morgen vor einem Kursraum voller Teenager stehen, die das einen Dreck interessiert.

Oh, und ein Mann, der mich fast nackt gesehen hat, wird auch dabei sein.

Verfluchter Mist.

Ob es schon zu spät ist, sich krankzumelden?

KAPITEL 6
Klassenkampf

TIEF DURCHATMEN.
Du schaffst das.

Tief atmen.

Es ist nur eine Stunde.

Nervös betaste ich meine dunklen Locken, die ich zu einem Pferdeschwanz zusammengebunden habe. Als die Klingel schrillt, mache ich einen gehörigen Luftsprung.

Verdammt, Cyn, jetzt reiß dich mal zusammen.

Ich atme tief ein und trete dann aus meinem Kursraum hinaus in den Flur. Mit schweißnassen Händen streiche ich meinen Rock glatt. Eigentlich dürfen sich freitags auch die Lehrer etwas legerer anziehen und Jeans tragen, aber ich hatte irgendwie das Gefühl, formellere Kleidung könnte heute nicht schaden. Dass man bei einem Rock meine Beine sieht, habe ich leider nicht bedacht. Das ist mir erst richtig bewusst geworden, als ich schon in der Schule war. Wenigstens trage ich eine superbrave Bluse, und meine flachen Schuhe sind auch zum Gähnen. Eigentlich will ich nur möglichst unauffällig aussehen.

Wie die anderen Lehrer. Wie das Gegenteil von «Frischfleisch».

Mrs. Hardy und Mr. Christopher, zwei Physiklehrer, haben heute Morgen Dienst an den Metalldetektorschleusen in Gang A. Mrs. Hardy unterrichtet seit bald dreißig Jahren an der Highschool und kennt mittlerweile kaum noch ein anderes Thema als ihre bevorstehende Pensionierung. So glasig, wie Mr. Christopher vor sich hinstiert, dürfte sie auch gerade wieder davon erzählen.

«Guten Morgen», grüße ich beim Näherkommen. Dankbar lächelt mich Mr. Christopher an. Auch er ist noch ziemlich jung; es ist sein zweites Jahr an der Franklin, soweit ich weiß.

«Was Schönes vor am Wochenende?», fragt er mich und würgt damit Mrs. Hardys Monolog über Rentenbezüge ab. Ich lehne mich an die Wand. «Zählt das Korrigieren von Arbeiten dazu?»

Er lacht und fährt sich mit der Hand durchs dunkle Haar. «Wohl eher nicht. Tut mir leid.»

«Kein Problem, Mr. Christopher. Sobald ich mit dem Lehrpraktikum fertig bin, lege ich mir ein echtes Hobby zu.»

Er lacht. «Bitte nennen Sie mich Jeremy.»

Jeremy ist eigentlich gar kein unattraktiver Mann – er hat einen dunklen Teint und sieht, wie ich, jung für sein Alter aus.

Irgendwie ganz das Gegenteil eines gewissen Schülers, dessen Unterricht heute beginnt.

«Motherfucker!»

Ich habe mich kaum umgedreht, als sich ein hochgewachsener Junge mit Yankees-Mütze auf einen anderen Typen stürzt, der eher untersetzt ist und an Vin Diesel erinnert. Es dauert einen Moment, bis ich erkenne, dass es JD Fenton ist. Er sitzt in meinem ersten Kurs, auch wenn er meistens durch Abwesenheit glänzt. Wenn er uns doch mal beehrt, schläft er meist durch. Irgendwann hatte ich mir in den Kopf gesetzt, ihm deswegen ins Gewissen zu reden, und hatte den Plan auch schon mit meiner Mentorin besprochen. Spontan bekam ich daraufhin Besuch von Officer Rains, dem Schulpolizisten. Er wies mich freundlich, aber deutlich darauf hin, dass es womöglich sicherer sei, JD Fenton in Ruhe zu lassen.

Sicherer.

Und jetzt verstehe ich, warum.

Noch im Fallen prügeln die beiden aufeinander ein. JD stützt eine Hand aufs Linoleum, drückt sich hoch und boxt dem großen Jungen mit der freien Hand immer wieder ins Gesicht.

«Hey!» Jeremy schießt los, um dazwischenzugehen. Mit beiden Händen greift er JDs Arme und reißt sie nach hinten. Ein paar Meter entfernt spricht schon ein anderer Lehrer in das rote Notfalltelefon neben dem Feuerlöscher. Es dauert nur Sekunden, bis man vom Ende des Gangs eilige Schritte hört. Officer Rains sprintet auf die zwei Schüler zu. Als er sie erreicht, zerrt er den Jungen mit der Kappe an den Riemen seines Rucksacks auf die Füße.

«Peterson. War ja klar.» Er zieht ihn hinüber zu den Metalldetektoren. «Durchgehen.»

«Fick dich», höhnt Peterson, verschränkt die Arme und hebt das Kinn.

«Nein, danke», erwidert Rains mit grimmigem Lächeln, dann schubst er ihn unsanft durch die Detektorschleuse. Sofort piept es.

Rains schüttelt den Kopf. «Leerst du selbst deine Taschen aus, oder muss ich dich strippen lassen?»

Peterson funkelt Rains an, macht aber keine Anstalten, zu kooperieren. Rains stellt ihn mit den Händen an die nächste Wand und klopft ihn ab. Am Bauch reißt er Petersons Shirt hoch und zieht etwas Schwarzes hervor.

Es ist eine Pistole.

Mir wird eiskalt.

Immer noch auf die Waffe starrend, fragt Rains den Jungen: «Wie hast du die durch die Kontrolle bekommen?» Peterson zuckt die Schultern und schweigt. Rains seufzt. Er öffnet die Kammer – und verdreht die Augen.

«Du hast Schwein, dass das Ding nicht geladen ist, Junge. So lassen sie dich nächstes Jahr vielleicht noch mal an die Schule.» Er stopft sich die Waffe in den Gürtel, greift Peterson am Arm und führt ihn weg.

Es folgen ein paar Sekunden Stille, dann brüllt der ohrenbetäubende Lärm eines ganz normalen Highschoolmorgens wieder los. Ich starre Jeremy an, der JD immer noch an beiden Armen festhält.

«Ich glaube, Sie können mich jetzt loslassen, Mr. Christopher», sagt JD. «Es sei denn natürlich, Sie wollen mit mir kuscheln oder so.»

«Wie witzig, Fenton», knurrt Jeremy. «Gehen Sie zum Unterricht, ja?»

JD grinst feist, salutiert und trottet dann in Richtung meines Kursraums. Am liebsten möchte ich protestieren. An meiner Highschool wurden immer alle Beteiligten sofort vom Unterricht ausgeschlossen, wenn es eine Schlägerei gab. Hier an der Franklin gilt: kein Blut? Dann gut. Ganz abgesehen davon, dass das Schulgesetz genau vorschreibt, unter welchen Bedingungen man einen Schüler vom Unterricht suspendieren darf. Wenn sie einen Mord begangen haben zum Beispiel. Oder einen Brand gelegt. Oder bei Mord durch Brandstiftung.

«Ein ganz normaler Freitagmorgen», kommentiert Jeremy kopfschüttelnd.

«Aber in was für einer Welt?», murmele ich.

Er hebt kurz die Schultern, grinst und geht dann zu seinem Kurs.

Ich folge einer Gruppe von Jungen zurück in meinen Kursraum. Mann, ich muss nur irgendwo aus dem Augenwinkel Baggy Pants sehen oder hellbraune Haare, und schon flattert es in meinem Bauch. Wie Schmetterlinge. Allerdings aus Blei. Und sie sterben. Jepp, während ich mich innerlich darauf vorbereite, dass Smith jeden Moment durch diese Tür kommt, habe ich sterbende Bleischmetterlinge im Bauch. Trotzdem werde ich ihn lächelnd begrüßen.

Nur dass er nicht durch diese Tür kommt. Es klingelt zum letzten Mal, und ich blicke hoch zur Uhr im Gang.

8.00 Uhr.

Der Unterricht hat begonnen.

Und Smith Asher ist nicht erschienen.

Ich weiß nicht, ob ich erleichtert oder enttäuscht bin. Na gut, ich weiß es doch. Ich *sollte* erleichtert sein, aber ich *bin* irgendwie enttäuscht. Verdammt. Ich atme geräuschvoll aus, dann ziehe ich die Tür mit dumpfem Schlag hinter mir zu.

«Guten Morgen, alle zusammen», sage ich mit meinem Lehrerlächeln, während ich zum Pult gehe. Zwei der Schüler haben noch Kopfhörer auf, die sie auf meine Aufforderung hin widerwillig abnehmen. Einer der beiden murmelt etwas, das ich nicht richtig verstehe, das aber wie «Bitch» klingt. Ich tue so, als hätte ich nichts gehört.

«Wir fangen heute mit einem neuen Literaturthema an.» Ich schalte den Beamer ein und deute auf die Leinwand hinter mir. «*Hamlet* ist eins der bekanntesten und beliebtesten Stücke von Shakespeare. Millionen Schüler in aller Welt haben es in der Schule durchgenommen, und auch Sie zählen bald dazu.»

«Ist das 'n Witz? Ich dachte, in den Kursen im Abschlussjahr müsste man *weniger* lesen», beschwert sich Tyson White. «Warum müssen wir uns denn heute noch diese Shakespeare-Scheiße reinziehen?»

Ich blicke ihn streng an.

«Na, dieses Shakespeare-Zeug halt», fügt er halb entschuldigend hinzu, verdreht aber dabei die Augen.

«Danke. Und gar keine schlechte Frage.» Ich lehne mich ans Pult. «Erst neulich habe ich wieder gedacht, dass Shakespeares Gedichte und Stücke auch heute noch aktuell sind. Seine Themen sind so allgemeingültig, dass sich die Menschen immer noch davon angesprochen fühlen.»

Ungläubiges Gegrummel macht die Runde. Ich klicke zur nächsten Folie, ein Bild vom Globe Theatre.

«Fangen wir mit ein paar Hintergrundinformationen an.» Ich schaue kurz auf meine Notizen, als es plötzlich an der Tür klopft. Mein Herz bleibt erst stehen, dann rast es wie wild. Sofort stelle ich mir Smiths Gesicht vor und halte den Zettel in meiner Hand so fest, dass er zerknittert. Die Tür öffnet sich.

Aber es ist nicht Smith.

Es ist Caroline Jenks, meine Mentorin. Sie runzelt die Stirn und bedeutet mir mit einer Kopfbewegung, ihr zu folgen, dann geht sie ganz nach vorne in die Ecke am Fenster.

«Äh, mal herhören», sage ich und lasse den Blick von Schüler zu Schüler schweifen. «Packen Sie bitte schon mal Ihr Schreibzeug aus, damit Sie gleich alles notieren können.»

Allgemeines Stöhnen. Ich stelle mich zu Caroline. Mein Herzschlag geht immer noch schnell, und in meinem Bauch ballt sich Angst zusammen, genau an der Stelle, wo sie immer sitzt.

Wenn die Sache mit Smith aufgeflogen ist, würden sie dann nicht wenigstens bis nach der Stunde warten, um mich rauszukicken?

Aber Caroline lächelt. «Wie läuft's?», fragt sie mit gesenkter Stimme.

«Also, gut, denke ich. Wir fangen gerade mit Shakespeare an.»

Caroline nickt, wobei ihre rötlich braunen Locken auf und ab wippen. «Gut, sehr gut. Ich wollte nur nachfragen, ob du alle nötigen Unterlagen abgegeben hast. Offiziell darfst du nämlich erst dann allein unterrichten, und ich habe letzte Woche vergessen, dich danach zu fragen.»

Mit der Mappe, die man mir beim Orientierungstreffen in die Hand gedrückt hat, hätte man jemanden erschlagen können – als bräuchte man eine Sicherheitsüberprüfung, um Lehrer zu sein. Andererseits gibt es natürlich Lehrer, die was mit ihren Schülern anfangen, da ist es vielleicht doch keine so schlechte Idee ...

Ich will gerade antworten, da ertönt hinter mir ein schräges Kreischen, gefolgt von lautem Krachen.

Scheiße.

Ich fahre herum und sehe, wie sich der ganze Kurs innerhalb von Sekunden um zwei Schülerinnen schart, die sich gegenseitig mit Fäusten bearbeiten.

«Hey! Hey, hoch mit euch, sofort!», brüllt Caroline und bahnt sich unsanft einen Weg durch die umstehenden Schüler. Ich bin wie erstarrt. Der Gedanke, mich zwischen zwei sich prügelnde Schüler zu werfen, gefällt mir gar nicht.

«Ruf im Sekretariat an, Hyacinth», ruft mir Caroline zu. Sie steht nun über den beiden Mädchen, die sich immer noch am Boden wälzen. Mit lautem Quietschen werden Tische zur Seite geschoben. Von allen Seiten feuern die Schüler die Mädchen an.

Eine Mädchenschlägerei in meinem Kurs. Na toll.

Ich schnappe mir den Hörer und wähle die Nummer des Sekretariats. «Prügelei in Raum 201», schreie ich fast, als sich die Sekretärin meldet. Sie antwortet gar nicht erst. Ich höre nur, wie sie auflegt. Keine zehn Sekunden später braust Direktor Weathersby herein.

Mittlerweile umringt der ganze Kurs die beiden Mädchen. Caroline brüllt aus zwei, drei Metern Entfernung auf sie ein. So, wie die beiden sich in die Haare der jeweils anderen krallen, scheint das aber nicht zu fruchten.

«Miss Sampson! Miss Green!», donnert Mr. Weathersby. «Schluss damit!»

Jetzt kommt auch Officer Rains hinzu, völlig außer Atem. «Tut mir leid, ich musste erst einen Kollegen holen, der auf Peterson aufpasst.»

Caroline führt Angela Green nach vorne zum Pult. Angelas Haare stehen in alle Richtungen ab. Sie blutet an der

Nase, dort, wo bis gerade eben noch ihr Piercing gesessen hat.

«Mrs. Jenks», sagt der Direktor ernst, «bitte bringen Sie Angela in mein Büro. Und Officer Rains, Sie bringen Priscilla ins Konferenzzimmer.»

Caroline nickt und lächelt mir kurz mitfühlend zu. Dann verlässt sie mit Angela das Zimmer, dicht gefolgt von Officer Rains mit Priscilla Sampson.

Mr. Weathersby verschränkt die Arme; er sieht nicht gerade amüsiert aus. «Also, was war hier los?», fragt er mir lauter Stimme, während er seinen Blick von Schüler zu Schüler wandern lässt.

Keiner sagt etwas. Einige Schüler, die meisten von ihnen Jungen, starren den Direktor eisig an. Ich kenne diesen Ausdruck, er heißt so viel wie: «Von uns erfahren Sie nichts.» Ein Zeichen der Loyalität mit denen, die gerade Ärger haben. Die restlichen Schüler schauen weg und studieren intensiv die Tischplatte, ihre Hände oder ihren Schoß. Letzteres heißt meist, dass dort ihr Handy liegt. Einzige Ausnahme ist JD, der trotz des Aufruhrs auf dem Tisch schläft.

«Damit eins klar ist», fährt Mr. Weathersby fort, «diese Art von Verhalten wird an dieser Schule nicht geduldet.»

Dann wendet er sich mit etwas leiserer Stimme an mich. «Was ist denn passiert, bevor die beiden aufeinander los sind? Haben Sie gehört, ob sie sich gestritten haben?»

«Ich ... nein.» Ich schüttele den Kopf, etwas hilflos. «Zumindest im Unterricht waren sie immer höflich zueinander.»

«Sie haben nicht miteinander gesprochen, bevor die Rauferei losging?»

Ich denke nach. «Also, Mrs. Jenks ist reingekommen, und wir haben uns unterhalten ...»

Ich verstumme, als ich sehe, dass sich Mr. Weathersbys Gesicht verdüstert. «Die Schüler waren unbeaufsichtigt?»

«Nein, ich meine, ich war ja noch im Zimmer, ich stand lediglich mit dem Rücken zum Kurs und ...»

Er hebt eine Hand, um mich zu unterbrechen. «Miss Hendricks, bitte vergessen Sie nicht, dass wir die volle Verantwortung für die Schüler haben, solange sie auf dem Schulgelände sind. Zu keinem Zeitpunkt dürfen sie ohne Aufsicht sein. Dafür *müssen* Sie Sorge tragen.»

«Selbstverständlich, Sir.» Ich zwinge mich, ihn anzusehen. Nein, ich werde jetzt nicht weinen. Mr. Weathersby wendet sich wieder an den Kurs.

«Wenn irgendwem doch noch etwas einfällt, erwarte ich von Ihnen, dass Sie in mein Büro kommen und mich informieren.»

Er verlässt den Raum, ohne die Tür hinter sich zu schließen. Mein Blick schweift kurz über die Schüler, dann zurück zur Tür. Ich muss zweimal hinschauen.

Natürlich ist er jetzt da. Ist doch logisch.

Smith lehnt mit lässig überkreuzten Füßen an der Wand, die Arme verschränkt. Als sich unsere Blicke begegnen, stößt er sich von der Wand ab und kommt auf mich zu. Beim Näherkommen zieht er ein gefaltetes gelbes Blatt Papier aus der Tasche.

«Tut mir leid, dass ich zu spät bin», sagt er und gibt mir das Blatt. «Ich war noch bei Weathersby.»

Stimmt. Er sollte vor dem Unterricht noch einmal zum Direktor. Ich war ja dabei, als sie es besprochen haben.

«Äh, ach ja ... Und irgendwo hier muss auch die Anwesenheitsliste sein ...»

Ich blättere durch einen Stapel Papiere auf dem Pult, im Stillen betend, dass ich nicht so knallrot bin, wie es sich anfühlt. Als ich das Klemmbrett finde und es hervorziehen will, stoße ich an einen anderen Stapel, und eine Lawine aus Blättern rauscht zu Boden. Ich fühle mich wie damals, als ich in der Cafeteria vor der halben Highschool mein Tablett fallen gelassen habe. Als ich mich hinknie, um die Arbeitsblätter wieder aufzusammeln, höre ich die Hälfte des Kurses kichern.

Kommentarlos hockt Smith sich neben mich und liest einige Blätter auf. Keiner von uns sagt ein Wort, während der Rest des Kurses immer lauter kichert und redet. Irgendjemand in den hinteren Reihen hustet «Schleimer», und sofort ertönt brüllendes Lachen. Smith ignoriert den Kommentar. Er zwinkert mir zu, dann steht er auf und geht ohne Eile bis ganz nach hinten, wo er sich an den leeren Tisch neben JD setzt. Mir entgeht keineswegs, dass sämtliche Mädchen ihm hinterherstarren. Als er sich hingesetzt hat, tuscheln einige miteinander, aber er scheint es nicht zu bemerken. Sein Blick ist auf mich gerichtet.

Ich muss schlucken, dann räuspere ich mich. «Gut. Wo waren wir?» Ich blicke auf die Leinwand. «Ach ja, das Globe Theatre.»

Meine Einführung trage ich mit einer Selbstsicherheit vor, von der ich gar nicht wusste, dass ich sie besitze. Dabei verdränge ich möglichst alles, was passiert ist – die Prügelei, Mr. Weathersbys Enttäuschung, vor allem aber die Tatsache, dass Smith Asher soeben hereingekommen ist.

Noch besser wäre es, wenn ich auch verdrängen könnte, dass er mich gerade ansieht.

Und dass es mir gefällt.

*

Wie durch ein Wunder, als hätte Shakespeare selbst aus dem Himmel eingegriffen, kann ich die Schüler dazu bewegen, die Anfangsszenen des ersten Akts mit mir zu lesen. Zunächst will wie erwartet keiner eine Rolle übernehmen, aber als ich Extrapunkte dafür in Aussicht stelle, gibt es sofort fast mehr Freiwillige als Rollen. Und das szenische Lesen macht den Schülern sogar Spaß, selbst einigen Jungs, von denen ich sicher war, dass sie mich abblitzen lassen würden.

«Super gemacht!» Ich grinse Trevor West an, als er die letzte Seite der vierten Szene beendet. «Laertes hat tonnenweise Text, aber Sie haben es gepackt.»

Er zuckt mit den Schultern, aber das kleine Lächeln, das kurz über sein ansonsten gleichgültiges Gesicht huscht, entgeht mir nicht. Ich nehme an, es ist einfach uncool zu zeigen, dass einen das Lob der Lehrerin freut.

«Also», fahre ich fort und gehe zurück zum Beamer, «Laertes warnt Ophelia also gleich mehrfach vor Hamlet. Das ist verständlich, denn sie ist seine kleine Schwester, aber ein paar Warnungen wirken doch etwas übertrieben.»

Ich lege meinen Finger auf die Stelle im Buch. «Lesen Sie mal die Verse 25 bis 40 – gibt es da Ratschläge, die Ihnen unangemessen vorkommen? Die vielleicht ein bisschen *schräg* sind, wenn sie vom großen Bruder stammen?»

Vielleicht ist es nicht unbedingt die klügste Idee, in meiner derzeitigen Verfassung die sexuellen Aspekte in *Ham-*

let zu behandeln, aber genau das ist der Stoff, der das Publikum packt. Und da mein Publikum ein Kurs Teenager ist, kann es gar nicht schlüpfrig genug zugehen.

Ich muss nur aufpassen, nicht in Smiths Richtung zu gucken.

«Vorschläge?» Ich blicke umher. Einige der Schüler schauen angestrengt auf den Text, als ob sie versuchen würden, ihn zu verstehen, aber die meisten starren an die Decke oder haben die Augen geschlossen. Es sind noch knapp zehn Minuten bis Unterrichtsende, und sie schalten schon ab.

«Kommt schon.» Ich blicke auf das aufgeschlagene Buch in meiner Hand und lese vor: «‹Wenn du zu gläubig seinem Liede lauschest, dein Herz verlierst und deinen keuschen Schatz vor seinem ungestümen Dringen öffnest.› Denkt doch mal nach – ‹keuscher Schatz›. Das ist ein Euphemismus. Und um was geht es hier tatsächlich?»

Gina Hardy hebt zögernd die Hand. «Um ihre, äh, Vagina?»

Eine Handvoll der Jungen lacht dreckig, ein paar Mädchen in den hinteren Reihen kichern.

Ich nicke lächelnd. «Gina hat ganz recht. Laertes warnt Ophelia hier davor, ihre Jungfräulichkeit zu verlieren. Ihre Tugend. Wobei er selbst sicher kein Heiliger ist.»

Ich lächele Gina noch einmal an – ein ganz echtes Lächeln, kein Lehrerlächeln –, dann blättere ich zurück zum Anfang der Szene. «Und was ist hiermit? Verse 13 bis 15: ‹Er liebt dich jetzt vielleicht; kein Arg und kein Betrug befleckt bis jetzt die Tugend seines Willens: doch befürchte, bei seinem Rang gehört sein Will' ihm nicht.›»

Ich blicke wieder auf. «Was sagt Laertes hier, besonders über Hamlet?»

Nachdem gut zehn Sekunden niemand etwas gesagt hat, wird die Stille langsam peinlich. Mir bleiben zwei Möglichkeiten: Entweder die Antwort verraten, oder die Sache aussitzen.

Ich hasse dieses Schweigen. Es fühlt sich furchtbar unbehaglich an. *Ich* fühle mich furchtbar unbehaglich.

Schließlich ertrage ich es nicht länger, stumm vor fünfundzwanzig Augenpaaren zu sitzen.

«Na gut.» Ich stoße mich vom Pult ab und gehe zur Tafel. «Als Hausaufgabe übers Wochenende machen Sie bitte ...»

«Er sagt, dass Hamlet nur mit ihr ins Bett will.»

Ich erstarre. Dann drehe ich mich um und schaue in Richtung der Stimme. Smiths unverschämtes Grinsen ist nicht zu übersehen.

«Laertes warnt sie, dass Hamlet sie nur flachlegen will», fährt er fort. «Er will nur vögeln.»

Mir verschlägt es kurz die Sprache. «Geht das auch etwas weniger vulgär?», frage ich und bemühe mich dabei, ruhig zu bleiben.

Smith zuckt die Schultern. «Er will ’ne schnelle Nummer schieben?»

Schockierte Stille legt sich über den Raum – aber nur kurz. Dann lachen und johlen alle los.

«Yo, Mann – so sehe ich das auch», grölt JD, der offenbar zum genau richtigen Zeitpunkt aufgewacht ist. Er gratuliert Smith mit einem Fistbump zu seinem Kommentar. «Die schnellen Nummern sind die besten.»

«Du sagst es», ruft irgendjemand.

Ich hebe beide Arme, um die Schüler zu beruhigen. Als ob das in der Highschool je geklappt hätte. Alle reden gleichzeitig und so laut, dass sie fast die Schulglocke übertönen. Als es klingelt, springt der Großteil der Schüler auf und eilt Richtung Tür.

«Wo wollen Sie hin? Der Unterricht endet, wenn ich es sage», rufe ich über das Quietschen der Stühle und die allgemeine Unruhe hinweg. Einige Schüler halten tatsächlich inne und sehen mich an, aber die meisten ignorieren mich und stürmen einfach hinaus. Smith geht hinten an der Wand entlang. Ich werfe ihm einen wütenden Blick zu. «Mr. Asher, könnte ich kurz mit Ihnen reden?»

Er lässt sich Zeit mit dem Näherkommen. Ich gehe ums Pult herum und stütze mich mit den Armen auf die Lehne meines Stuhls. So trennen uns zwei Möbelstücke.

«War das nötig?», frage ich ihn, als schließlich alle gegangen sind.

«War *was* nötig?»

Ich kneife die Augen zusammen. «Jetzt tu nicht so, als wüsstest du nicht, wovon ich spreche.»

Smith schiebt achselzuckend die Hände in die Taschen. Erst jetzt fällt mir auf, dass er weder Block noch Stift bei sich hat.

«Na, hat ja keiner was gesagt», antwortet er. «Ich war nur ehrlich. Genau das sagt Laertes doch. Ich hätte auch sagen können, dass er einen wegstecken will. Eigentlich dachte ich, dich würde meine Beteiligung freuen.»

«Ach ja?» Ich blitze ihn stinkwütend an. «Du hast gedacht, ich würde mich über so was freuen?»

Er antwortet nicht, wippt nur leicht auf den Füßen. Kurz überlege ich, ob ich ihm meinen Tacker an den Kopf werfen soll, aber ich beherrsche mich.

«Hör zu», sage ich ernst, «wenn du in meinem Unterricht nichts Jugendfreies beizutragen hast, halt besser den Mund.»

Wieder dieses Grinsen. «Na ja, dann wirst du wohl nicht so viel von mir hören.»

«Irgendwie glaube ich, dass ich damit ganz gut klarkomme.» Ich ziehe die Schublade des Pults auf, nehme einen Stapel Nachsitzformulare heraus und kritzele Smiths Namen oben auf einen der Zettel.

«Du musst heute nachsitzen.»

Als ich wieder aufsehe, steht Smith immer noch vor mir. Er hat die Arme verschränkt und neigt den Kopf zur Seite. «Ist das alles?», fragt er spöttisch.

Jetzt werde ich richtig wütend. Ich schreibe die Daten unter seinen Namen auf das Formular. «Nein – heute und nächste Woche auch noch.»

Er lehnt sich vor und stützt sich mit beiden Händen aufs Pult, damit sein Gesicht näher an meinem ist. «Und du glaubst, dass das irgendetwas ändern wird? Bloß weil du mich nachsitzen lässt, hören dir die anderen noch lange nicht zu. Oder respektieren dich.»

«Ach, bitte, erzähl du mir nicht, wie ich meine Arbeit zu machen habe.»

Er zuckt die Achseln. «Okay, ich sag's ja nur. Bild dir bloß nicht ein, dass diese Bestrafungsnummer deine Probleme lösen wird.»

Ohne ein weiteres Wort wendet er sich ab und geht zur Tür. Als er sie öffnet, sehe ich draußen JD Fenton. Als er Smith sieht, grinst er.

«Gute Aktion, Alter! Bist du neu hier?»

«Ja, seit heute.» Smith vergräbt die Hände in den Taschen. «Für den Rest des Schuljahrs – vorausgesetzt, ich lege mich nicht wieder mit irgendwem an oder stecke irgendwas in Brand.»

JD lacht wie blöd über Smiths Witz. Wenn es denn ein Witz ist. Gott, ich hoffe, dass es einer ist ...

«Cool, dass du hier bist, Mann. Endlich einer, mit dem man den Scheißladen aufmischen kann.» JD lehnt sich etwas näher an Smith. «Also die Pussy hier, die Lehrerin, ist wirklich ober ...»

Das muss ich mir nicht anhören. Ich schiebe geräuschvoll den Stuhl nach hinten und stampfe zur Tür, wo ich die beiden streng angucke, bevor ich nach der Klinke greife.

«Ach, da ist sie ja ...» JD sieht mich an, als wollte er mich herausfordern, aber den Gefallen tue ich ihm nicht. Stattdessen werfe ich erst ihm einen finsteren Blick zu und dann Smith. Dann knalle ich die Tür zu.

Zurück am Pult atme ich tief aus. Erst jetzt fällt mir auf, dass ich die ganze Zeit den Atem angehalten habe. Ich schnappe mir einen Stoß Arbeitsblätter aus einem meiner Nachmittagskurse und mache mich daran, sie zu benoten. Besser gesagt, ich versuche es. Es ist hoffnungslos; die Worte auf dem Papier ergeben einfach keinen Sinn.

Vor meinem inneren Auge sehe ich immer wieder nur eins: Smiths Gesicht. Und sein Lächeln.

Verflucht. Es kann doch nicht sein, dass dieser Mann mich derart aus der Bahn wirft. Auf keinen Fall darf ich ihm Gelegenheit geben, mich weiter um den Finger zu wickeln.

Und genau in dem Moment wird mir mit Schrecken bewusst, was eine Woche Nachsitzen eigentlich bedeutet: Smith und ich, allein in einem Zimmer, für eine halbe Stunde. Und das an fünf Tagen in Folge.

Ich vergrabe den Kopf in den Händen.

Als ob das Schicksal nicht schon fies genug wäre, jetzt schieße ich mir auch noch selbst ins Knie. Wann werde ich endlich erwachsen?

KAPITEL 7
Bestrafung

ALSO, WAS ist das für ein hochdramatischer Notfall, wegen dem du rumheulst?», fragt Carson und lässt sich neben mir auf die Couch plumpsen.

Ich seufze und hocke mich auf meine Beine. Die Jogginghose und das T-Shirt sehen nicht gerade toll an mir aus, aber als ich nach Hause gekommen bin, musste ich als Erstes die Schulklamotten loswerden. Ich hatte das Gefühl, alles, was irgendwie mit Schule und Lehrersein zu tun hat, auf einen Haufen im Schrank werfen zu müssen.

«Weißt du noch, der Typ im Cave?»

Carson sieht mich an, als sei ich dämlich. «Äh, ja. Klar erinnere ich mich an ihn. Ich habe gesehen, wie er dich – meine sturzbesoffene beste Freundin – durch den Club bis in meinen Jeep geschleppt hat. Und hier dann noch drei Stockwerke hoch. Es hat nicht viel gefehlt, und er hätte dich auch noch zugedeckt und dir einen Gute-Nacht-Kuss auf die Stirn gedrückt. Ziemlich heiße Show. Die Rolle der hilflosen Jungfrau in Not hast du echt drauf.»

Ich schnaube spöttisch. «Ja, danke. Das merke ich mir

fürs nächste Mal, wenn ich mich zum Vollpfosten machen will.»

Carson nimmt die Chipstüte vom Couchtisch und greift hinein. «Also, was ist mit ihm? Hast du ihn wiedergesehen oder was?»

Ich schließe die Augen und lasse den Kopf nach hinten auf die Rückenlehne der Couch sinken. «Er ist in meinem Kurs.»

Carson sagt nichts. Als ich die Augen wieder öffne, drückt sie auf der Fernbedienung herum.

«Hast du gehört, was ich gerade gesagt habe?», frage ich fast beleidigt.

Sie guckt kurz rüber und zuckt dann die Achseln. «Hm? Oh, ja, sicher – ihr seid im selben Kurs. Ja und? Ich meine, es gibt viele Studenten in Baltimore, Cyn. Ein seltener Zufall, aber so selten nun auch wieder nicht.»

«Nein.» Ich schüttele den Kopf und atme tief ein. «Er ist in einem der Kurse, die ich *unterrichte*.»

Sie scheint nicht gleich zu verstehen. Aber als der Groschen fällt, steht ihr das Entsetzen ins Gesicht geschrieben. «Was? Dieses sexy Muskelpaket geht noch zur Highschool? Ist das denn überhaupt möglich?»

«Er ist erst zwanzig und macht gerade seinen Abschluss. Ihm fehlen nur noch ein paar letzte Kurse.»

«Und das an der Knastischule? Cyn, bist du sicher ...»

Ich presse mir die Handballen auf die Augen. «Ich weiß.»

Carson ist sprachlos. Habe ich sie je schon mal so erlebt? Ich kann mich nicht erinnern. «Also gut», setzt sie an, als sie ihre Sprache schließlich wiedergefunden hat. «Das ist ... ziemlich scheiße. Aber so schlimm, wie du glaubst, ist es nun auch wieder nicht.»

Ich starre sie an. «Und wie, bitte sehr, soll es nicht so schlimm sein? Oh, es sei denn» – ich schnaube höhnisch – «du meinst, dass es noch schlimmer ist.»

Carson runzelt die Stirn. «Nein. Sieh doch mal die Tatsachen: Er ist zwanzig, nicht siebzehn. Er ist in einem deiner Kurse, aber du bist noch Lehrpraktikantin und kein angestellter Lehrer.»

«Und was will mir diese Werbesendung sagen?»

«Der Punkt ist, dass hier keiner etwas Verbotenes tut. Ich sehe doch genau, wie bei dir der Lehrerin-schläft-mit-Schüler-Film läuft.»

«Ich habe nicht mit ihm geschlafen», murmele ich.

«Dann ist es ja sowieso kein Problem.» Sie hebt eine Braue. «Es sei denn natürlich, du *willst* mit ihm schlafen.»

«Jetzt hör aber auf.»

«Hyacinth ...» Carson runzelt die Stirn und sieht mich mit ihrem typischen Röntgenblick an, der besagt: Erzähl mir keinen Scheiß, ich durchschaue dich. Nervös reibe ich mir den Nacken.

«Na gut, er macht mich an», gebe ich zu. «Deshalb ist die Sache ja so ein Problem. Ich will den Job nicht abbrechen – allein schon deshalb nicht, weil ich ihm die Genugtuung nicht gönne, dass ich seinetwegen die Schule wechsele. Andererseits weiß ich echt nicht, wie ich fünfmal die Woche eine Stunde mit ihm im selben Zimmer aushalten soll, ohne ...»

«Ihm die Klamotten vom Leib zu reißen?»

«So was in der Art.» Ich schüttele den Kopf. «Ohne dass mich diese ... Anziehung, oder was auch immer es ist, irgendeine Dummheit machen lässt.»

«Die Chemie also.» Carson nickt wissend. «Es kann ganz

schön hart sein, wenn man mit jemandem will, mit dem man nicht darf.»

Ich hebe hilflos die Hände. «Was soll ich denn machen? Soll ich dem Direktor sagen, dass er ihn aus meinem Kurs nehmen soll? Das müsste ich begründen. Oder soll ich versuchen, die Geschichte bis zum Ende des Halbjahrs zu ignorieren? Und dabei die ganze Zeit beten, dass niemand etwas von einer ganz bestimmten Nacht in einem ganz bestimmten Club mit einem ganz bestimmten Typen erfährt?»

Carson springt auf, gräbt in ihrer Handtasche herum und kommt dann mit einer Packung Doppelkekse wieder.

«Die sind eigentlich für Notfälle», sagt sie, «aber ich denke, das hier ist einer.»

«Hab ich doch gesagt! Es *ist* eine Katastrophe.» Ich seufze. «Ich weiß echt nicht, was ich tun soll.»

Sie setzt sich wieder neben mich, packt mich an den Schultern und dreht mich zu sich. «Hör zu», sagt sie. «Du bist der stärkste Mensch, der mir je begegnet ist. Du hast in den letzten Jahren mehr Mist im Leben bewältigen müssen als jeder andere. Erst der Unfall deines Dads, dann die Trennung von Brent ...»

«Die beiden Sachen haben nichts miteinander zu tun», grummele ich und verschränke die Arme.

Carson seufzt verärgert auf. «Deinem Dad geht es *super*. Das weißt du. Selbst ich weiß das, obwohl ich ihn nur ein einziges Mal in Holly Fields gesehen habe. Ich weiß, es ist schwer für dich zu akzeptieren, dass er dich nicht braucht, aber du musst damit klarkommen, auch mal nicht gebraucht zu werden.»

«Ich muss gar nicht immer gebraucht werden», erwidere ich gereizt. «Ich ... mache mich nur gern nützlich.»

Carson schüttelt den Kopf. «Ja, aber bitte nicht, wenn es ausschließlich auf deine Kosten geht. Erinnere dich doch mal, wie Brent dich behandelt hat – du bist immer schön daheim geblieben und hast darauf gewartet, dass er aus dem College oder der Klinik kommt. Als er sich dann an allen möglichen Unis beworben hat, wärst du ihm brav gefolgt und hättest auch dort studiert. Und wir alle haben die Hochzeitsmagazine gesehen, Cyn.»

Ich senke den Blick auf meine Hände. Die waren eigentlich nicht für die Öffentlichkeit bestimmt, aber Brent fand sie eines Abends, als Carson und Rainey da waren. Er stellte mich mehr oder weniger als komplette Idiotin hin, indem er allen lang und breit erklärte, warum wir nicht heiraten würden. Nicht nur «nicht jetzt» oder «nicht bald», sondern «nie». Er glaube nicht an die Ehe. Das hörte ich an dem Abend zum ersten Mal.

«Egal, Brent war ein Arschloch, das haben wir alle gewusst, und du weißt es mittlerweile auch», sagt Carson. «Was ich damit meine: Du hast es geschafft, diese Trennung, die jeden anderen umgehauen hätte, wegzustecken, deinen Vater in einem Heim für betreutes Wohnen unterzubringen und am College trotz allem noch gute Noten zu bekommen. Du bist eine Kämpfernatur. Und deshalb darfst du auch jetzt nicht aufgeben. Stell dir doch mal vor, du findest keinen anderen Praktikumsplatz. Dann musst du womöglich deinen Abschluss verschieben, und deine ganze Zukunftsplanung gerät ins Wanken. Dieses Risiko ist die Sache doch nicht wert, oder?»

Nachdem ich darüber nachgedacht habe, schüttele ich den Kopf. «Nein, du hast recht. Das ist die Sache nicht wert.»

«Na also.» Sie verschränkt entschlossen die Arme. «Wir machen Folgendes ...»

Eigentlich ist es sonst eher Rainey, die für die Probleme anderer wahnwitzige Lösungen austüftelt, aber da sie für ein paar Tage heim nach Virginia gefahren ist, bleiben nur Carson und ich, um einen Schlachtplan zu entwickeln, wie ich sowohl mein Praktikum als auch meinen Verstand retten kann. Das ganze Wochenende entwerfen und verwerfen wir Verhaltensregeln für Szenarien, in denen ich, Smith Asher und meine vernunftresistente Libido die Hauptrollen spielen.

«Er hat gesagt, dass er niemandem von der Sache im Club erzählen wird, oder?», fragt Carson und kritzelt etwas in ein Spiralnotizbuch.

Ich nicke.

«Okay.» Sie beißt sich auf die Lippe und schreibt noch ein paar Zeilen. «Im Prinzip könnt ihr diese Sache also beide vergessen.»

«Im Prinzip, ja.»

«Das ist also das, was dein Gehirn tun will. Dein Körper will natürlich etwas anderes – nämlich seinen Körper auf deinem.»

«Das habe ich aber nicht gesagt.»

Carson kichert. «Ist auch nicht nötig. Ich habe dich noch nie so scharf und verwirrt erlebt wie im Moment. Und er weiß das mit Sicherheit auch ...»

Sie blickt kurz in ihr Notizbuch, dann sieht sie wieder zu mir. «Ich denke», fährt sie fort, «du solltest ein paar gute Sätze parat haben. Sätze, die ihm den Wind aus den Segeln nehmen, wenn er mit dir flirtet oder dich anbaggert.»

Ich runzele die Stirn. «Könnte ich ihn nicht einfach melden?»

Carson sieht mich skeptisch an. «Klar, das könntest du. Aber das wäre kindisch.»

«Warum?»

«Na, weil er dich auch nicht gemeldet hat, Cyn.»

Ich seufze. «Ja, wahrscheinlich hast du recht. Und an was hattest du gedacht?»

Carson fährt sich mit der Hand durch die kurzen Haare, sodass sie in alle Richtungen abstehen. «Machen wir ein Rollenspiel. Du bist Smith, ich bin du. Sag irgendwas Anzügliches zu mir.»

«Und was zum Beispiel?», frage ich hilflos.

«Ich weiß nicht – irgendwas, wobei du feucht wirst.»

«Carson!»

Sie stöhnt auf. «Jetzt komm schon, du weißt, was ich meine. Irgendwas, womit er dich offensichtlich angraben will, aber auf die sexuelle Tour.»

Ich atme tief durch und schließe die Augen. «Wie wär's hiermit: ‹Wow, du siehst heute aber scharf aus›?»

«Ist das jetzt dein Ernst?»

Ich reiße die Augen auf, nur um zu sehen, wie Carson den Kopf schüttelt. «Was?!»

«Das kriegst du doch besser hin.»

Ich verschränke die Arme. «Also gut. ‹Hey, sexy Lady, wie wär's mit einer Runde in meiner Karre. Ich garantiere dir, du wirst diese Nacht nicht vergessen.›»

Carsons Augen weiten sich, dann krümmt sie sich vor Lachen.

Rot wie eine Tomate springe ich auf. «Ach, vergiss es. Ich bekomme das auch alleine hin.»

«Nein, komm schon.» Sie zupft an meinem T-Shirt. «Tut mir leid. Es klang einfach so witzig, als du es gesagt hast. Sag's noch mal.»

«Auf keinen Fall.»

«Jetzt komm schon, Cyn. Es tut mir leid. Das war doof. Sag's noch mal. Ich verspreche, dass ich nicht noch mal lache.»

Ich schaue kurz auf die Uhr, dann mit einem Seufzer auf Carson. «‹Hey, sexy Lady›», sage ich halb vernuschelt, «‹wie wär's mit einer Runde in meiner Karre. Ich garantiere dir, du wirst diese Nacht nicht vergessen.›»

Carson steht auf und stellt sich ganz dicht vor mich. Dann pikt sie mir einen Finger in die Schulter, und zwar fest.

«Au!»

«Hör mir mal gut zu, Smith Asher», sagt sie drohend. «Du und ich, wir hatten nichts als eine einzige Nacht, und die ist längst Geschichte. Vergiss die Nacht, oder wenn du das nicht kannst, setz dich in einen anderen Kurs.»

Ich mache einen Schritt zurück. «Nicht schlecht.»

Nur leider ist die Nacht noch längst nicht Geschichte.

Ich durchlebe sie ständig neu in der Erinnerung.

Ich meine, es ist nicht nur die körperliche Anziehung, auch wenn die wirklich stark war. Es waren auch die kleinen Momente, in denen er einfach süß war. In denen wir miteinander gewitzelt und gelacht haben. Es gibt Hunderte von Situationen, in denen ich ihn mir an meiner Seite vorstellen könnte. Nicht nur im Bett. Und ich kann nicht aufhören, genau darüber nachzudenken. Ich werde diese Gedanken einfach nicht los.

«Vielleicht sollte ich ihm so oder so vorschlagen, den

Kurs zu wechseln», denke ich laut. Auf die Idee bin ich bislang noch gar nicht gekommen.

«Das könntest du tun», stimmt Carson zu. «Gibt es denn einen anderen passenden Kurs für ihn?»

«Es gibt mehrere Englischkurse zur gleichen Zeit. Das dürfte eigentlich kein größeres Problem sein.»

«Dann fang doch damit an», sagt sie und klappt ihr Notizbuch zu. «Und wenn es nicht klappt, lass ihn abblitzen. Zeig ihm die kalte Schulter. Und vor allem sieh zu, dass du nicht allein mit ihm bist.»

«Ja.»

Nicht allein sein mit ihm.

Außer jeden Tag während des Nachsitzens.

*

Letzten Endes entscheide ich mich, beim Nachsitzen mit Smith zu reden. Ich werde ihn bitten, in einen anderen Kurs zu wechseln – dann kann ich mit meinem Praktikum weitermachen, er bekommt seinen Abschluss, und alles ist prima.

Fall abgeschlossen.

Leider verpuffen meine mühsam aufgebaute Entschlossenheit und mein Mut in dem Moment, als Smith nach dem Unterricht meinen Kursraum betritt. Anders als heute Morgen trägt er jetzt ein Trikot der Washington Wizards mit einem weißen T-Shirt darunter, dazu Basketballshorts. Er sieht frisch geduscht aus. Und zum Anbeißen.

Mist.

«Miss Hendricks», sagt er gelassen und sieht mir dabei direkt in die Augen, «ich melde mich zum Nachsitzen.»

Ich nicke kühl und zeige dann auf einen Tisch an der

hinteren Wand. «Du kannst dich da hinsetzen und deine Hausaufgaben machen.»

Er grinst, als würde ihm das alles großen Spaß machen. «Ich habe keine Hausaufgaben dabei.»

«Dann nimm dir ein Buch.» Ich zeige auf ein Regal, in dem mehrere Dutzend Exemplare von *Hamlet* und noch ein paar andere Bücher stehen.

«Na, wenn das eine Strafe sein soll», sagt er leicht spöttisch und geht dann zum Regal und nimmt *Der Fänger im Roggen* heraus. Als er endlich sitzt, zwinge ich mich, weiter Aufsätze zu korrigieren.

Jetzt muss ich nur noch eine halbe Stunde durchhalten. Dreißig Minuten, ohne zu reden.

Ich schaffe zwei.

«Du solltest besser in einen anderen Kurs wechseln», platze ich mit gesenktem Blick heraus.

Sobald die Worte raus sind, nehme ich meinen Mut zusammen und hebe den Kopf. Er sitzt nach vorn gebeugt, beide Ellbogen auf den Tisch gestützt, dazwischen das aufgeschlagene Buch. Beim Anblick seiner Arme möchte ich am liebsten die Augen schließen und mich wieder der Erinnerung hingeben, wie es sich angefühlt hat, als er mich damit umarmt hat. Aber anders als an dem Abend, als wir uns kennengelernt haben, sieht er jetzt angespannt aus. Er schluckt, das sehe ich deutlich. Dann klappt er langsam das Buch zu und steht auf.

Mein Herz pocht heftig, und ich möchte mich am liebsten dafür ohrfeigen, dass ich es jetzt schon angesprochen habe. Warum habe ich nicht gewartet, bis wir auf dem Weg raus sind oder so? Dann säße ich hier jetzt nicht allein mit ihm und müsste mich um Kopf und Kragen reden.

«Warum meinst du, dass ich den Kurs wechseln sollte?», fragt er, während er näher kommt.

Seine Stimme ist leise und tief. Ich sehe zu, wie er sich einen Stuhl heranzieht und ihn mit der Lehne nach vorne genau vor mich stellt. Dann setzt er sich breitbeinig darauf. Unsere Augen sind nun auf gleicher Höhe. Er lächelt schief mit einem Mundwinkel.

«Weil», antworte ich genervt, «ich es für besser halte, wenn du nicht in diesem Kurs bist.»

«Wieso?»

«Wieso was?», wiederhole ich gereizt.

«Wieso spielt es eine Rolle, ob ich in deinem Kurs bin oder nicht?»

Mit zusammengebissenen Zähnen atme ich tief ein. Dann lege ich die geöffneten Hände, Handflächen oben, auf die Tischplatte und atme wieder aus. Vielleicht kann ich ihn mit Moral überzeugen? «Ich finde einfach, dass es falsch ist, wenn du von mir Noten bekommst. Ich könnte dich bevorzugen, und das wäre nicht fair.»

Smiths Lächeln weitet sich zu einem dreisten Grinsen aus. «Soll das heißen, du *willst* mich bevorzugen?»

Ich seufze und schüttele den Kopf. «Hör zu, ich will es doch nur leichter für uns beide machen.»

Er verschränkt kopfschüttelnd die Arme. «Wow.»

«‹Wow› was?»

«Ich hätte nicht gedacht, dass du so leicht Schiss bekommst.»

Ich blicke ihn kurz stumm an. Dann sage ich: «Ich habe überhaupt keinen Schiss, ganz im Gegenteil. Ich finde nur, dass du in einen Kurs gehörst, in den du ...» Ich weiß nicht weiter.

Smith sitzt da und runzelt die Stirn.

«Besser reinpasst», bringe ich den Satz lahm zu Ende.

Er schnaubt ungläubig. «Das ist doch eine faule Ausrede.»

«Das ist es gar nicht», gebe ich zurück. «Ich versuche nur, für uns beide die beste Lösung zu finden.»

Smith lehnt sich vor und sieht mich an. Ich erwidere düster seinen Blick. «Ach was, du willst dich nur drücken.»

«Ich will mich vor gar nichts drücken!»

«Erzähl keinen Scheiß.»

Ich verenge die Augen zu Schlitzen. «So. Spricht. Man. Nicht. Mit. Einer. Lehrerin», sage ich betont deutlich und langsam.

Kurz sieht er gereizt aus. «Glaubst du eigentlich, dass du immer alle deine Schüler mögen wirst? Ab und zu wirst du auch mal wen unterrichten müssen, den du nicht ausstehen kannst. Und dann wieder wirst du die Art von Schüler haben, von der alle Lehrer träumen. Aber du darfst keinen benachteiligen.»

«Bitte.» Ich verschränke ebenfalls die Arme. «Ich brauche von dir wirklich keinen Vortrag über meinen Beruf.»

«Vielleicht nicht, aber du bekommst ihn trotzdem. Glaubst du, ich habe jeden meiner Lehrer gemocht? Glaubst du, dass Schüler es toll finden, wieder und wieder den gleichen Scheiß von den gleichen völlig weltfremden Mittelschichtfrauen mit Collegediplom zu hören? Ich betone ‹Frauen›, denn die meisten Lehrer sind ja wohl Frauen.»

Vor Wut zieht sich alles in mir zusammen; ich balle die Fäuste, öffne sie, balle sie wieder. Derweil versuche ich, einen gelassenen Gesichtsausdruck zu wahren – was mir ganz bestimmt nicht gelingt.

«Hör zu», fährt Smith fort, «ich werde den Kurs nicht wechseln. Ich mag deinen Kurs. Ich mag dich. Wenn ich mich schon mit englischer Literatur herumquälen muss, dann wenigstens bei dir.»

Seine Stimme ist leise. Fast wie sein Flüstern im Cave, als er mit seinen Händen meinen Körper erkundet hat. Ehe ich ihn noch davon abhalten kann, beugt er sich zu mir, legt mir eine Hand unters Kinn und hebt meinen Kopf an. In seinen tiefblauen Augen lese ich so etwas wie Besorgnis.

Ich brauche eine Sekunde zu lang, um seine Hand wegzudrücken. «Lass das», murmele ich und fange an, sinnlos einen Stapel Aufsätze neu zu sortieren. «Du kannst gehen, das Nachsitzen ist beendet.»

Er steht nicht auf, sondern bleibt bewegungslos sitzen, die Augen auf mich gerichtet.

«Geh bitte», wiederhole ich ruhig.

Ich wende mich von ihm ab und drehe mich zum Computer. Nachdem ich Smith eine Minute ignoriert habe, steht er schließlich auf. Erleichterung macht sich in mir breit, aber auch Enttäuschung – eine innere Zerrissenheit, die ich aus den letzten Tagen bestens kenne.

Langsam geht er ums Pult herum und hockt sich vor mich, sodass mir nichts anderes übrigbleibt, als ihn anzusehen.

«Glaub's mir oder nicht, ich will dir das Leben nicht schwer machen», sagt er langsam. «Aber mich aus deinem Kurs zu werfen, wird deine Probleme nicht lösen. Die kannst nur du selbst lösen.»

Er ist sauer, das hört man, aber ich bin es auch. Zwischen uns vibriert es förmlich vor Spannung. Ich weiß nicht, was ich erwidern soll, deshalb sage ich nichts, sondern warte stumm, bis er schließlich aufsteht und geht. Mit dem Klicken des Türschlosses wagt sich die erste Träne hervor; sie rinnt über meine Wange und tropft auf die Tastatur.

*

Es dauert ein paar Minuten, bis ich mich beruhige.

Jedenfalls *versuche* ich, mich zu beruhigen, mit den üblichen Tricks. Langsames Einatmen durch die Nase, langsames Ausatmen durch den Mund. Ich drehe eine Runde durch den Raum, ohne Eile. Nur um ihn dann mit weit mehr Eile zu verlassen.

Ich weiß nur eins: Ich muss was unternehmen. Keine Ahnung, was dieses etwas sein könnte, dafür kann ich gerade nicht klar genug denken. Ich beschließe, einen Spaziergang durchs Gebäude zu machen. Vielleicht klären sich meine Gedanken ja, wenn ich mich ein bisschen bewege.

Aber während ich so durch die leeren Flure streife, habe ich nicht das Gefühl, einer Lösung näher zu kommen. Ein Teil von mir will zum Direktor und ihm die ganze Geschichte erzählen – was zwischen Smith und mir gewesen ist, und dass er den Kurs wechseln sollte. Ein anderer, größerer Teil von mir hält diese Idee für falsch und idiotisch. Ich meine, ja, schön, wir haben in einem Club miteinander rumgemacht. Aber zu dem Zeitpunkt wusste ich ja noch nicht, dass er ein Schüler ist. Warum lasse ich mich davon eigentlich so fertigmachen? Wieso will ich die ganze Zeit panisch wegrennen?

Idiotisch ist die Idee auch wegen der Mädchenschlägerei vor ein paar Tagen, als Mr. Weathersby mich mehr oder weniger vor dem ganzen Kurs gerügt hat. Mein Boss hält mich jetzt schon für inkompetent – will ich diesen Eindruck wirklich noch verstärken?

Ich schaue den Flur entlang und sehe, dass Carolines Kursraumtür offensteht. Vielleicht kann sie mir ja helfen. Auf keinen Fall kann es schaden, mit einer älteren, erfahreneren Kollegin zu sprechen, die sicher auch schon mal Mist verzapft hat.

Caroline gehört zu den Lehrern, die in ihrer Rolle völlig aufzugehen scheinen und die deshalb so erfolgreich sind. Beneidenswert. Ihr Kursraum ist gemütlich und einladend eingerichtet. Als ich hineingehe, sitzt in den hinteren Bankreihen eine Gruppe Schüler und arbeitet am Layout für das Jahrbuch. Ich hatte ganz vergessen, dass Caroline auch für die Schulpublikationen zuständig ist.

«Hyacinth.» In ihren Augenwinkeln bilden sich kleine Fältchen, als sie lächelnd aufsteht, um mich zu begrüßen. «Wie geht's dir?»

«Gut», sage ich mit einem Kopfnicken.

Als ich vor ihr stehe, drückt sie freundlich meinen Arm. «Ich wollte dir noch eine Mail schreiben wegen des Vorfalls in deinem Kurs neulich. Das war wirklich eine dumme Sache. Ich hoffe, Mr. Weathersby war nicht allzu sauer.»

Ich schüttele den Kopf. «Nein, das war okay – obwohl ich teilweise deswegen hier bin.»

«Wirklich?» Sie setzt sich wieder auf ihren dick gepolsterten Schreibtischstuhl. «Was kann ich für dich tun?»

Ich blicke kurz zu den Schülern hinüber und trete einen Schritt näher ans Pult heran. «Ich finde meinen Englischkurs gerade etwas ... schwierig», sage ich leise. «Du hast doch gesagt, du hättest zu der Zeit immer Vorbereitung, deshalb wollte ich dich fragen, ob du dich nicht mal bei mir reinsetzen könntest. Nur um zu gucken, ob ich etwas anders machen oder verbessern kann.»

«Sicher. An welchen Tag hast du denn gedacht?»

Ich räuspere mich und lege dann etwas verkrampft die Hände vor dem Körper zusammen. «Äh, an jeden Tag?»

Caroline lehnt sich zurück, sodass ihr Stuhl laut quietscht. Sie lächelt freundlich, aber ich habe ein ungutes Gefühl. Genau genommen höre ich das Nein schon, ehe sie es ausspricht.

«Ich denke», beginnt sie und schiebt ihre Brille nach oben in ihre kastanienbraunen Locken, «dass du etwas mehr Vertrauen in deine eigenen Fähigkeiten haben kannst, Hyacinth. Ich habe doch die ersten zwei Wochen in deinem Kurs gesessen. Und da hast du alles super gemacht.»

Ich schlucke. «Ja, aber seit Freitag ...»

Sie schüttelt den Kopf. «Das am Freitag ist dumm gelaufen, aber ganz sicher nicht die Regel – nicht einmal hier, wo es die meisten Schüler auch außerhalb der Schule ganz schön schwer haben.»

Sie steht auf und bedeutet mir, näher zu kommen. «Diese Kids hier zum Beispiel», flüstert sie und zeigt mit dem Kopf auf die Schüler, «haben im Leben Dinge durchmachen müssen, die für dich und mich völlig unvorstellbar sind. Bei der Hälfte von ihnen sitzt ein Familienmitglied im Gefängnis. Ein Drittel kennt seinen Vater nicht. Einer von ihnen wurde letztes Jahr beim Anschaffen erwischt.»

Ich fühle Übelkeit in mir aufsteigen. «Das ist furchtbar!»

Sie nickt. «Das ist es. Wenn die Schüler also rebellieren, wenn sie dir das Gefühl geben, als wollten sie dich fertigmachen, dann versuchen sie eigentlich nur, Nähe zu vermeiden. Sie schützen sich vor der Nähe zu jemandem, der sie doch nur wieder im Stich lassen wird. Viele von ihnen haben einfach nicht gelernt, was es heißt, eine vertrauensvolle Beziehung zu anderen aufzubauen.»

«Ich ... Ich will nur sicher sein, dass ich nichts verkehrt mache.»

Caroline lächelt mich an und klopft mir auf die Schulter. «Süße, Unterrichten bedeutet immer, Dinge auszuprobieren und aus Fehlern zu lernen. Manche Stunden laufen gut, andere gehen voll in die Hose. Manche Kurse sind aufmerksam und höflich, andere scheinen nur aus geistigen Tieffliegern zu bestehen. Du bist die einzige Konstante in deinen Kursen, das musst du begreifen. Sorg dafür, dass sie dich respektieren, zeig ihnen aber auch, dass sie dir nicht egal sind.»

Leichter gesagt als getan, möchte ich am liebsten entgegnen. Stattdessen nicke ich. «Du hast recht. Okay.»

«Ich werde versuchen, irgendwann nächste Woche reinzuschauen», sagt sie. «Wann genau, kann ich noch nicht sagen. Ich muss gerade dreimal die Woche Schüler betreuen, die sich auf den Aufnahmetest fürs College vorbereiten, außerdem frisst das Jahrbuch ziemlich viel Zeit.»

«Ich weiß, dass du viel zu tun hast», sage ich schuldbewusst. «Ich will mich auch nicht aufdrängen.»

«Das meine ich ja auch gar nicht.» Sie schüttelt den Kopf. «Ich will dir nur sagen, dass ich dir voll zutraue, den Kurs zu leiten. Hätte ich Zweifel, würde ich meine Termine sofort absagen und zu dir in den Unterricht kommen. Aber ich vertraue dir, Hyacinth. Jetzt musst du dir nur noch selbst vertrauen.»

Ich sehe sie an und möchte am liebsten losheulen.

Mir selbst vertrauen?

Momentan?

Nichts fühlt sich im Augenblick unmöglicher – und *riskanter* – an als das. Trotzdem fühle ich mich nach dem Gespräch mit Caroline irgendwie bestätigt und sicherer. Sie ist nicht die Erste, die mir empfiehlt, einfach weiterzumachen und mich der Welt und all ihren Widrigkeiten selbstbewusst zu stellen, auch wenn ich mich manchmal gar nicht so fühle. Carson ist auf jeden Fall auch dieser Meinung, Dad ebenso. Sogar Smith hat im Prinzip nichts anderes gesagt.

Wie auf Autopilot gehe ich zurück in meinen Kursraum, nehme meine Jacke und meine Handtasche, fahre den Computer herunter und mache mich dann auf den Weg zum Ausgang. Um mich herum nehme ich kaum etwas wahr – weder die Tür, die ich öffne, noch den Weg zum Parkplatz. Ich fühle mich wie betäubt; als hätten sich all die Gefühle, die mich vor einer Stunde noch so aufgewühlt haben, jetzt in einen Teil von mir zurückgezogen, zu dem ich keinen Zugang habe. Es ist, als stünde ich unter Schmerzmitteln – hochdosierten körpereigenen Schmerzmitteln, die mich nichts mehr empfinden, aber noch funktionieren lassen.

Als ich den Parkplatz schon halb überquert habe, fällt mir eine größere Gruppe von Jungen und Mädchen auf, die neben den Tennisplätzen rumsteht – und damit nur wenige Meter von meinem Auto entfernt. Kent Pharris, ein Junge aus meinem letzten Kurs, hängt wie ein Affe an dem Maschendrahtzaun, der die Tennisanlage einfasst. Er ist sehr groß, weshalb er im Schulbasketballteam spielt, aber seine Noten sind so mies, dass es für seinen Abschluss düster aussieht. Ein anderer Schüler des Abschlussjahrgangs, Lyle Merrick, glänzt in den Kursen vor allem durch Abwesenheit. Immerhin kennen ihn alle, seit er vor ein paar Wochen in der Jungentoilette mit einem Mädchen erwischt worden ist, das ihm gerade einen geblasen hat. Es muss einen Monat oder so her sein, seit ich ihn das letzte Mal in der Schule gesehen habe.

Natürlich darf auch JD Fenton in der Gang nicht fehlen, der jetzt zur Abwechslung mal hellwach aussieht und lässig zwei Mädchen anlächelt, die förmlich an seinen Lippen kleben.

Zwischen Lyle und JD steht Smith.

Unwillkürlich spüre ich einen Kloß im Hals, als ich ihn sehe. Er sagt nicht viel, steht einfach nur da und sieht Kent zu, wie er am Zaun rumturnt. In der Hand hält er eine brennende Zigarette.

Soso, Smith. Auf dem Schulgelände?

Ich bin kurz davor, hinüberzugehen, die Zigarette auszudrücken und ihn ordentlich zusammenzufalten. Aber plötzlich schiebt sich eins der Mädchen an ihn heran.

Cherry Morgan.

Sie hat dichte dunkle Locken und gehört zu den Mädchen, die sich gerne stark schminken und ihre üppigen Kurven in hautenge Klamotten zwängen. Als sie sich von der Seite an Smith drängt, ihm die Zigarette aus den Fingern und einen tiefen Zug nimmt, möchte ich mich am liebsten abwenden.

Aber ich kann nicht.

Ich muss einfach hinsehen. Muss zusehen, wie sie sich an ihn ranschmeißt.

Und dann zusehen, wie er einen Arm um ihre Schultern legt und sie dicht an sich zieht.

Ein stechender Schmerz durchzuckt meinen Bauch; es fühlt sich an wie ein Messerstich. Ich bin scheißwütend und todtraurig zugleich. Noch nie habe ich Eifersucht so körperlich empfunden. Beim Anblick von Cherry, die sich wohlig in Smiths Arm schmiegt, möchte ich nichts lieber als ihr die Augen auskratzen.

Und mir meine gleich mit, damit ich das Elend nicht mehr sehen muss.

Dann springt Kent vom Zaun. Erst jetzt sehe ich, was er dort oben eigentlich gemacht hat: In den oberen Zaunmaschen hängt mindestens ein Dutzend Frauenslips.

Die Jungen unten kichern wie im Kindergarten, während sie auf die Unterwäsche zeigen. Ich verdrehe die Augen und gehe auf sie zu. Sie bemerken mich erst, als ich auf den Öffnen-Knopf der Schlüsselfernbedienung drücke und die Türen meines Autos geräuschvoll entriegelt werden.

«Miss Hendricks», begrüßt mich Smith. Ich kann das sexy Lächeln förmlich in seiner Stimme hören. Auch ohne ihn anzusehen, weiß ich, dass es da ist. Ich gehe an ihm und den anderen vorbei zur Fahrertür meines Wagens.

«Möchten Sie nicht auch etwas spenden?», fragt er.

Obwohl ich weiß, dass ich es nicht tun sollte, sehe ich ihn an. Er blickt hinauf zu den säuberlich aufgereihten Tangas und Panties. Hinter ihm flüstert JD Kent etwas ins Ohr, und beide fangen an zu lachen.

«Ich meine Ihre Unterwäsche», sagt Smith laut genug, sodass seine Kumpel ihn auch sicher hören. «Wir nehmen jederzeit Spenden entgegen, falls Sie Interesse haben.»

Ich balle die Faust fest um den Schlüssel und spüre, wie mir die Röte in die Wangen schießt. Sein Blick verrät nur allzu deutlich, dass er mich herausfordern will.

«Ihr Verhalten ist absolut inakzeptabel, Mr. Asher», warne ich ihn und spreche dabei bewusst leise. «Ich würde Ihnen raten, solche Äußerungen zu unterlassen, es sei denn, Sie möchten wegen sexueller Belästigung einer Lehrerin für ein paar Wochen vom Unterricht suspendiert werden.»

Er kommt langsam auf mich zu und sagt dann mit einer Stimme, die kaum mehr als ein Flüstern ist: «Es ist noch nicht lange her, da hat es dir nichts ausgemacht, dass ich dich angrabe.»

Ich verenge die Augen zu Schlitzen. «Es ist auch noch nicht lange her, da hast du dich älter gemacht, als du bist, um Frauen rumzubekommen», zische ich. «Ist die Lage an der Frauenfront für dich wirklich so verzweifelt?»

Ganz kurz huscht Verunsicherung über sein Gesicht, doch dann hat er sich wieder im Griff und grinst. «Ich bitte dich. Wenn ich eins wirklich nicht nötig habe, um ins Höschen einer Frau zu kommen, dann ist es lügen. Vielleicht sage ich den Mädels, was sie hören wollen, aber sie wissen immer ganz genau, für wen sie die Beine breit machen.»

Ich ziehe scharf die Luft ein. Dann steige ich ohne ein weiteres Wort ins Auto und knalle die Tür zu. Verdammt, der Typ ist so was von zum Kotzen! Ich schnappe mir das Handy und hämmere die Nummer der Schule hinein. Als sich die weibliche Computerstimme des Telefonsystems meldet, wähle ich «Mitarbeiterverzeichnis» und warte, bis Officer Rains' Durchwahlnummer angesagt wird.

Mein Display muss einiges aushalten, als ich anschließend die Nummer ins Telefon hacke. Dann warte ich wieder, bis es klingelt.

«Officer Rains? Hi, hier ist Hyacinth Hendricks.» Ich

versuche, ganz ruhig und sachlich zu klingen, während ich meinen Blick starr auf das Armaturenbrett gerichtet halte. «Ich wollte Sie nur informieren, dass sich auf dem Parkplatz eine Gruppe von Schülern einen Spaß daraus macht, den Zaun der Tennisplätze mit» – ich räuspere mich – «Damenunterwäsche zu dekorieren. Falls das für Sie unter, äh, Vandalismus oder so fällt, sollten Sie vielleicht mal nach dem Rechten sehen ...»

Dann verabschiede ich mich hastig und lege auf. Ich koche immer noch vor Wut über Smiths Bemerkungen. Wie habe ich diesen Arsch jemals süß und charmant finden können? Von dem heißen Typ im Club ist nichts übriggeblieben – jetzt ist er nur noch anmaßend und ätzend, ein völlig anderer Mensch. Er ist nichts weiter als ein Womanizer und ich nichts weiter als eine Idiotin, die auf seine schönen blauen Augen und sein sexy Lächeln reingefallen ist.

Ich atme ein paarmal tief durch, reiße mich zusammen und setze dann rückwärts aus der Parklücke. Erst jetzt sehe ich wieder zu Smith. Er ist zurück zu seinen Freunden gegangen, wo Cherry ihn wieder in Beschlag genommen und umschlungen hat. Aber er blickt in meine Richtung, sieht mir durchs Seitenfenster direkt in die Augen. Als er mir dann auch noch zuzwinkert, gucke ich weg und gebe mehr Gas als notwendig.

Verlegenheit, Beschämung, Angst – diese Gefühle habe ich alle durch, und noch ein paar mehr. Jetzt bin ich einfach nur sauer.

Wobei «sauer» noch zu schwach ist.

Ich koche vor Zorn.

Was bildet sich dieses Arschloch ein, so mit mir zu reden? Und dann noch vor anderen Schülern. Als ob meine Autorität nicht sowieso schon angekratzt wäre.

An der nächsten Tankstelle halte ich an. Mein Atem geht immer noch viel zu schnell, als ich an der Zapfsäule aussteige und die Tür hinter mir zuknalle. Es muss doch irgendeinen Weg geben, meine Gefühle besser im Zaum zu halten, damit sie mir nicht immer gleich ins Gesicht geschrieben stehen. Auch wenn es mir höchstens kurzzeitig helfen dürfte, habe ich das starke Bedürfnis, mit voller Wucht irgendwo gegenzutreten.

Die Zapfsäule fängt gerade an, gurgelnd Benzin in meinen Tank zu pumpen, als hinter mir ein Fahrzeug hält. Ein Blick genügt, und ich bin wieder auf hundertachtzig. Durch die Windschutzscheibe starrt mich Smith an und grinst selbstgefällig. Ich möchte ihm das Grinsen am liebsten mit einer Ohrfeige aus dem Gesicht schlagen.

Stattdessen wirbele ich herum und gehe schnellen Schrittes in den Shop, der zur Tankstelle gehört. Ich gehe bis ganz nach hinten durch, ohne recht zu wissen, was ich dort eigentlich will. Bier, entscheide ich mich. Nach diesem ganzen emotionalen Aufruhr ist sich betrinken genau das Richtige.

Aber kaum habe ich die Tür der Kühlung aufgerissen, legt sich eine Hand auf meinen Arm.

«Hyacinth.»

Ich zucke zurück, als hätte ich mich verbrannt. Wütend funkele ich ihn an. Seine Augen sind geweitet; fast wirkt es, als würde ihm meine Wut diebische Freude bereiten.

«Was willst du?», frage ich scharf.

«Ich liebe es, wenn du mir die Krallen zeigst. Das ist echt sexy.»

Ich ignoriere seine Worte – genau wie die Tatsache, dass ich mal wieder knallrot anlaufe – und nehme ein Sixpack Bier aus der Kühlung.

«Lass mich in Ruhe, Smith.»

«Warum?» Mit verschränkten Armen lehnt er sich an die Glastür neben mir. Um an ihm vorbeizukommen, müsste ich ihn auf jeden Fall berühren, so eng ist es hier. Keine so gute Idee. Wenn ich ihn jetzt berühre, haue ich ihm entweder eine rein oder tue etwas ganz anderes, etwas, das mehr mit Lust als mit Gewalt zu tun hat.

«Hast du jetzt verstanden, was ich dir sagen wollte?», fragt Smith.

Ich sehe ihn mit finsterer Miene an. «Und das wäre?»

«Dass du dich verteidigen musst.» Er deutet mit dem Kopf vage in Richtung Tür. «Du musst sie dazu bringen, dass sie dich respektieren. Das ist die einzige Möglichkeit, zu ihnen durchzudringen, nur so werden sie auf dich hören.»

Die Gänsehaut, die mich plötzlich überläuft, hat nichts mit Verlangen zu tun, sondern mit Wut. Jedenfalls rede ich mir das ein, als ich das Bier zurück in die Kühlung pfeffere und die Tür schließe. Ich stemme die Hände in die Seiten und durchbohre Smith mit meinem Blick.

«Jetzt hör zu», setze ich an, so ruhig und gelassen, wie ich nur kann. «Ich brauche deine Hilfe und deine Ratschläge nicht. Du kennst weder mich noch meine Geschichte. Du weißt überhaupt nicht, wer ich bin. Und da wir hier nicht in der Schule sind, kann ich dir reinen Gewissens noch was mit auf den Weg geben.»

Ich mache einen Schritt auf ihn zu und fixiere ihn mit zusammengekniffenen Augen. «Lass mich in Ruhe und verpiss dich.»

Eine Sekunde lang stehen wir uns gegenüber und starren uns nur an. Die Wut tobt in mir wie ein eingesperrtes wildes Tier. Mein Atem geht schwer, und ich kann spüren, wie sich mein Brustkorb hebt und senkt. Smiths Nasenflügel zittern angespannt; sein Blick ist wild.

Schließlich will ich mich an ihm vorbeidrängen, aber er hält mich am Oberarm fest.

«Lass mich los», fahre ich ihn an.

Ich setze zu weiterem Protest an, aber irgendetwas in Smiths Blick lässt mich stocken. Als Smith mich packt und mit dem Rücken an das kalte Glas des Getränkeschranks drückt, verschlägt es mir endgültig die Sprache.

«Wegen dir drehe ich noch völlig durch», sagt er leise mit heiserer Stimme. Mit der einen Hand hält er immer noch fest meinen Arm umfasst, die andere legt er jetzt in meinen Nacken und dreht meinen Kopf so nach oben, dass mein Gesicht zu ihm zeigt.

«Je mehr du mich auf Abstand hältst, desto mehr will ich dich», flüstert er. Er ist mir jetzt so nah, dass ich seinen Atem an meinen Lippen spüre, und nur mit Mühe gelingt es mir, nicht die Augen zu schließen.

«Willst du immer noch, dass ich dich loslasse?», fragt er.

«Ja», antworte ich mühsam. Die Antwort ist so schwach wie gelogen, und natürlich weiß er das.

Er beugt sich hinab und drückt seine Lippen auf meine Wange, lässt sie dann aufwärts zu meinem Ohr wandern. «Lügnerin.»

Als er mir ganz leicht ins Ohrläppchen beißt, drücke ich instinktiv den Rücken durch und presse mich fest an seinen harten Oberkörper. Sofort nutzt er die Chance und schiebt seinen Arm zwischen meinen Rücken und das Glas.

Der Kontrast seiner heißen Haut auf meinem kühlen Rücken ist erstaunlich – und herrlich.

«Jedes Mal, wenn ich dich sehe, möchte ich nichts lieber, als sofort mit dir allein zu sein. Willst du mir sagen, dass es bei dir anders ist?», raunt er.

Ich schüttele den Kopf, allerdings ist es mehr ein verständnisloses Kopfschütteln über mich selbst und meine impulsive Lust als eine Antwort auf seine Frage. Entweder kann Smith Gedanken lesen, oder er lässt es einfach drauf ankommen, jedenfalls sind seine Lippen so schnell auf meinem Mund, dass ich ihn nicht davon abhalten kann.

Als ich Smith das erste Mal geküsst habe, war es heiß. Jetzt ist es ein Vulkanausbruch. Seine Zunge drängt in meinen Mund und entlockt mir ein tiefes Stöhnen. Er lässt seine Hände an meinem Rücken nach unten gleiten und zieht mich an den Gürtelschlaufen leicht nach oben, sodass sich seine harte Erektion genau zwischen meine Beine presst. Mir knicken fast die Beine weg.

«Ich will dich, Hyacinth.» Er lässt seine Lippen hinab an meinen Hals wandern, und sofort kralle ich mich mit beiden Händen in sein Hemd. Ich schließe die Augen und vergesse augenblicklich, wo wir sind und warum das alles keine gute Idee ist.

«Ähem.»

Das Räuspern trifft mich wie eine Ohrfeige oder eiskaltes Wasser. Ich stoße Smith von mir. Neben uns steht eine ältere Frau mit wolligem weißem Haar und einem wissenden Lächeln im Gesicht. Anscheinend will sie Milch aus der Kühlung.

«Entschuldigen Sie», sagt sie mit leicht zittriger Stimme. Smith und ich sehen zu, wie sie einen Karton Halbfettmilch herausnimmt. Als sie sich umdreht, um weiterzugehen, zwinkert sie uns übertrieben zu.

Ich blinzele mehrmals, dann beginnt mein Verstand wieder zu arbeiten. Was zum Teufel mache ich denn hier? Bin ich völlig bescheuert?

Bevor Smith mich wieder an sich ziehen kann, haste ich durch die engen Gänge zwischen den Regalen zum Ausgang. Ich drehe mich nicht um, schaue nirgendwohin außer auf mein Auto und die Zapfsäule. Nachdem ich eilig die Zapfpistole zurück in die Halterung gehängt und das Benzin bezahlt habe, steige ich ein und lasse den Motor an. Ob Smith mir gefolgt ist oder nicht – keine Ahnung. Ich will einfach nur hier weg, und das Letzte, was ich jetzt sehen will, ist Smiths Gesicht, das mich daran erinnert, was ich gerade getan habe.

Unwissentlich mit einem seiner Schüler rumzumachen, ist eine Sache. Etwas ganz anderes ist es, mit einem Schüler rumzumachen, wenn man weiß, dass er ein Schüler ist.

Aber erst auf halbem Weg nach Hause wird mir bewusst, wie sehr ich heute *wirklich* versagt habe. Als ob es nicht schon schlimm genug wäre, dass Smith sich weigert, in einen anderen Kurs zu wechseln – jetzt renne ich auch noch vor ihm weg.

Es wird Zeit für einen besseren Plan. Ab morgen früh gibt es kein Wegducken oder Weglaufen mehr. Ich werde Smith Asher zeigen, was es heißt, sich zu verteidigen. Diesmal bin ich vorbereitet.

KAPITEL 8

Konsequenzen

GESCHAFFT! FÜR das Stundenkonzept heute ist es mir gelungen, alle sexuellen Anspielungen der elisabethanischen Literatur zu umschiffen!

Das liegt natürlich vor allem daran, dass wir im zweiten Akt von *Hamlet* sind, wo es mehr um Rache als um Romantik geht – Hamlet plant den Tod seines Onkels und so weiter.

Aber eigentlich ist es auch egal, denn Smith ist nicht zum Unterricht erschienen. Daher mein Mantra des heutigen Morgens:

Das lässt mich kalt.

Das lässt mich kalt.

Das lässt mich kalt.

Leider funktioniert es nicht so ganz, und genau genommen ärgere ich mich nur wieder total über mich selbst, dass ich immer noch an ihn denke. Nach der Begegnung von gestern sollte man meinen, ich sei ernüchtert genug, um meine dämliche Schwärmerei endgültig zu überwinden. Tatsächlich aber fällt es mir ziemlich schwer, mich auf Hamlets Pläne und Claudius' Vergeltung zu konzentrieren.

«Also, warum lässt Claudius Rosenkranz und Güldenstern kommen, und warum sollen sie mit Hamlet reden?», frage ich und lege das Buch aufs Pult.

«Ich verstehe diese ganze Onkel-Vater-Nummer immer noch nicht», sagt Tyson, der auf seinem Stuhl fläzt und die langen Beine vor sich ausgestreckt hat. «Das ist voll eklig.»

«Das finde ich auch», piepst Jasmine Fields aus der letzten Reihe. Sie wirft ihre langen dunklen Haare über die Schulter. «Ich meine, bäh, wer will es denn mit seinem Bruder machen? Die müssen damals ja echt verzweifelt gewesen sein.»

Ich lächele sie an. «Das mag seltsam wirken, aber Inzest ist es nicht. Jedenfalls nicht so, wie ihr glaubt. Es ist ja nicht ihr eigener Bruder. Gemeint ist hier ... Also, wer hat einen Vater, der einen Bruder hat?»

Einige Schüler melden sich.

«Dann stellt euch vor, eure Mutter würde euren Onkel heiraten, also den Bruder eures Vaters.»

Das macht die Sache nur noch schlimmer; der Großteil des Kurses blickt noch entsetzter drein als vorher.

«Wenn meine Mom was mit Onkel Bo hätte, würde bei meinem Alten komplett die Sicherung durchbrennen», sagt Tyson und schüttelt ungläubig den Kopf.

«Na ja», sage ich, «wenn ihr das schon ekelhaft findet, wartet erst mal den dritten Akt ab – da simuliert Hamlet Geschlechtsverkehr mit seiner Mutter.»

«Simuliert?»

«Er tut so, als ob. Gibt vor.»

Tysons Augen sind weit aufgerissen. «Sie meinen, die machen Trockenbumsen?»

So viel also zu meinem Plan, den Unterricht heute möglichst sexfrei zu halten.

«Nee, oder?» Kristin Vertis, ein eher kleines, aber hübsches Mädchen mit kakaobrauner Haut und tiefliegenden Augen, sieht mich an, als hätte ich sie dazu aufgefordert, einen Teller mit Würmern zu essen. «Shakespeare hatte ja wohl voll die Probleme.»

«Erstens, Tyson, solche Wörter will ich hier nicht hören. Zweitens, ja, Shakespeare hatte wahrscheinlich eine ganze Menge Probleme, aber das sehen wir ihm jetzt mal nach, weil er so ein genialer Dichter ist.»

Leider scheint es, als hätte ich die Schüler bei «Trockenbumsen» verloren.

Als die Klingel schrillt, ist die eine Hälfte des Kurses damit beschäftigt, in Hamlet zu blättern, um die Stelle zu finden, wo «trockengebumst» wird, während die andere Hälfte darüber diskutiert, wer wem kräftig in den Arsch treten würde, wenn ihre Mutter was mit dem Onkel hätte. Als auch der letzte Schüler endlich draußen ist, schließe ich die Tür und genieße die Stille.

Die nächsten zwanzig Minuten bewerte ich Konzepte für Referate und bereite die Stunden der nächsten Woche vor, aber meine Gedanken schweifen immer wieder ab zu Smith – wo er wohl sein mag und warum er heute Morgen nicht zum Unterricht gekommen ist.

Nicht dein Problem, versuche ich mir selbst einzureden. *Es geht dich überhaupt nichts an, was er macht und was nicht.*

Als ich einsehen muss, dass Selbstgespräche nichts bringen, entscheide ich mich für Plan B: Ablenkung mit Hilfe von Junkfood aus dem Automaten fürs Lehrpersonal. Ich finde, es ist nie zu früh für kleine Zebraküchlein. Oder Chips. Oder sonstigen Süßkram.

Ich schnappe mir ein paar Dollar aus meiner Handtasche und mache mich auf den Weg zum Pausenraum für die Lehrer. Mit einem Twix oder Bounty kann ich mich hoffentlich besser konzentrieren. Das, oder ich bekomme wenigstens einen ordentlichen Zuckerflash – was vielleicht noch besser wäre.

Als ich die Tür zum Pausenraum aufziehe, bleibe ich wie angewurzelt stehen. Drei Schüler stehen neben den Automaten. Ich erkenne nur einen von ihnen sofort, JD Fenton, aber die anderen zwei scheinen mir auch aus dem Abschlussjahrgang zu sein. Der eine ist meiner Meinung nach im Basketballteam, und der andere trägt eine dieser schicken Fußfesseln, von denen ich schon so viel gehört habe.

«Was machen Sie hier?» Ich verschränke die Arme. «Der Pausenraum ist nur für die Lehrer.»

JD schaut zu mir herüber. In seinem Blick liegt etwas Lüsternes, als würde er sich vorstellen, wie ich nackt aussehe, während er mich von Kopf bis Fuß mustert.

«Wir sind gleich fertig, Miss Hendricks», sagt er mit tiefer und rauchiger Stimme.

Ich will den dreien gerade mitteilen, dass sie sich auf Nachsitzen einstellen müssen, als ich sehe, wie JD von einem der beiden anderen ein Bündel Scheine entgegennimmt. Er steckt es ein und zieht dann ein Plastiktütchen aus dem Rucksack. Mein Herz rast, und ich spüre, wie mein Puls an der Schläfe pocht.

Ein Drogengeschäft. Und zwar genau vor meiner Nase.

Für einen Augenblick bin ich vor Schock wie versteinert und kann nur zusehen, wie JD und seine Kumpel sich mit einem Fistbump voneinander verabschieden.

«Yo, bis später», höre ich JD sagen. Als er auf mich zukommt, wird mir bewusst, dass ich ihm im Weg stehe. Hinter mir ist die Tür. Nur ich kann ihn daran hindern, einfach abzuhauen.

Und genau das werde ich tun. Ich hebe das Kinn und sehe ihn entschlossen an. «Sie kommen jetzt mit.» Ich schaue an ihm vorbei zu den beiden anderen. «Und Sie beide auch.»

Zunächst starren sie mich nur an. Dann wechseln sie untereinander Blicke und fangen lauthals an zu lachen.

«Ich bin dann weg, Jungs», ruft JD über die Schulter, als er sich an mir vorbeidrängt und die Tür aufstößt. «Peace.»

Ohne nachzudenken, was ich eigentlich tue, greife ich nach einem der Riemen an JDs Rucksack und reiße kräftig daran. «Hiergeblieben – wo wollen Sie hin?», frage ich streng.

Für einen langen Moment rührt JD sich nicht. Er steht mit dem Rücken zu mir; die Muskeln seiner Schultern zucken leicht unter dem T-Shirt. Dann dreht er sich wie in Zeitlupe zu mir um und taxiert mich. Er ist grobschlächtig und massig. Seine breite Nase sieht aus, als sei sie ihm einmal zu oft gebrochen worden; die Augen sind blutunterlaufen.

Plötzlich wird mir klar, dass er wahrscheinlich nicht nur mit Drogen dealt, sondern auch welche nimmt.

Er knackt mit den Knöcheln seiner rechten Hand und macht einen Schritt auf mich zu. Hinter ihm fällt die Tür mit einem dumpfen Laut ins Schloss. «Und was wollen

Sie jetzt machen?», sagt er mit gesenkter Stimme. «Sie sind nicht mal eine richtige Lehrerin – Sie können mir gar nichts.»

Er kommt noch näher, und ich hebe warnend eine Hand. «JD, Sie machen jetzt einen Schritt zurück», sage ich bestimmt.

«Sie machen mir keinen Ärger», fährt er fort und ignoriert sowohl meine Worte als auch meine Hand. Er verzieht den geöffneten Mund zu einem hämischen Grinsen. Auf der Innenseite seiner Unterlippe erkenne ich jetzt ein Tattoo. Na, toll, das passt ja. Ich muss mich zusammenreißen, um nicht zu zittern. «Sie stecken Ihre Nase mal schön in Ihre Bücher und nicht in meine Angelegenheiten», sagt er drohend.

Ich schüttele den Kopf, immer noch entschlossen, mich nicht einschüchtern zu lassen. «Nein. Sie kommen jetzt mit zum Direktor. Ich habe gesehen, was hier läuft. Dealen ist nicht nur an der Schule verboten, es ist illegal. Und das hat Konsequenzen.»

Seine Augen sind nur noch Schlitze. «Hör zu, du Schlampe, ich werde es dir nicht noch mal erklären. Komm mir nicht in die Quere!»

Er betont jedes einzelne seiner letzten Worte und macht dann eine beißende Bewegung mit den Zähnen. Plötzlich spüre ich eine Wand am Rücken. Er hat mich in eine Ecke gedrängt, während die Tür des Raums jetzt von den zwei anderen Schülern blockiert wird – zwei ebenfalls ziemlich große und kräftige Exemplare, die die Arme verschränkt halten und fies grinsen.

«Machen Sie sofort einen Schritt zurück, JD», sage ich extra laut in der Hoffnung, dass mich draußen im Flur jemand hört. «Ich werde Ihr Verhalten auf keinen Fall hinnehmen.»

Er beugt sich etwas vor, sodass mir der schale Zigarettengeruch seiner Jacke in die Nase dringt. Ich rieche seinen Atem – und Alkohol darin. «Schlampen wie du, die ihre Nase in die Angelegenheiten anderer stecken, werden auch nicht toleriert.» Er umfasst mein Kinn. Kalte Angst breitet sich in mir aus; ich kann das Zittern kaum noch unterdrücken. Ich öffne den Mund, um zu schreien, aber JD ist schneller. Er legt mir fest eine Hand über den Mund. «Das lassen wir mal schön», zischt er.

«Yo, Fenton», sagt einer seiner Kumpel hörbar nervös. «Lass sie gehen, Mann.»

JD schnaubt und schüttelt den Kopf. «Diese beschissenen Collegeschlampen kommen hierher und glauben, sie müssten uns retten. Uns, den Abschaum Amerikas. Jetzt werde ich mal so einer eine Lektion erteilen, nicht immer nur andersrum.»

Der andere Junge schüttelt den Kopf. «Ohne mich, Mann. Ich darf nicht schon wieder fliegen.»

Die beiden Schüler schlüpfen aus dem Zimmer, ohne sich noch einmal umzudrehen. Jetzt bin ich mit JD allein – und ihm ausgeliefert.

«Willst du mir immer noch vorschreiben, was ich zu tun habe, du Schlampe?», zischt er mir ins Gesicht.

Ich will etwas sagen, aber er drückt mir immer noch den Mund zu. Verzweifelt versuche ich, ihm in die Handfläche zu beißen. Als er es merkt, lachte er leise höhnisch. «Sieh einer an, sie beißt. Das hätte ich von Ihnen nicht gedacht, Miss Hendricks. Es sind immer die Stillen, die es gern ein bisschen härter mögen ...»

Mit erschreckend festem Griff umfasst er mit der freien Hand meine beiden Handgelenke. Ich schließe die Augen, schlucke. Wie bescheuert war ich eigentlich, alleine einen Drogendealer und seine Kunden stellen zu wollen?

Dann, plötzlich, ist JD weg.

Ich reiße die Augen auf und sehe, wie er an die Wand gegenüber geschleudert wird. Dann pressen sich ein muskulöser Unterarm und ein Ellbogen an seinen Hals und drücken ihm die Luft ab.

Smith.

Als er JD loslässt, knallt dieser röchelnd auf den Boden. «Scheiße, Asher – was ist los mit dir?»

Smiths Antwort ist kaum mehr als ein Knurren. «Behalt deine verfickten Pranken bei dir, Fenton», herrscht er ihn an.

«Ey, Mann, ich wollte die Schlampe doch nur ein bisschen erschrecken. Ein bisschen Spaß haben, du weißt schon.»

Smith holt aus und schlägt JD voll mit der Faust ins Gesicht. Der heult auf, Blut tropft aufs Linoleum. Damit dürfte seine Nase wohl den nächsten Knacks haben. «Halt dich von ihr fern, du Arschloch», blafft Smith.

Er tritt zurück und reibt sich mit der Hand übers Gesicht. Sein Brustkorb hebt und senkt sich. Er sieht mich an – seine Augen sind dunkler, als ich sie je gesehen habe, wie eine tiefe Schlucht ohne Grund. Ich möchte zu ihm hinüberlaufen, mich in seinen Arm schmiegen und mich an ihm festhalten. Stattdessen lehne ich mich an die kalte, harte Wand.

Als JD schließlich wieder auf die Füße kommt, ist sein T-Shirt blutgetränkt. Hilflos hält er sich die Hand über die

Nase und schwankt in Richtung Tür, aber bevor er sie erreicht, wird sie aufgerissen. Officer Rains stürmt herein.

«Was ist hier los? Ich habe jemanden schreien gehört.» Er lässt den Blick von JD zu Smith, dann zu mir wandern. «Alles okay, Miss Hendricks?»

Ich schlucke und blicke dann zu JD. «Ich habe Mr. Fenton dabei erwischt, wie er zwei anderen Schülern Drogen verkauft hat. Als ich ihn zum Direktor bringen wollte, hat er sich widersetzt und mich beleidigt. Er ... Er hat mein Gesicht gepackt und mich an die Wand gedrückt.»

Officer Rains sieht JD kalt an. «Haben dir deine Eltern nicht beigebracht, deine Hände bei dir zu behalten, Fenton?» Er mustert ihn, dann sieht er mit kritischer Miene zu Smith. «Ich muss wohl nicht fragen, wer von den Anwesenden ihn so durch die Mangel gedreht hat.»

Smith schweigt, worauf Rains die Augen verdreht. «Na super. Idioten im Doppelpack. Mitkommen, Asher. Ab zu Weathersby, und zwar jetzt.»

«Ich hab nichts gemacht», protestiert Smith.

Rains' Augen verengen sich. «Fentons Gesicht sagt mir, dass du eine ganze Menge gemacht hast. Du kannst jetzt freiwillig mit ins Büro kommen, oder ich nehme dich fest. Such es dir aus.»

Rains führt JD aus dem Zimmer, wobei er ihn halb schieben, halb ziehen muss. Eine Sekunde lang bleibt Smith ganz still stehen. Nur seine Brust hebt und senkt sich. Sein Oberkörper sieht so noch breiter aus. Athletischer. Er macht ein paar Schritte Richtung Tür, dann bleibt er noch einmal stehen und sieht zu mir.

«Alles okay?» Seine Stimme ist leise, aber nicht sanft. Er ballt die Fäuste und öffnet sie wieder.

Ich nicke. «Ja. Alles okay.»

Der lange Blick, den er mir zuwirft, bevor er sich abwendet und geht, enthält keine Spur von Wärme oder Humor.

*

Der Anruf, von dem ich weiß, dass er kommen muss, kommt später als erwartet. Etwa zehn Minuten vor Beginn meines dritten Kurses klingelt endlich das Telefon in meinem Kursraum.

Die Sekretärin klingt genervt, als hätte ich sie bei einer furchtbar wichtigen Aufgabe unterbrochen. «Miss Hendricks, könnten Sie bitte umgehend in Mr. Weathersbys Büro kommen?»

Sie hat aufgelegt, noch bevor ich ja sagen kann.

Als ich das Sekretariat betrete, rümpft sie die Nase und deutet mit dem Kopf auf eine Stuhlreihe an der Wand. Aus Mr. Weathersbys Büro dringen gedämpfte Stimmen durch die geschlossene Tür. Eine davon steigert sich plötzlich zu einem Schreien. Ich zucke zusammen.

Sekunden später fliegt die Tür auf, und JD kommt heraus, die Hände in Handschellen auf dem Rücken und dicht gefolgt von Officer Rains und einem anderen Polizisten, den ich nicht kenne. JD wirft mir einen eiskalten Blick zu, während er für seinen Abgang eine große Show abzieht, die im Wesentlichen daraus besteht, aus vollem Halse «Fickt euch doch alle!» zu brüllen. Sofort fasst der zweite Polizist ihn am Arm und schiebt ihn aus dem Gebäude. Wie gelähmt blicke ich ihnen hinterher.

«Miss Hendricks?»

Mr. Weathersby steht mit gerunzelter Stirn vor seiner Tür. Eilig stehe ich auf und folge ihm hinein. Auf einem der Besucherstühle, die vor dem großen Holzschreibtisch stehen, sitzt Smith. Er sieht aus dem Fenster, sodass ich sein Gesicht nicht sehen kann.

«Officer Rains hat mich über den unschönen Vorfall von vorhin informiert», sagt Mr. Weathersby, während er das Zimmer durchquert und sich an seinen Schreibtisch setzt. «Ich möchte Sie bitten, mir noch einmal genau zu erzählen, was da heute Morgen im Lehrerpausenraum passiert ist.»

Ich muss kräftig schlucken. «Es gab eine Auseinandersetzung zwischen JD und mir, weil ich gesehen habe, wie er im Pausenraum einem anderen Schüler gegen Geld ein Plastiktütchen gegeben hat. Ich habe ihn zur Rede gestellt, woraufhin er mich am Kopf und an den Handgelenken gepackt und gegen die Wand gedrückt hat.»

Mr. Weathersby hustet. «Es tut mir unglaublich leid, dass das passiert ist. Ich versichere Ihnen, dass JD dafür mit aller disziplinarischen Härte bestraft werden wird.»

Er blickt kurz zu Smith, dann wieder zu mir. «Und wie steht es mit Mr. Asher hier? Hat er Sie auch unsittlich berührt?»

In letzter Zeit nicht.

Smith sieht Mr. Weathersby wütend an. «Ich haben Ihnen doch gesagt, dass ich nicht angefangen habe. Ich war der Gute.»

Ich nicke zustimmend. «Ja, er hat mir geholfen. Genau genommen hat er riskiert, selbst verletzt zu werden, um mich zu beschützen. Sein Verhalten war äußerst ... mutig.»

Ich spüre, wie Smith mich ansieht, halte meinen Blick aber fest auf Mr. Weathersby gerichtet. Der Direktor seufzt und massiert sich die Schläfen.

«Na gut», sagt er schließlich, «normalerweise erhalten alle Schüler, die in Prügeleien verwickelt sind, eine Disziplinarmaßnahme. Aber wie ich sehe, sitzt Mr. Asher diese Woche sowieso bei Ihnen nach – ist das richtig?»

«Ja, nach dem regulären Unterricht.»

Mr. Weathersby nickt. «Dann haben Sie ausnahmsweise Glück, Mr. Asher. Aber damit das klar ist – an dieser Schule gibt es klare Regeln. Kommen Sie niemandem mehr zu nah, Mr. Asher.»

Ich schaue auf meinen Schoß. Meine Hände sind immer noch zu Fäusten geballt. Ich habe jedenfalls versucht, ihm nicht zu nah zu kommen. Aber gut, dass mein Chef es noch einmal für alle sagt.

«Das wäre dann alles, Mr. Asher. Miss Hendricks, könnten Sie noch kurz bleiben?»

Smith steht auf und schiebt dabei geräuschvoll den Stuhl nach hinten. Als er an mir vorbeigeht, streift er leicht meinen Arm. Ist das seine Art, zu sagen: «Scheiß auf die Regeln, ich berühre, wen *ich* will»? Überraschen würde es mich nicht.

Als sich die Tür hinter Smith schließt, lehnt sich Mr. Weathersby in seinem Stuhl zurück. «Miss Hendricks – oder darf ich Hyacinth sagen?»

«Gern.»

«Hyacinth, Sie können offen zu mir sein. Gibt es etwas, was Sie mir sagen wollen?»

Ich runzele die Stirn. «Ich verstehe nicht, Sir.»

«Also gut», erwidert er mit einem leisen Seufzen. Er lehnt sich vor und stützt beide Ellbogen auf den Schreibtisch. «Ich weiß, dass es an der Franklin ziemlich heftig zugeht. Und ich weiß, dass dies der zweite Fall von Schülergewalt innerhalb einer knappen Woche ist, den Sie miterleben mussten. Ich möchte Sie nur wissen lassen, dass ich volles Verständnis dafür hätte, wenn Sie Ihr Praktikum abbrechen möchten.»

Ich will widersprechen, aber Mr. Weathersby hebt die Hand. «Ich habe mir erlaubt, den Direktor der Percy Middle School anzurufen. Dort gibt es noch eine freie Lehrpraktikumsstelle. Zwar nicht für Englisch, sondern im Fachbereich Sozialwissenschaften, aber es bietet Ihnen sicher eine angenehmere Arbeitsumgebung.»

Ich starre ihn sprachlos an.

Er glaubt also, dass ich aufgeben will.

«Wir hatten in der Vergangenheit eine ganze Reihe von Praktikanten, die abgebrochen haben», fährt Mr. Weathersby fort und schüttelt den Kopf. «Na ja, unsere Schule ist wirklich ein harter Einstieg in den Beruf.»

Ich nicke bedächtig. «Ja, da haben Sie recht. Es ist hart hier, wahrscheinlich auch härter, als ich mir zu Beginn vorgestellt habe. Aber» – ich lehne mich ebenfalls vor und lege eine Hand auf den Schreibtisch – «ich versichere Ihnen, dass ich nicht die Absicht habe, abzubrechen. Ich will auf jeden Fall bleiben. Ich *will* mich der Aufgabe stellen.»

Und während ich das sage, wird mir bewusst, wie wahr meine Worte sind. Ich will nirgendwo anders hin – nicht, nachdem ich gerade bewiesen habe, dass ich mich nicht einschüchtern lasse, auch nicht von jemandem, der mir körperlich weit überlegen ist.

«Sind Sie sicher?», fragt Mr. Weathersby skeptisch.

«Ja, das bin ich», antworte ich lächelnd. «Allerdings wäre es mir lieb, wenn Sie JD aus meinem Kurs nehmen könnten.»

Mr. Weathersby setzt ein bitteres Lächeln auf. «Ich habe ihn für den Rest des Halbjahrs vom Unterricht suspendiert. Wenn er zurückkommt, sind Sie längst mit Ihrem Praktikum fertig.»

«Er wird nicht der Schule verwiesen?», frage ich. «Obwohl er Drogen verkauft hat?»

Weathersby seufzt. «Nein, das geht aus rechtlichen Gründen nicht. Sobald er nach der Verurteilung seine Strafe abgebüßt hat, hat er den gleichen Anspruch auf Schulbildung wie jeder andere auch.»

Ich schüttele den Kopf. «Jedenfalls bin ich froh, ihn nicht weiter unterrichten zu müssen.»

«Und Sie sind ganz sicher, dass Sie bei uns weitermachen wollen?» Mr. Weathersby sieht immer noch leicht besorgt aus.

«Voll und ganz, Sir.»

«Phantastisch.» Er steht auf und reicht mir die Hand. «Ihre Unerschrockenheit beeindruckt mich, Hyacinth, das muss ich sagen. Nicht jeder würde diesen katastrophalen Einstieg so gut wegstecken. Aus Ihnen wird mal eine sehr gute Pädagogin.»

Ich glühe förmlich, so sehr freue ich mich über das Kompliment aus seinem Mund. Umso mehr, wenn ich an die Enttäuschung denke, die ihm letzte Woche nach dem Zwischenfall in meinem Kurs noch so deutlich ins Gesicht geschrieben stand.

Aber ich lasse mir den Triumph nicht anmerken und zucke die Schultern. «Wissen Sie, Mr. Weathersby», sage ich, «manchmal brauche ich einfach eine Herausforderung.»

KAPITEL 9
Nichts ist, wie es scheint

»ICH HABE mir überlegt, dass du dich beim Nachsitzen heute mal nützlich machen kannst.«

Ich klatsche Smith einen dicken Stapel kopierte Handouts hin und stelle den Locher auf den Tisch daneben. Er runzelt die gebräunte Stirn, sieht mich an, sagt aber nichts. Eigentlich habe ich mit etwas mehr Gegenwehr gerechnet, aber heute Nachmittag ist er nahezu lammfromm. Umso besser, denn ich weiß nicht, was ich ihm sagen soll.

Während er arbeitet, setze ich mich wieder ans Pult und korrigiere Tests. Die Stille wird nur vom gelegentlichen Knarren meines Schreibtischstuhls unterbrochen und dem regelmäßigen Geräusch, wenn Smith den Locher runterdrückt und wieder loslässt. Ich genieße die langweilige Normalität der Situation, die mich fast vergessen lässt, was heute Morgen passiert ist.

Du solltest dich bei ihm bedanken. Wer weiß, vor welchem Horror er dich bewahrt hat.

Aus dem Augenwinkel beobachte ich Smith, wie er die

Kopien sorgfältig stapelt und beiseite legt. Ich formuliere im Kopf hin und her, bevor ich schließlich sage: «Smith? Ich möchte mich dafür bedanken, was du heute Morgen getan hast. Ich weiß nicht, was passiert wäre, wenn du nicht gekommen wärst.»

Es schüttelt mich, wenn ich an JDs Hände auf meinem Gesicht denke.

Smith blickt auf und zuckt die Schultern. «Zur rechten Zeit am rechten Ort, nehme ich mal an.»

Ich sehe ihn fragend an. «Woher wusstest du eigentlich, dass ich da war?»

Erneutes Schulterzucken. «Ich wusste es nicht, aber ich habe JD gehört, als ich vorbeigegangen bin, und dann habe ich die beiden anderen Arschkrampen abhauen sehen. Wie gesagt, ich war zur rechten Zeit am rechten Ort.»

«Okay. Ich wollte dir jedenfalls sagen, dass ich dir dankbar bin.»

Ich schiebe den Stuhl zurück und gehe zur Tafel, wo ich mit verbissener Konzentration das Tafelbild aus dem letzten Kurs wegwische. Jetzt bloß nicht zu ihm umdrehen. Sonst sieht er durch meine Bluse direkt mein wild pochendes Herz, das in seiner Nähe nur ein Tempo zu kennen scheint – Höchstgeschwindigkeit.

Wahrscheinlich ist mein dröhnender Puls auch der Grund, warum ich nicht höre, wie er aufsteht und an mich herantritt. Ich höre ihn erst, als er mir im Flüsterton «Ich übernehme das» ins Ohr haucht.

Seine Hand gleitet an meinem nackten Arm hinauf, vom Ellbogen zum Handgelenk, und entwindet mir behutsam den Schwamm, wobei er meine Hand minimal zu lange gefasst hält. Ich kann nicht anders, als kurz die Augen zu schließen. Dann habe ich mich wieder unter Kontrolle und mache einen Schritt zur Seite.

Mit dem Gesicht zur Tafel, sodass ich es nicht sehen kann, sagt er: «Es macht mich echt fertig, mir vorzustellen, was der vielleicht mit dir gemacht hätte, wenn ich heute Morgen nicht da gewesen wäre.»

In mir schmilzt etwas, so fühlt es sich jedenfalls an. Hoffentlich ist es nicht mein Herz.

Leicht wankend kehre ich zu meinem Stuhl zurück und will mich wieder ans Korrigieren machen, aber die Worte auf dem Papier verschwimmen und ergeben keinen Sinn mehr. Umso klarer dagegen nehme ich aus dem Augenwinkel Smiths herrlich braune muskulöse Arme wahr, mit denen er in großen geschwungenen Bewegungen den Rest der Tafel sauber wischt. Als er näher kommt, sehe ich deutlich, wie die Sehnen unter der Haut arbeiten. Unter dem aufgerollten Ärmel seines Shirts erkenne ich sein Tattoo. Ich kneife leicht die Augen zusammen, um es besser lesen zu können.

«Ist das ein Zitat von Kerouac?»

Smith schaut auf seinen Arm, dann auf mich. «Ja, aus *Unterwegs*.»

«Weil er nirgends hinkann, ist er überall zu Hause, bleibt unter den Sternen in Bewegung», sage ich, wobei ich das Zitat halb lese und halb aus der Erinnerung hervorkrame. Smith sieht mich überrascht an.

«Ich mag es sehr gern», füge ich schulterzuckend hinzu.

«Ich auch. Allerdings hat mein Dad es für mich ausgesucht.»

Ich werfe einen weiteren Blick auf die Tätowierung und sehe Smith dann in die Augen. Er scheint irgendwo in der

Vergangenheit zu sein; ein leises Lächeln umspielt seinen Mund.

«Seid ihr euch nah?», frage ich.

«Wer? Mein Dad und ich?»

Ich nicke.

Schulterzuckend antwortet er: «Geht so. Jedenfalls nicht mehr, seit er wieder sitzt.»

«Oh. Ich verstehe. Ja, das macht es schwierig.»

Smith reibt sich die Hand übers Gesicht und zuckt dann die Schultern. «Ach, es ist immer dasselbe. Mom hat kein gutes Händchen für Männer. Mein Vater hatte schon mehrere Vorstrafen wegen Körperverletzung und Diebstahl, aber sie wollte trotzdem mit ihm Kinder.»

«Wow.»

«Genau. Wow. Rein in den Knast, raus aus dem Knast – so geht das mit ihm schon, seit ich auf der Welt bin. Jetzt sitzt er fünf Jahre wegen Einbruchs. Das letzte Mal habe ich ihn vor zwei Jahren gesehen.»

Ich beiße mir auf die Unterlippe. «Was für ein Mist, Smith. Das tut mir echt leid für dich.»

Er zuckt die Schultern. «Geht schon. Man lernt, sich durchzuschlagen, wenn der eine Elternteil im Knast sitzt und der andere kaum noch aus der Kneipe nach Hause kommt. Ich habe das Beste draus gemacht.»

«Gab es denn nur dich und deine Eltern? Ich meine, hast du noch Geschwister?»

Er nickt. «Einen älteren Bruder. Ist ausgezogen, sobald er konnte. Ich habe es ihm nicht übel genommen. Ich hab's genauso gemacht, als ich alt genug war.»

«Besuchst du deine Mutter öfter?»

Smith nimmt ein Stück Kreide und spielt damit herum. «Nein. Nur noch selten. Sie hat ihr Leben, ich habe meins.»

Ich setze eine kritische Miene auf. «Und in deinem Leben bist du mit JD Fenton befreundet.»

Er zuckt grinsend die Schultern. «Na ja, ich hab ihm gerade eine verpasst, da weiß ich nicht, ob wir noch Kumpels sind.»

Das Grinsen weicht einem ernsten Gesichtsausdruck. «Aber davon abgesehen – was er heute abgezogen hat, war großer Scheiß und voll daneben. Auch wenn du's schon weißt, ich würde nie zulassen, dass dir was passiert. Und so lange ich hier noch Connections habe und weiß, was gerade läuft, kommst du nicht mehr in so eine Situation, dafür werde ich sorgen.»

Für einen langen Moment sehe ich ihn nur an. Dann schüttele ich den Kopf. «Das ist alles nur Show, oder?»

«Was ist nur Show?», fragt er etwas irritiert zurück.

Ich deute vage in seine Richtung, ein hilfloser Versuch, mit einer Handbewegung alles zu umfassen, was er ist. «Na, das alles – diese Person, die du vorgibst zu sein. Ich dachte bislang, deine nette Seite sei die vorgespielte. Der Typ an der Bar, der mich angesprochen und mit mir geflirtet hat, der mich zum Lachen gebracht und dafür gesorgt hat, dass ich gut nach Hause komme. Ich dachte, dieser Typ sei bloß eine Rolle, um Frauen abzuschleppen. Jetzt glaube ich irgendwie, dass es genau umgekehrt ist, dass dieser nette Typ dein eigentliches Ich ist.»

Smith lächelt beinahe scheu. «Na ja, perfekt bin ich nicht – und meine weiße Weste hat auf jeden Fall ein paar Flecken. Ich bin ja nicht ganz ohne Grund hier ...»

«Welche Art von Flecken denn?»

Er zuckt die Schultern. «Diebstahl. Ein paar Einbrüche. Nichts Gewalttätiges.»

«Hm.» Ich betrachte ihn mit schiefgelegtem Kopf. «Ich weiß nicht. Kann sein, dass du ein paar Fehler gemacht hast. Falls ja, ist mein Eindruck, dass du offensichtlich etwas daraus gelernt hast und daran gewachsen bist.»

Smith grinst. «Kann sein. Aber sag es ja niemandem, sonst versaust du mir meinen Ruf.»

Ich verdrehe die Augen, kann mir ein Lächeln aber nicht verkneifen. In diesen Momenten, in denen wir uns so in die Augen sehen, steht die Zeit still. Jedenfalls wünsche ich mir das. Damit Momente wie dieser nicht enden.

Plötzlich stürzt Jeremy Christopher ins Zimmer. «Hya ...» Er bleibt wie angewurzelt an der Tür stehen und blickt von mir zu Smith. «Oh, entschuldige, ich wusste nicht, dass du gerade nachsitzen lässt.»

«Kein Problem. Komm rein.»

Er sieht höchst besorgt aus, als er näher kommt. «Ich habe gerade erst gehört, was heute Morgen passiert ist. Ist alles in Ordnung mit dir?»

Ich blicke kurz zu Smith, aber der scheint ganz ins Wischen der völlig sauberen Tafel vertieft zu sein. Beruhigend lächele ich Jeremy an. «Mir geht's gut. Na ja, wenigstens wird es hier nie langweilig.»

«Ich kann es wirklich nicht glauben. Ich meine, ja, hier geht es manchmal ruppig zu, aber das geht echt zu weit.»

Er beugt sich leicht vor und senkt die Stimme. «Mal ganz unter uns, in meinen Augen ist dieser JD nichts weiter als ein brutaler Schläger. Ich bin froh, dass er für eine Weile weg ist.»

«Ja, das bin ich auch.»

Jeremy richtet sich wieder auf und schaut zu Smith. «Also dann», sagt er schließlich, «du weißt ja, wo du mich findest, wenn du irgendwas brauchst. Egal was – sag einfach Bescheid.»

«Danke», antworte ich. «Das ist sehr nett von dir. Aber es ist wirklich alles in Ordnung.»

Er wippt einen Moment auf den Füßen vor und zurück, als sei er sich unschlüssig, ob er noch etwas sagen soll. Schließlich zuckt er die Schultern. «Na gut, dann bis morgen.»

«Ja, klar. Und danke, Jeremy», gebe ich lächelnd zurück.

Er verlässt das Zimmer, wobei er sich deutlich mehr Zeit lässt als beim Hereinkommen. Sobald er draußen und außer Sicht ist, mache ich mich wieder ans Korrigieren. Mein Hals fühlt sich an, als würde er rot glühen.

Smiths Räuspern lässt mich aufblicken. Er hat die Arme verschränkt und schmunzelt.

«Was?»

Leise lachend legt er den Schwamm weg, geht um das Pult und zieht sich dabei einen Stuhl heran. Er setzt sich. Mit dem Tisch in der Mitte fühlt es sich fast so an, als säßen wir uns in einem Restaurant gegenüber. Wie bei einem Date.

«Hier hat wohl jemand einen Verehrer.»

Ich verdrehe die Augen. «Er wollte einfach nur nett sein.»

«Quatsch.»

Ich setze einen strengen Blick auf. «Kann ich dir irgendwie helfen, oder willst du mir nur auf die Nerven gehen?»

«Vielleicht.» Sein Grinsen verbreitert sich.

Wow, auch seine Zähne sind perfekt.

«Kommst du mal bitte zum Punkt?»

«Okay. Wer ist dein Lieblingsautor?»

Ich hebe misstrauisch eine Augenbraue. «Wieso?»

«Weil ich neugierig bin. Und weil du Englischlehrerin bist – oder es demnächst sein wirst. Du musst die Schüler begeistern, indem du ihnen zeigst, was dich selbst begeistert.»

«Ach ja? Was soll das hier werden – die Asher-Akademie für Schülermotivation und Lehrkunst?»

Er zwinkert mir zu. «So was in der Art. Die Examen bei mir sind knallhart, aber dafür gibt es nie Hausaufgaben.»

«Mal sehen», antworte ich kopfschüttelnd, «einen Lieblingsautor habe ich eigentlich gar nicht. Wie wäre es mit meinem Lieblingsbuch? Da hätte ich was.»

«Tatsächlich?» Er lehnt sich im Stuhl zurück und grinst mich schief an. «Dann lass mal hören.»

«Genau genommen kann ich es sogar *zeigen*.»

Ich öffne die Schublade des Pults und nehme meine Handtasche heraus. Interessiert verfolgt Smith meine Bewegungen, als ich den Reißverschluss des großen Fachs aufziehe und ein abgegriffenes Taschenbuch hervorhole. Ich lege es vor ihn, und er beugt sich darüber.

«*Dracula* von Bram Stoker», liest er vor. Dann schaut er mich mit einer Mischung aus Überraschung und Bewunderung an. «Ich hätte nie gedacht, dass du auf *Bis(s) zum Morgengrauen* und so was stehst.»

«Ach, hör auf», erwidere ich. «In *Dracula* geht es doch gar nicht um Vampire, jedenfalls nicht hauptsächlich. Es geht um Liebe und Misstrauen, um Dinge, die wir mit dem Verstand nicht greifen können und deshalb verurteilen. Es geht um Menschlichkeit – ums Menschlich-Sein – und wie wichtig sie ist.»

Smith legt einen Finger an den Mund, was in mir unwillkürlich den Wunsch weckt, mir über die Lippen zu lecken. Bin ich einfach nervös, oder macht sich meine Zunge beim Anblick seiner Lippen selbständig?

«Kann ich es mir ausleihen?»

«Was ausleihen?», frage ich, einigermaßen begriffsstutzig.

Er lacht. «Das Buch natürlich.»

«Oh.» Ich beiße mir auf die Lippe und blicke auf das Buch. «Äh, warum nicht. Wenn du versprichst, es zurückzugeben.»

Schneller, als ich zurückzucken kann, streckt Smith den Arm aus und umfasst mit der Hand mein Kinn. Behutsam zieht er mit dem Daumen leicht meine Lippe nach unten.

«Mach das nicht.» Seine Stimme ist heiser.

Ich starre ihn an. «Mach was nicht?»

Meine Stimme kommt mir völlig fremd vor – sie klingt gepresst und atemlos, als wäre ich zu lange gerannt und bekäme kaum noch Luft.

«Beiß dir nicht auf die Lippe», sagt er mit blitzenden Augen. «Es sei denn, du willst mich absichtlich quälen.»

Ich halte seinen Blick, auch wenn es mir unglaublich schwerfällt. Dann atme ich einmal tief durch und schüttele den Kopf. «Smith, mach es mir doch nicht so schwer.» Ich bemühe mich, mit möglichst fester Stimme zu sprechen.

«Du bist und bleibst in meinem Kurs, und das ist okay. Aber ich halte es für keine so gute Idee, wenn wir weiter allein in einem Raum sind. Sagen wir doch einfach, du hast deine Zeit nachgesessen, und das war's.»

Mit einem Seufzer lässt er sich auf dem Stuhl nach hinten fallen. «Du hast recht.»

Habe ich? Will er damit sagen, dass ich ihn genauso verrückt mache wie er mich?

«Okay, dann sage ich Mr. Weathersby, das Nachsitzen hat sich erledigt. Dabei fällt mir ein, wo warst du eigentlich heute Morgen? Du hast den ganzen zweiten Akt verpasst.»

Für einen kurzen Augenblick sieht er aus, als hätte ich ihn bei etwas ertappt. «Oh. Ich hatte einen Termin. Beim Zahnarzt.»

«Aha, okay. Es wäre gut, wenn du zu Hause weiterlesen würdest.»

Ich stehe auf und gehe zum Regal, um ein *Hamlet*-Exemplar für ihn zu holen. Als ich zurückkomme, liegt *Dracula* immer noch auf dem Tisch. Entschlossen lege ich es auf *Hamlet* und reiche Smith beide Bücher.

Er betrachtet das alte Taschenbuch, dann sieht er mich an. «Bist du sicher?»

«Ja», antworte ich. «Damit du deinen Horizont, was Vampirromane angeht, etwas erweitern kannst.»

Schmunzelnd schüttelt Smith den Kopf und klemmt sich beide Bücher unter den Arm. Er sieht mich noch einmal kurz und intensiv an, dann geht er abschiedslos zur Tür und verlässt den Raum.

Ich atme tief ein.

Mein letzter richtiger Atemzug muss Stunden her sein, so befreiend fühlt es sich an.

Einatmen. Ausatmen. Ein. Aus.

Was ist nur mit mir los? Warum hat dieser Mann immer noch diese Wirkung auf mich?

Die ganze Sache ist doch völlig irre. Ich tue ständig Dinge, die ich besser nicht tun sollte, und noch dazu tut mein Körper, was er will. Herzklopfen, Schnappatmung, Gänsehaut, Rotwerden – das bin doch eigentlich gar nicht ich. Die Hyacinth Hendricks, für die ich mich bislang immer gehalten habe, ist rational und handelt rein vernunftgeleitet. Was Beziehungen angeht, hat sie es gern unkompliziert und pragmatisch. Bequem. Sie steht auf Kuscheln unter der Decke, am besten vor dem Fernseher, wenn gerade irgendeine Late-Night-Show läuft. Sie mag Nudelgerichte am Sonntagabend. Sie liebt die wohlige Monotonie einer Langzeitbeziehung.

Jedenfalls habe ich immer gedacht, dass ich diese Sachen mag. Mittlerweile habe ich da so meine Zweifel. Vielleicht ist Hyacinth Hendricks in Wahrheit ein wildes Mädchen? Eine Frau, die man herausfordern muss, die aufmuckt und sich wehrt, wenn es einer bei ihr drauf anlegt?

Eine Frau, die kein Problem damit hat, beim Flirten auch mal ein paar heiße Anspielungen fallenzulassen.

Eine Frau, die nichts dagegen hat, auch mal etwas härter angefasst zu werden.

Eine Frau, die nicht einfach davonläuft, wenn sie mal ein bisschen Gegenwind bekommt.

*

Am Donnerstagabend beschließe ich, dass mir heute mal nicht nach trockenem Putenbrustsandwich und dem Flair der Cafeteria ist. Als ich in Holly Fields ankomme und die Tür öffne, steht Bridget am Anmeldetresen und sieht mir grinsend entgegen.

«Hallo, junge Frau!» Sie umrundet den Tresen, um

mich kräftig in den Arm zu nehmen, wie es ihre Art ist. Die Umarmung eines Footballers dürfte sich ähnlich anfühlen.

«Du, ich würde Dad heute gern zum Abendessen entführen. Geht das in Ordnung?»

Bridget geht wieder hinter den Tresen und schaut auf den Nachtpflegeplan an der Wand. Dann wendet sie sich wieder zu mir. «Er hat seine Abendmedikamente schon bekommen, also ab mit ihm. Aber kein Alkohol, okay?»

«Geht klar.»

«Wo wollt ihr denn hin?»

Ich grinse. «Ich hatte ans Dino's gedacht. Oder hast du einen besseren Vorschlag?»

Bridget muss nicht lange überlegen. «Besser als Dino's geht es nicht – ist vielleicht nicht ganz der feinste Laden, aber die Burger sind nicht zu toppen.»

«Da hast du recht.»

Mit federndem Schritt gehe ich den Flur entlang, beschwingt von der Vorfreude auf einen herrlich dicken, saftigen Burger mit Rindfleisch statt des üblichen Truthahnsandwiches.

«Hey, Prinzessin», begrüßt mich Dad, als ich sein Zimmer betrete. «Guck dir das an!»

Er starrt wie gebannt auf den Fernseher, wo Discovery Channel läuft. Gerade zieht ein Typ irgendein gigantisches Schuppentier aus dem Meer, das zum Fürchten aussieht.

«Das ist eklig, Dad. Mach das mal aus und zieh dich an. Heute Abend hauen wir ab.»

Er sieht mich fragend an und streicht sich mit seiner blassen Hand über die Jeans. «Was heißt das?»

«Das heißt», sage ich und küsse ihn auf die Wange, «dass

ich dich heute zum Essen ausführe, ins Dino's. Mal ein paar ordentliche Hamburger, hausgemachte Pommes, dazu Hockey oder Basketball oder was immer gerade läuft – klingt das gut?»

Dad scheint sich echt zu freuen, mal aus Holly Fields rauszukommen, aber ich kenne ihn zu gut, um nicht auch zu sehen, dass er besorgt ist. Nachdem ich den Rollstuhl im Kofferraum von Carsons Wagen verstaut und Dad auf dem Beifahrersitz angeschnallt habe, sehe ich ihn an.

«Daddy – es ist nur ein Abendessen in einer Kneipe. Bis Holly Fields sind es nur zehn Minuten. Und deine Medikamente hast du schon genommen. Ich verspreche dir, alles wird gut.»

Irgendwann, als er noch zu Hause gewohnt hat, hat Dad mir einmal anvertraut, dass es seine größte Angst sei, in meiner Gegenwart einen weiteren Schlaganfall oder einen Herzinfarkt zu bekommen. Er will mich nicht in eine Situation bringen, in der ich ganz allein mit so einem Notfall zurechtkommen muss. Auch aus diesem Grund ist er nach Holly Fields gegangen, abgesehen von der Sorge, mir zur Last zu fallen. Ich hasse es, dass er mich so vor allem behüten will, aber irgendwie mag ich es auch. Ich kenne ihn nur so, als meinen geliebten Papa, der mich beschützt. Wie ein Löwenvater, der sein Junges verteidigt.

Jetzt, da er im Rollstuhl sitzt, fühlt er sich wahrscheinlich eher selten wie ein Löwe. Heute Abend ist es meine Aufgabe, ihm das Gegenteil zu beweisen. Der erste Schritt: eine dicke Portion saftiges Rindfleisch.

Das Dino's ist eine richtig schäbige Bar: billige Tische, abgewetzte Sitzgruppen, aber die besten Burger in ganz Baltimore. Viele schwören auch auf die Chicken Wings, aber ich bin eher der Burger-mit-Pommes-Typ, wie mein Dad. Wir bestellen beide den «Traditionellen», einen doppelten Cheeseburger mit allem Pipapo, dazu eine XXL-Portion Pommes zum Teilen. Während wir warten, nippe ich an einem Flaschenbier und sehe Dad dabei zu, wie er seinen Blick von Fernseher zu Fernseher hüpfen lässt und die verschiedenen Spiele mitverfolgt. Ich weiß, wie sehr ihm das fehlt, sich in einer Sportbar mit Freunden ein Spiel anzusehen. Es macht mich traurig, dass ihm selbst viele einfache Freuden jetzt versagt sind – stattdessen geht es ständig um Herzfrequenzmessung, Physiotherapie und seinen Blutzucker.

«Wie läuft es eigentlich mit deinem Praktikum?», fragt Dad und nestelt an seinem Kragen herum. «Die letzten paar Male, die du da warst, hast du nicht viel erzählt.»

Ich zucke die Schultern und bin froh, dass in dem Moment der Kellner einen schuhkartongroßen Korb mit Pommes vor uns auf den Tisch stellt. Ohne Hast träufele ich etwas Malzessig darüber.

«Es läuft okay», antworte ich schließlich. «Ich muss viel korrigieren und benoten. Hausaufgaben machen die Schüler meist nur, wenn sie wissen, dass sie dafür eine Note bekommen.»

«Viele sind bestimmt stinkfaul, oder?»

«Das würde ich nicht unbedingt sagen – sie machen einfach nicht mehr, als sie unbedingt müssen.»

Dad zieht eine Pommes aus dem Korb und nimmt dann die Ketchupflasche, die auf dem Tisch steht. Ich danke den Göttern, dass es eine Kunststoffflasche zum Drücken ist. Dad wirkt sehr zufrieden, als er sich selbst Ketchup auf den Teller spritzt und die Pommes hineintaucht. In letzter Zeit ist jeder kleine Erfolg ein großer Sieg – und das gilt wohl für uns beide.

«Na, sieh mal einer an – Miss Hendricks.»

Ich blicke zu der Stimme auf. Vor unserem Tisch steht Officer Rains, der für einen Officer gerade ziemlich relaxt aussieht. Er trägt Chinos, dazu ein T-Shirt und ein Basecap, und ich erkenne sein Gesicht kaum wieder, so breit lächelt er. Zum ersten Mal fällt mir auf, dass er noch gar nicht so alt ist, vielleicht Ende zwanzig.

«Oh. Hi. Ich hätte nicht erwartet, hier jemandem aus der Schule zu begegnen.»

Officer Rains runzelt die Stirn. «Da sagen Sie was – ich hätte *Sie* auch nicht gerade im Dino's erwartet.»

Ich zeige zwischen ihm und Dad hin und her. «Das ist mein Dad. Dad, Officer Rains und ich arbeiten zusammen an der Franklin. Er ist dort Polizist.»

Dad schüttelt Officer Rains die Hand. «Gary Hendricks», sagt Dad und lächelt. «Muss ich mir Sorgen machen, dass meine Tochter Umgang mit der Polizei hat?»

Rains lacht und schüttelt den Kopf. «Nein, Ihre Tochter ist 'ne Gute. Und sie steht ihren Mann, wenn es sein muss.»

Sofort versteife ich mich. Natürlich habe ich Dad nichts von dem Vorfall mit JD erzählt, ganz zu schweigen von der Geschichte mit der Pistole und der Prügelei in meinem Kurs.

«Eric, wollen wir jetzt mal essen?», ertönt es hinter Rains' Rücken. Als ich an ihm vorbeischaue, bleibt mir fast das Herz stehen.

Es ist Smith, der mit verschränkten Armen dasteht und Rains ansieht. Mich hat er anscheinend noch nicht entdeckt.

«Sie müssen Smith entschuldigen», sagt Rains leicht genervt, «gute Manieren waren noch nie seine Stärke.»

Smith lacht schnaubend auf. «Ja, klar. Dafür sehe ich besser aus. Und Mom hat mich viel lieber als dich.»

Sein Bruder?

Smiths Blick wandert von Rains zu mir. Als er mich erkennt, reißt er schockiert die Augen auf, und sein Kiefer klappt herunter. Dann zeigt sein Gesicht langsam etwas wie verhaltene Freude. «Also, Miss Hendricks, das Dino's ist wirklich der letzte Laden, in dem ich erwartet hätte, meine Englischlehrerin zu treffen.»

Ich lächele ihn leicht gequält an. «Na so was. Ihr Bruder hat gerade das Gleiche gesagt.»

«Ein Schüler von dir?», fragt Dad neben mir und sieht abwechselnd Smith und mich an.

Am liebsten möchte ich aufstöhnen. Oder lügen. Aber ich tue weder das eine noch das andere. Stattdessen stelle ich die beiden einander vor. «Smith, das ist mein Vater Gary Hendricks. Dad, Smith ist im Abschlussjahrgang und hat Englisch bei mir.»

Dad manövriert den Rollstuhl unter dem Tisch hervor und rollt auf Smith zu, um ihm die Hand zu schütteln.

Ich sehe, wie Smith kurz auf den Rolli schaut und dann wieder Dad ansieht. «Sehr erfreut, Sie kennenzulernen, Mr. Hendricks», sagt er und klingt dabei überraschend ehrlich. «Ihre Tochter ist eine der besten Lehrerinnen, die ich je hatte.»

Ich sehe ihn überrascht an, aber Dad strahlt übers ganze Gesicht. «Daran zweifele ich keine Sekunde», sagt er.

«Na dann. Es hat mich sehr gefreut, Sie kennenzulernen», sagt Rains. «Wir bestellen jetzt mal besser unsere

Burger, sonst ist die Happy Hour vorbei, und wir haben immer noch keinen Drink.»

Smith schnaubt verächtlich. «Und ich darf dann zusehen, oder was? Nur Sadisten schleppen ihren jüngeren Bruder in eine Bar, in der ein gefälschter Führerschein nicht akzeptiert wird.»

«Und nur Idioten erwähnen einen gefälschten Führerschein gegenüber ihrem Bruder, der Polizist ist.»

Smith lacht leise und nickt dann Dad zu. «Hat mich gefreut, Sir.»

Er wirft mir noch kurz einen Blick zu, bevor er sich umdreht. Ich schaue den beiden nach und fühle mich wie gelähmt. Als wenig später unsere Burger kommen, schlinge ich das Essen hinunter, als gäbe es kein Morgen. Währenddessen versuche ich, meine Gedanken zu ordnen.

Officer Rains ist Smiths älterer Bruder.

Smith ist mein Schüler.

Mich beschleicht ein ungutes Gefühl, das immer stärker wird, bis ich schließlich fast panisch bin.

Hat Smith seinem Bruder von uns erzählt?

Dad erzählt mir von einer neuen Bewohnerin in Holly Fields, von der er meint, dass sie ein Auge auf Wyatt geworfen hat, aber ich höre ihm kaum richtig zu. Mein Interesse ist auf Rains und Smith gerichtet, die ich aus dem Augenwinkel beobachte. Irgendwann steht Smith auf, zieht eine Packung Zigaretten aus der Tasche und geht in Richtung Ausgang. Ich zähle bis sechzig und stehe auf.

«Ich bin gleich wieder da», sage ich zu Dad und klopfe ihm auf die Schulter, «Ich glaube, ich habe die Scheinwerfer angelassen.»

Ich renne fast aus dem Restaurant. Draußen ist es überraschend kalt geworden. Ich reibe mit den Händen über meine Arme, während ich suchend hinüber zum stockdunklen Parkplatz schaue. Außer einer Handvoll Autos kann ich kaum etwas erkennen. Von Smith keine Spur.

«Was zum Teufel macht so ein nettes Mädchen wie du in einem versifften Laden wie dem Dino's?»

Ein orangefarbenes Glimmen in der Dunkelheit lässt mich erahnen, wo er an der Mauer des Restaurants lehnt und raucht. Ich bleibe, wo ich bin, die Arme fest um mich geschlungen, als ob ich mich selbst zusammenhalten müsste. Wie um mein Herz auf diese Weise tief in mir einzusperren.

«Mein Dad isst gern Hamburger», antworte ich möglichst gelassen. «Und Dino's macht nun mal die besten.»

Er schweigt eine Weile. Ich höre, wie er an der Zigarette zieht, dann langsam den Rauch entströmen lässt.

«Dein Dad sitzt also im Rollstuhl», sagt er.

«Officer Rains ist also dein Bruder», äffe ich ihn nach.

Er macht einen Schritt auf mich zu. Langsam gewöhnen sich meine Augen an die Dunkelheit, sodass ich ihn besser sehen kann. Für einen langen Moment ist es still; die einzigen Geräusche um uns herum sind der spärliche Verkehr und die gedämpften Laute des Restaurantbetriebs.

«Ach, Mist.» Ich seufze und schiebe meine eiskalten Hände in die Taschen. «Ich muss dich einfach fragen.»

Smith runzelt die Stirn. «Was fragen?»

«Ob dein Bruder es weiß.»

«Ob er was weiß?»

Am liebsten würde ich ihn schlagen. Ich habe das Gefühl, vor Ärger und Angst jeden Moment zu platzen. Rafft er immer noch nicht, was für mich auf dem Spiel steht?

Wieso versteht er nicht, dass meine Karriere auf dem Spiel steht? Da ist niemand, der mich auffangen wird – Dad kann es nicht mehr, und Brent hat sich noch nie um jemand anderen gekümmert außer um sich selbst.

«Jetzt rück schon raus mit der Sprache. Muss ich Angst um meinen Job haben?»

Kies knirscht unter seinen Schuhen, und keine Zehntelsekunde später schließt sich seine Hand fest um mein Handgelenk. Bei seiner Berührung stockt mir kurz der Atem. Ich will mich losreißen, aber Smith ist stärker und schneller als ich. Er schnippt die Zigarette weg und schiebt mich vor sich her, bis ich mit dem Rücken an der Hauswand stehe.

«Was glaubst du denn, was ich ihm gesagt habe?», fragt er.

Seine Stimme ist angespannt, aber es ist klar, dass er genau weiß, was ich meine. Mit zwei Fingern streicht er an der Seite meines Halses entlang.

«Habe ich ihm vielleicht gesagt, dass dein Puls genau an dieser Stelle ganz deutlich pocht, wenn du nervös wirst?»

Ich schlucke kräftig und sehe ihm dann fest in die Augen.

«Smith ...»

Es ist fast so, als hätte er mich überhaupt nicht gehört. Mit leicht zur Seite geneigtem Kopf erwidert er meinen Blick. In dieser Düsternis sind seine blauen Augen fast schwarz. Ein Kribbeln überläuft mich. Seine Lippen sind voll und feucht, aber er leckt sich trotzdem noch einmal darüber. Mir ist, als würde ich ihn am ganzen Körper spüren, auch an den Stellen, wo er mich *wirklich* nicht berühren sollte.

«Oder habe ich ihm vielleicht gesagt, dass du immer so herrlich wimmerst, wenn ich dich direkt unter dem Ohr küsse?»

Seine Stimme versetzt mich wie in einen Rausch, und am liebsten möchte ich die Augen schließen.

«Habe ich ihm vielleicht gesagt, dass du zwar wie ein Engel aussiehst, deine Zunge aber zu teuflischen Dingen fähig ist?»

Er drängt sich so dicht an mich, dass ich spüre, wie sein Atem über meine Lippen streicht. Mir bleibt nichts anderes übrig, als seinen Hauch einzuatmen. *Ihn* einzuatmen.

«Habe ich ihm vielleicht gesagt, dass du den schönsten Körper hast, den ich je gesehen habe? Oder wie unglaublich gerne ich dich lecken will?»

Er lässt seine Hand von meiner Schulter zu meiner Taille gleiten, und dann weiter bis zu meinem Oberschenkel.

«Wie unglaublich gern ich jetzt wüsste, wie feucht du bist? Wie sehr ich mit meinem Schwanz so tief in dich eindringen möchte, dass du mich noch eine Woche später bei jeder kleinsten Bewegung in dir spürst?»

Ein Stöhnen entfährt mir, ich kann es einfach nicht zurückhalten.

«Hyacinth», murmelt er. Sein Atem geht schnell, während er seinen Mund auf mein Schlüsselbein senkt. Seine kurzen Haare streifen meine Wange, und ich spüre das unbändige Verlangen, ihn fest an mich zu ziehen.

«Bitte!» Das Wort entschlüpft mir, ehe ich es zurückhalten kann. Aber kaum hat es meinen Mund verlassen, presst Smith mich so fest an sich, dass mir keine Zeit bleibt, es zu bereuen. Langsam lässt er seine Hand an der Innenseite meines Schenkels nach oben gleiten, bis er den Rand meines Slips berührt. Er zupft an dem elastischen Bündchen, und mir vergehen fast die Sinne.

«Sag mir, was du willst», flüstert er an meiner Haut.

Ich schüttele den Kopf. «Ich weiß nicht, was ich will. Ich denke ...»

«Du denkst zu viel», unterbricht er mich abrupt, aber mit sanfter Stimme. Quälend langsam streichelt er mit den Fingern über die nasse Seide, die mein Fleisch von seiner Berührung trennt. Er weiß genau, was er tut.

«Oh Mann», murmelt Smith und streicht ein letztes Mal über den feuchten Stoff, bevor er ihn zur Seite schiebt. «Wie feucht du bist.»

Er massiert meine nasse Möse leicht mit kreisförmigen Bewegungen, dann wandert ein Finger zu meiner Klit und presst sie leicht mit stetem Rhythmus.

«Oh Gott», sage ich wimmernd.

Smith lacht leise, als er mich hört, dann berühren sich unsere Lippen. «Ich will eine Nacht mit dir», haucht er.

Ein Kloß bildet sich in meiner Kehle. Unschlüssig schaue ich hinüber zur verranzten Tür des Dino's. «Ich muss meinen Dad zurück nach Holly Fields bringen.»

«Dann eben danach.»

Ich setze an, um nein zu sagen, aber genau in dem Moment schiebt Smith zwei Finger in mich rein. Fast schreie ich auf vor Lust.

Die Wahrheit ist, dass ich ihn in mir spüren will.

Die Wahrheit ist, dass ich auch die Nacht mit ihm verbringen will.

«Ich besorge es dir genau so, wie du es magst, Baby», raunt er mir ins Ohr. Dann beschleunigt er den Rhythmus seiner Finger, und ich presse mich wie besessen gegen seine Hand.

«Ich will sehen, wie du vor mir liegst», flüstert er weiter. «Bis du so richtig schön feucht und bereit bist und mich anflehst, dich zu ficken. Aber das werde ich nicht tun – nicht, bis ich deine geile Möse geleckt habe.»

Er beißt mir zärtlich ins Ohrläppchen, und der süße Schmerz lässt mich erschauern.

«Du magst es hart und tief? Ich wette, du magst es, wenn man dich zum Schreien bringt. Wie sollen wir anfangen? Sag's mir!»

Er dringt mit seinen Fingern noch tiefer in mich ein. Es fehlt nicht viel, und meine Beine knicken unter mir weg.

«Soll ich dich hier an der Wand nehmen? Nur für den Anfang?» Seine kehlige Stimme klingt atemlos. «Oder soll ich dich auf meinen Küchentisch legen? Ganz dicht an die Tischkante, damit ich dich im Stehen vögeln kann.»

«Oh Gott, ja», stöhne ich.

Mit einer einzigen schnellen Bewegung dreht Smith mich um, sodass mein Bauch und meine Brüste an die Wand gepresst werden. Bevor ich auch nur einen Pieps von mir geben kann, hat er mir den Slip runtergezogen. Sofort ist er wieder in mir. Diesmal mit drei statt mit zwei Fingern.

«Oder vielleicht magst du es von hinten?» Seine kräftigen Finger füllen mich voll aus. Das Gefühl, wie er sie in mich hineinschiebt, nur um sie sofort wieder etwas zurückzuziehen, macht mich fast wahnsinnig. «Vielleicht magst du es, wenn ich dich vor mir nach unten drücke.»

Und ob ich das mag. Ich tue alles. Ich will ihn. Heute Nacht.

Ich will es gerade sagen, als ein Auto auf den Parkplatz

einbiegt. Die Scheinwerfer durchschneiden die Nacht. Ich fahre panisch herum, Smith flucht leise. Das Auto ist wie ein schrillender Wecker, der mich aus einem verführerisch schönen Traum reißt. Aber das ist notwendig, es ist höchste Zeit aufzuwachen.

Ich schlage Smiths Hände weg und stoße ihn an den Schultern zurück. Verwirrt sieht er mich an und fährt sich durchs Haar, schüttelt dann den Kopf und macht einen Schritt zurück. Mein ganzer Körper zittert, als ich seinen starren Blick sehe, der zwar auf mich gerichtet ist, aber irgendwo hinter mir ins Leere geht.

«Smith?»

Kurz schaut er mich direkt an und sieht dabei seltsam traurig aus. «Ich gehe besser wieder rein.»

Damit dreht er sich um und geht zurück ins Restaurant.

Von meinem Standort im Halbdunkel aus beobachte ich, wie die neuen Gäste aussteigen und zum Eingang gehen. Dann warte ich, bis ich meinen wackligen Knien wieder trauen kann und mein Herzschlag sich beruhigt hat. Als ich wieder einigermaßen klar denken kann, streiche ich meine Bluse und meinen Rock glatt und vergewissere mich, dass alles richtig sitzt. Mein Körper fühlt sich seltsam gefühllos und taub an, aber es ist nicht die Kälte, das weiß ich. Ich will wütend und empört sein, aber eigentlich bin ich immer noch heiß.

Seit unserem Wiedersehen in Mr. Weathersbys Büro ist jede Begegnung mit Smith eindeutig ein Fehler gewesen. Warum nur fühlen sich diese Fehler dann so verdammt richtig an?

KAPITEL 10

Bedrohung

DER REST der Woche verläuft erstaunlich ereignislos. Der Rest der Woche verläuft enttäuschend ereignislos. Beide Sätze stimmen, aber ich tue alles, um den einen möglichst zu verdrängen.

Seit unserer Zufallsbegegnung im Dino's ignoriert Smith mich. Ich weiß nicht, ob ich deswegen dankbar oder eingeschnappt sein soll, aber wie auch immer, es ist besser so. Es bleiben nur noch vier Wochen bis zum Halbjahresende, und die muss ich noch schaffen, ohne massiv Scheiße zu bauen. Und mal abgesehen von Smith und allem, was mit ihm zusammenhängt, sieht es eigentlich ganz gut aus.

Aber bloß weil Smith mich ignoriert, heißt das nicht, dass ich ihn nicht sehe. Genau genommen habe ich sogar den Eindruck, dass er sich absichtlich immer genau dort aufhält, wo ich gerade bin. Wenn ich die Schule nachmittags verlasse, und sogar manchmal morgens, wenn ich komme, sehe ich ihn mit Kent und Lyle und seinen anderen Kumpeln rumhängen, was mich ohne Ende ankotzt. Die Lieblingsbeschäftigung dieser Gestalten ist Blaumachen, und auch sonst fallen sie eher selten positiv auf. Die Mädchen dieser Clique, allen voran die schreckliche Cherry, dürften eher ein Kind bekommen als ihren Abschluss.

Womit ich nicht sagen will, dass sie schlechte Menschen sind – sie haben es nicht leicht im Leben und jeder Einzelne von ihnen hat so einiges hinter sich. Das ist mir voll bewusst.

Aber Smith? Er hat seinen Abschluss so gut wie in der Tasche, er hat fast alle Punkte. Er wäre so ein Arsch, wenn er das jetzt alles wegschmeißen würde. Jetzt, da ich weiß, dass Officer Rains sein älterer Bruder ist, frage ich mich mitunter, ob Smith sich deshalb so gern mit diesen Losern umgibt. Vielleicht will er seinen Bruder ärgern. Jede Familie hat ihre ganz eigene komplizierte Dynamik, oder?

So verbringe ich also meine Zeit – ich grübele über Smith nach. Ich spekuliere und theoretisiere und hasse mich selbst dafür.

Trotzdem tue ich es.

Ständig.

Noch am Wochenende kann ich mich auf nichts konzentrieren, da ich permanent an ihn denken muss. Ich bin so durch den Wind, dass ich prompt am Montagmorgen den Wecker nicht höre und verschlafe. Nachdem ich es in knapp 2,5 Sekunden geschafft habe, mich anzuziehen, rase ich zur Schule. Dort angekommen bleiben mir noch fünf Minuten, aber in meinem Kopf herrscht weiter totales Chaos. Ich fühle mich, als ginge ich selbst noch zur Schule und hätte den Bus verpasst. Oder so ähnlich. Als es zur ersten Stunde klingelt, bin ich immer noch dabei, meine Bettfrisur zu bändigen.

«Guten Morgen», begrüße ich die Schüler grummelnd.

Ich nehme mein Exemplar der Shakespeare-Sonette aus der Pultschublade und blicke mich um. Ein paar Schüler grinsen, andere flüstern. Auch Smith hat wieder sein Dauergrinsen aufgesetzt, worauf meine Laune noch weiter in den Keller sackt. Darauf habe ich heute so gar keine Lust.

«Habe ich irgendwas verpasst?», frage ich laut.

Selena, für ihr unablässiges Kaugummikauen und Geschnatter bekannt, zeigt auf meinen Rock.

«Statische Aufladung, Miss Hendricks. Es sei denn, Sie wollen uns absichtlich Ihren – wie heißt das bei Shakespeare? – ‹keuschen Schatz› zeigen.»

Ich blicke an mir hinab. Der Rock ist an einer Stelle irgendwie umgeschlagen und gut zehn Zentimeter hochgerutscht.

Mist.

Hastig zerre ich den Stoff nach unten und streiche ihn mehrmals glatt. Dann räuspere ich mich.

«Würde bitte jemand die Bücher mit den Sonetten aus dem Regal holen und verteilen? Wir machen ein paar Tage Pause mit *Hamlet* und beschäftigen uns stattdessen mit der zweiten literarischen Form, für die Shakespeare bekannt ist.»

Während zwei Schüler die Bücher verteilen, schalte ich den Beamer ein und öffne die Übersicht zur elisabethanischen Sonettdichtung.

«Das kommt im Test dran, Leute», sage ich warnend und zeige auf die Leinwand. «Mitschreiben wäre also keine schlechte Idee.»

Kollektives Murren und Stöhnen, aber dann kramen die meisten doch ihr Schreibzeug aus den Taschen. Mein Blick bleibt an Smith hängen, dessen Tisch immer noch leer ist.

Er sieht mich an und zieht herausfordernd eine Augenbraue nach oben, als wollte er sagen: Na los, trau dich und leg dich mit mir an.

«Mr. Asher?» Ich mache mir gar nicht erst die Mühe, meine Gereiztheit zu verbergen. «Haben Sie etwas vergessen?»

Er sieht mich unschuldig an und blickt sich dann um. «Nö. Nicht dass ich wüsste.»

Aufreizend langsam öffne ich die Schublade des Pults, nehme einen Stift heraus und schließe sie wieder. Dann gehe ich durch die Reihen bis zu dem Tisch, an dem Smith sitzt und mich angrinst. Lautlos lege ich den Stift vor ihn, beuge mich etwas zu ihm herunter und sehe ihm direkt in die Augen. «Sie bringen einen Stift mit in meinen Kurs. Jeden Tag. Wenn nicht, lasse ich Sie durchfallen.»

Einige Schüler in den hinteren Reihen johlen. Ich achte nicht weiter darauf, ebenso wenig wie auf Smith, und gehe wieder nach vorn. Als ich mich zurück zum Kurs drehe, erahne ich in Smiths Gesicht so etwas wie widerwilligen Respekt. Er zieht die Kappe des Stifts ab. Ein kleiner Triumph, jedenfalls fühlt es sich so an.

«Also. Sonette», beginne ich und zeige mit dem Laserpointer auf die Leinwand. Dann gehe ich nacheinander die einzelnen Punkte durch. Zunächst die allgemein bekannten Merkmale wie die 14 Verse und den jambischen Pentameter, dann komme ich zu ein paar weniger bekannten Dingen wie der Moral des abschließenden Verspaars.

«Lesen wir mal ein paar», beende ich meine Einführung, drehe mich wieder zum Kurs um und öffne mein Buch. «Freiwillige?»

Die meisten der Schüler sehen aus, als würden sie sich lieber selbst anzünden, als ein Gedicht vor dem ganzen Kurs vorzulesen. Ich lächele bitter und hebe selbst die Hand.

«Okay, dann fange ich an. Schlagen Sie Seite 83 auf, Sonett 116.»

Ich überfliege noch einmal kurz das Gedicht, das ich ausgewählt habe – und möchte mich am liebsten ohrfeigen. Nervös lächelnd räuspere ich mich. Dann fange ich an.

«Sprecht nicht, wo treue Geister eng verschlungen,
Von Hindernissen, denn das ist nicht Liebe,
Die sich verändert durch Veränderungen,
Und die getrieben wird durch äußre Triebe.»

Ich mache eine Pause und lasse den Blick durch den Raum schweifen, ohne dabei Smith anzusehen. Was allerdings keinen Unterschied macht – ich spüre seinen Blick auch so, er brennt förmlich auf meiner Haut. Langsam atme ich ein und fahre fort.

«O nein, sie ist der ewig feste Turm,
Der jeder Barke leuchtet durch die Nacht,
Der unzerstörbar steht in jedem Sturm,
Ihr meßt die Höhe, aber nicht die Macht.»

Meine Haut prickelt, mir wird heiß. Ich fühle mich beobachtet. Erneut räuspere ich mich.

«Und Lieb' ist nimmermehr der Narr der Zeit,
Trifft rosige Wangen selbst der Sichel Schlag,
Lieb' wechselt nicht mit Stund' und Woche, weit
Reicht ihre Kraft bis zu dem letzten Tag.»

Vor den letzten zwei Versen hole ich noch einmal tief Luft.

«Wenn an mir selbst sich dies als falsch ergibt,
Dann löscht dies aus, dann hat kein Mann geliebt.

Wie Sie sehen, hat das letzte Verspaar eine Aussage, richtig? Und wie lautet die?»

Javon, der im Ringer-Team ist und dementsprechende Muskeln hat, meldet sich. Ich nicke ihm ermutigend zu.

«Es geht um Liebe, also, dass sie perfekt ist und so», sagt er zögernd. «Und falls Shakespeare sich irrt, dann hat es noch nie Liebe gegeben. Oder so ähnlich jedenfalls.»

Ich lächele ihm zu. «Das ist ziemlich gut, wirklich ziemlich gut. Ja, Shakespeare glaubt also an das Ideal der Liebe, an die perfekte Liebe.»

«Was für ein tuntiger Scheiß», schnaubt Tyson verächtlich. «Perfekte Liebe ist doch völliger Quatsch.»

«Nicht diese Worte, Tyson!», ermahne ich ihn. «Beim nächsten Mal sitzen Sie nach.»

Ich verschränke die Arme. «Aber vielleicht haben Sie auch nicht ganz unrecht. Vielleicht gibt es wirklich keine perfekte Liebe. Trotzdem dürfen wir Menschen nicht dafür verurteilen, woran sie glauben, besonders nicht, wenn ihr Glaube sehr stark ist.»

Tyson murmelt etwas Unverständliches, aber ich ignoriere es. «Wer will das nächste Sonett lesen?»

«Ich», ruft Smith.

«Okay», antworte ich, seinem Blick ausweichend. «Danke. Das zweite Sonett, das wir lesen, hat die Nummer 53.»

Er nickt und blättert im Buch zurück. Derweil lehne ich an der Kante des Pults und warte, bis alle die richtige Seite gefunden haben. Als Smith das Sonett vor sich hat, überfliegt er es erst kurz, dann räuspert er sich – genau wie ich es auch getan habe.

«Aus welchem Stoff schuf einst dich die Natur,
Daß so viel fremde Schatten sich dir neigen,

Da jedem sonst ein einziger Schatten nur,
Und dir, dem einen, alle Schatten eigen?»

Beim Klang seiner tiefen Stimme läuft es mir fast kalt den Rücken hinunter. Ich blicke durchs Zimmer. Es ist nicht zu übersehen, dass eine beträchtliche Zahl der Mädchen an seinen Lippen hängt.

Ich gehöre leider auch dazu.

Jedenfalls bis zu dem Moment, als er plötzlich aufblickt und mich dabei ertappt. Sofort schaue ich weg, sehe aber noch, wie sich sein Mund langsam zu einem leisen Lächeln verzieht.

«Beschreib' Adonis, wie er je gemalt,
Sein Bild hält nicht vor deiner Schönheit stand,
Zeig Helenas Gesicht, von Reiz umstrahlt,
Dein eignes ist's in griechischem Gewand.»

Als ich dann doch wieder zu Smith gucke, sieht er mir direkt in die Augen. Ich sende ein Stoßgebet an mein Gesicht, bitte nicht rot zu werden. Und gleich noch eins nach weiter unten, an meine Beine, damit sie nicht unter mir wegknicken.

«Vom Frühling sprich, von Sommers Reifezeit,
Aus beiden lächelt uns dein Bildnis zu,
In Sommers Güte, Lenzes Lieblichkeit,
In jeder seligen Gestalt lebst du.»

Mein Herz hämmert. Ich höre meinen Puls in den Ohren, fühle ihn in der Brust – so deutlich, dass ich Angst habe, man könnte es sehen. Angst, dass man sehen könnte, welche Wirkung sein Vorlesen auf mich hat. Welche Wirkung *er* auf mich hat.

Als er die letzten Verse liest, muss ich ihn einfach angucken.

«In jedem äußern Glanz strahlst du aufs neue,
doch du gleichst keinem, keiner dir an Treue.»

Im Kursraum ist es mucksmäuschenstill – bis Kristin mit halberstickter Stimme piepst: «Oh mein Gott, wie heiß war das denn!»

Der Rest des Kurses lacht sich halb kaputt über die Bemerkung, und auch ich muss lächeln.

«Gut, jetzt haben Sie also ein paar Sonette gehört und können sich an Ihre Referate machen. Dazu gehen wir jetzt rüber in die Bibliothek. Mrs. Reed wird Ihnen zeigen, wo die Literatur zu Shakespeare steht. Ich erwarte, dass Sie Ihre Ergebnisse vor den anderen präsentieren. Wenn Sie deswegen nervös sein sollten, helfe ich Ihnen gern. Kommen Sie einfach zu mir, dann können wir die Sache zusammen durchgehen.»

Während die Schüler ihre Sachen zusammenpacken und sich auf den Weg in die Bibliothek machen, sammele ich die Sonett-Bücher ein, in der Hoffnung, dass sich mein Herzschlag dadurch wieder etwas beruhigt. Bewusst schaue ich nur auf die Bücher und die Tische, besonders, als ich aus dem Augenwinkel sehe, wie Smith einen Arm um Kristin legt und ihr etwas ins Ohr flüstert. Sie kichert, als sie zusammen den Kursraum verlassen.

Kaum bin ich allein, lehne ich mich mit dem Rücken ans Bücherregal. Mein Atem geht schwer und stoßweise.

Wie konnte ich nur so blöd sein, ihn laut ein Sonett vorlesen zu lassen? Es war, als hätte er direkt zu mir gesprochen. Wüsste ich es nicht besser, würde ich vielleicht sogar glauben, er hätte es für mich geschrieben.

Mein Gott, wann war ich eigentlich das letzte Mal so heiß auf einen Mann?

Während ich den Kursraum abschließe und ebenfalls in Richtung Bibliothek gehe, atme ich tief durch. Ich fühle mich immer noch wie vor den Kopf gestoßen, gleichzeitig bin ich scheißwütend auf mich selbst. Dann allerdings, als ich im Flur um die Ecke biege, richtet sich diese Wut schlagartig auf jemand anderen.

Gleich neben der Tür zur Bibliothek steht Smith kaum mehr als eine Handbreit vor Kristin, die mit dem Rücken an der Wand lehnt. Er stützt sich mit einer Hand an der Wand ab und lächelt sie an. Es ist allzu offensichtlich, dass sie seine Nähe genießt, und als er sich zu ihr hinabbeugt, um ihr etwas ins Ohr zu flüstern, errötet sie leicht.

Wie sie so dastehen, muss ich an meine Begegnung mit Smith vor dem Dino's denken. Dort stand er fast genauso vor mir.

Ungehalten und viel wütender, als mir lieb ist, fahre ich die beiden an: «Was fällt Ihnen eigentlich ein?»

Kristin fährt erschrocken zusammen und schlüpft unter Smiths Arm hindurch. Er dagegen sieht mich nur kühl an. «Wir unterhalten uns nur.»

Ich funkele ihn zornig an. «Das sah mir aber nach etwas mehr aus. Behalten Sie Ihre Hände bitte jeweils bei sich.»

Kristin, die jetzt knallrot im Gesicht ist, atmet scharf ein und murmelt etwas, das verdächtig nach «blöde Schlampe» klingt. Dann dreht sie sich um und verschwindet durch die Schwingtüren in die Bibliothek. Als ich wieder zu Smith gucke, lehnt dieser mit verschränkten Armen an der Wand. «Und? Bist du jetzt zufrieden?»

Ich will seine Worte ignorieren und an ihm vorbeigehen, aber er hält mich am Arm fest.

Wutentbrannt blicke ich erst auf seine Hand, dann in sein Gesicht. «Für wen hältst du dich eigentlich?»

Er kommt mir noch näher. «Dasselbe könnte ich dich fragen.»

Ich reiße mich los und fahre mir mit der Hand über den Rock und über die Haare. «Ich bin deine Lehrerin», sage ich, bemüht, ruhig und gelassen zu klingen.

Smith schnaubt verächtlich. Dann zischt er: «Das glaubst du immer nur dann, wenn es dir gerade in den Kram passt. Wenn meine Zunge an deinen Titten ist oder meine Finger in deiner Möse sind, kommst du offensichtlich nie auf den Gedanken.»

Ich wünschte, ich könnte ihn ohrfeigen. Er hätte es weiß Gott verdient. Aber ich komme nicht dazu, ihm eine zu scheuern oder ihm wenigstens die Meinung zu sagen, denn in diesem Moment zerreißt ein ohrenbetäubendes Krachen die Luft. Noch bevor ich aufschreien kann, liege ich schon unter etwas Schwerem und Festem auf dem Boden. Es dauert eine Sekunde, bevor mir klar wird, dass Smith auf mir liegt. Erst glaube ich, dass er verletzt ist, aber dann hebt er den Kopf und blickt den Flur entlang. Jetzt verstehe ich: Er hat sich auf mich geworfen.

Um mich zu beschützen.

Schon zum zweiten Mal.

Smith und ich sehen zu, wie der Hausmeister den großen Metallmülleimer aufhebt, der auf den harten Boden gefallen ist. Es hat sich angehört wie eine Explosion. Schon seltsam – im ersten Moment war ich ganz sicher, dass es einfach nur wieder irgendein Gewaltexzess an der Franklin School war.

Für einen Moment rührt Smith sich nicht. Dann wälzt er

sich von mir runter und steht auf. Sein Gesicht ist rot, sein Atem geht schwer.

«Bist du verletzt? Habe ich dir wehgetan?», fragt er. Seine Stimme klingt rau, fast wie nach dem Vorfall im Lehrerpausenraum. Ein bisschen erinnert sie mich auch an unsere Begegnung vor dem Dino's.

«Nein, alles okay.»

Er schluckt, wobei sich sein Kehlkopf bewegt. Ich möchte Smith berühren, aber er geht bereits rückwärts. «Ich dachte ... Es klang wie ...»

Ich nicke. «Ich habe auch gedacht, dass etwas Schlimmes passiert ist.»

Smith schüttelt den Kopf, dreht sich dann um und geht in die Bibliothek. Hinter ihm schwingt die Tür immer wieder vor und zurück, vor und zurück. Unschlüssig. Als könnte sie sich für keine Position entscheiden. Es gibt wohl kein treffenderes Bild dafür, wie es in mir aussieht. Ich hole einmal tief Luft, straffe die Schultern und folge Smith.

KAPITEL 11
Sparringspartner

FÜR DEN Rest der Stunde beobachte ich, wie er mit seinen Freunden herumjuxt und die Mädchen ärgert, greife aber nicht ein. Denn das ist ja genau das, was Smith will, sage ich zu mir selbst. Er will mich provozieren, will, dass ich mich lächerlich mache. Keine Ahnung, warum er das will, aber ich weiß, dass es so ist. Ich spüre es. Wie eine feine Nadel, die immer wieder schmerzhaft in meine Seele sticht.

Als der Kurs schließlich vorbei ist, bin ich erleichtert. Ich gehe zurück zu meinem Kursraum, schließe auf und gehe hinein. Die Dunkelheit im Zimmer beruhigt mich, deshalb lasse ich die Leuchtstoffröhren an der Decke ausgeschaltet. Mit einem Seufzer trete ich mir die Schuhe von den Füßen, wanke hinüber zu meinem Schreibtischstuhl und lasse mich daraufplumpsen.

«Einen harten Tag gehabt, Darling?»

Ruckartig richte ich mich auf. Smith steht in der Tür.

«Hast du jetzt nicht deinen zweiten Kurs?», frage ich.

Er schüttelt den Kopf. «Nö, die machen eine Exkursion nach Annapolis, und ich konnte nicht mitfahren.»

«Wieso nicht?»

Smith antwortet nicht, sondern kommt stattdessen näher, wobei er die Hände in die Taschen schiebt. Hinter ihm fällt die Tür geräuschvoll ins Schloss. Diesmal zucken wir beide zusammen.

«Was willst du, Smith?» Ich klinge müde und erschöpft, ich höre es selbst.

Smith scheint das nicht zu kümmern. «Wie wäre es mit einem Danke?»

Ich seufze auf. «Danke, dass du dich so heldenhaft auf mich geworfen hast, um mich vor der tödlichen Mülltonne zu beschützen. Ich schulde dir was.»

Grinsend verschränkt er die Arme. «Und bei Kristin solltest du dich entschuldigen.»

Ich runzele die Stirn. «Der öffentliche Austausch von Zärtlichkeiten und sexuelle Handlungen ist in der Schule nicht erlaubt – schon gar nicht während des Unterrichts.»

«Es ging überhaupt nicht um Liebe oder Sex. Wir haben uns nur unterhalten.»

Ich lache schallend auf. «Klar.»

«Hey, wenn du dich dann besser fühlst, verspreche ich dir gern, dass ich die Jungfräulichkeit der kleinen Mädchen hier nicht beflecken werde.» Er mustert mich genüsslich von Kopf bis Fuß. «Ich bevorzuge eh Frauen mit etwas mehr ... Erfahrung.»

«Ich bitte dich», entgegne ich gereizt. «Für dich und deine idiotischen Kumpels ist das doch ein Sport, Mädchen zu vernaschen.»

Er starrt mich schweigend an. Dann sagt er mit leiser Stimme: «Vielleicht kommen dir meine Freunde ein bisschen ‹schlicht› vor, aber das ist nur deine Meinung. Außerdem finde ich es ziemlich scheiße von dir, so etwas zu sagen.»

Ich schüttele den Kopf. Wohin soll dieses Gespräch eigentlich führen?

«Also noch mal – was willst du?», frage ich und verschränke die Arme ebenfalls.

«Ich will, dass du mir sagst, was du wirklich denkst», antwortet Smith. Er kommt noch ein paar Schritte auf mich zu und bleibt dann stehen.

Ich spüre, wie aufsteigende Tränen mir die Kehle zuschnüren. Schnell stehe ich auf und kehre ihm den Rücken zu.

«Ich finde es unglaublich dumm von dir, dass du blaumachst und deine Zeit damit verschwendest, Mädchen anzugraben und mit Losern wie JD herumzuhängen. Du solltest dich auf die Schule konzentrieren, Smith. Du hast den Abschluss schon so gut wie in der Tasche – die Chance solltest du dir nicht verbauen.»

«Ich bin schon ein großer Junge. Ich kann gut auf mich selbst aufpassen.»

Ich höre, wie er näher kommt, und wirbele mit wütendem Blick herum. Mit katzenartiger Geschmeidigkeit bewegt er sich auf mich zu, schleicht sich förmlich an mich heran. Wie ein Raubtier auf der Jagd. Ich gehe rückwärts, bis ich fast in der Ecke stehe. Aber bedroht fühle ich mich nicht. Alles andere als das. Plötzlich kommt es mir sehr heiß im Zimmer vor.

«Außerdem», fährt Smith fort, die Stimme kaum mehr als ein kehliges Raunen, «geht dich das alles überhaupt nichts an.»

«Oh doch, und ob mich das etwas angeht!»

«Tatsache? Wie das?»

«Ich bin deine Lehrerin und somit für dich verantwortlich.»

«Ach ja?» Smith grinst belustigt. «Schimpfst du mich jetzt aus, weil ich meine Hausaufgaben nicht gemacht habe? Und rufst du dann meine Mama an?»

«Mach dich nicht lustig über mich», erwidere ich ernst. «Ich will ... Ich will einfach nicht, dass du einen Riesenfehler machst und Ärger bekommst und ...»

Ich verstumme, denn das war's. Jedenfalls sollte es das sein. Eigentlich sollte es für mich keine weiteren Gründe geben, mir Sorgen darüber zu machen, mit wem er sich abgibt.

«Und was?» Seine Stimme ist kaum mehr als ein tiefes Knurren.

Ich zucke die Schultern. «Nichts weiter.»

Er macht einen Schritt zurück. «Erzähl mir nicht so einen Scheiß.»

Ich hebe abwehrend die Hände. «Würdest du bitte aufhören, in meiner Gegenwart zu fluchen? Das ist doch lächerlich.»

«*Du* bist lächerlich. Ich raffe einfach nicht, was du willst – und wieso ich überhaupt meine Zeit mit dir verplempere.»

«Willst du hören, dass ich mir Sorgen um dich mache?», erwidere ich gereizt. «Na gut, schön. Ja, ich mache mir Sorgen. Du bist mir nicht egal, auch wenn das wahrscheinlich nicht gut für mich ist.»

Smith sieht mich an. Oder besser gesagt mustert er mich von unten bis oben. Erst meine nackten Füße, dann gleitet sein Blick über meinen Rock, die Bluse. Als er mir schließlich ins Gesicht sieht, liegt in seinem Blick Entschlossenheit, gemischt mit noch etwas anderem. So etwas wie Verlangen.

«Für mich wahrscheinlich auch nicht», sagt Smith.

Er macht noch einen Schritt auf mich zu, und sofort geht mein Atem schneller. Ich stehe jetzt mit dem Rücken direkt an der Wand, die Handflächen an die gestrichenen Betonsteine gepresst. Die Steine fühlen sich viel kühler an als meine glühend heiße Haut.

«Was meinst du?», frage ich.

Er nimmt meinen Kopf in beide Hände und streichelt mit den Daumen über meine Wangen. «Dass du mir auch nicht egal bist. Merkst du es immer noch nicht, Hyacinth? Scheiße, ich kann nur noch an dich denken», antwortet er.

Meine Unterlippe zittert. Er beugt sich zu mir herab, bis sich unsere Lippen fast berühren, und flüstert meinen Namen. Sein Atem riecht minzig und gleichzeitig süß-säuerlich, wie Zahnpasta und tropische Früchte. Ich fühle einen sehnsüchtig wimmernden Laut in mir aufsteigen und kann ihn gerade noch hinunterschlucken. Fest umklammere ich seinen Bizeps und bohre meine Fingernägel in seine Haut, in der vagen Hoffnung, ihm würde dadurch bewusst, was er gerade tut. Was *wir* gerade tun. Was wir *auf keinen Fall tun sollten.*

Aber meine bohrenden Nägel scheinen das Gegenteil zu bewirken.

Seine leuchtend blauen Augen verdunkeln sich zu nachtschwarzem Blau, und bevor ich noch irgendetwas tun kann, sind seine Lippen auf meinem Mund. Jetzt gibt es in meinem Kopf nur noch ein Wort.

Ja.

Diesmal ist er zärtlicher als die Male zuvor. Seine Lippen sind warm und weich, als sie versuchen, meine zum Mitspielen zu überreden. Ich zögere, aber nur kurz – dann reißt mich mein Verlangen mit sich davon. Ich kralle meine Hände in sein Shirt und erbebe förmlich, als er mit der Zungenspitze den Spalt zwischen meinen geschlossenen Lippen nachfährt. Ein erregter Laut dringt tief aus seiner Kehle, dann küsst er mich wild, als wolle er mich verschlingen.

Seine Hände wandern meinen Rücken hinab zu meinem Hintern, gleichzeitig drückt er mich an die Wand. Seine harte, heiße Erektion gräbt sich zwischen meine Beine, und ich spüre, wie sich meine Nippel aufrichten und gegen den BH drücken.

«Gott, du schmeckst so gut», flüstert er an meinem Mund.

Ich weiß nicht, ob es seine Stimme ist oder mein schlechtes Gewissen – aber plötzlich komme ich wieder zu mir. Ich stoße ihn hart von mir weg. Er löst sich augenblicklich von mir, aber ich dränge ihn weiter zurück, so weit weg von mir wie möglich.

«Was zum Teufel soll das?», stammele ich. «Warum hast du ... Wie kannst du einfach ... Herrgott, ich kann überhaupt nicht mehr richtig sprechen.»

«So gut war es?», fragt er frech grinsend.

Ich funkele ihn wütend an. «Nein, es war nicht ‹so gut›. Es war so *daneben*. Und so falsch. Es war so unverschämt, so dämlich, so ...»

«Okay, okay.» Er hebt die Hände. «Schon gut, ich hab's gerafft. Tut mir leid.»

«Nein, gar nichts raffst du. Genau das ist das Problem.»

Wütend stapfe ich zu meinem Pult. «Du glaubst, du kannst machen, was du willst, und vielleicht stimmt das sogar. Aber ich kann es nicht. Hier geht es um meine Zukunft. *Mein Leben*. Kriegst du das in deinen Schädel?»

«Ja, Hyacinth. Ich verstehe, was du meinst, glaub mir.» Er klingt jetzt ruhiger, aber von Reue ist in seinem Blick nichts zu entdecken.

Dafür sehe ich dort jetzt etwas anderes: Ärger. «Du bist vielleicht der Meinung, ich würde das mit deiner Zukunft nicht verstehen, aber eine Sache verstehe ich auf alle Fälle: Du weißt absolut nicht, was du willst.»

Ich will widersprechen, aber mir fehlen die Worte. Stumm stehe ich da. Und sehe schweigend zu, wie er sich umdreht und das Zimmer verlässt. Erst als sich die Tür hinter ihm geschlossen hat, kommen die Worte, und ich flüstere in die Stille:

«Ich will dich.»

KAPITEL 12
Ablenkung

NOCH VIER *Wochen. Noch vier Wochen. Vier Wochen noch!* Mein neues Mantra. Ich muss nur noch den kommenden Monat durchstehen. Gestern Nachmittag habe ich mich mit Caroline getroffen, um mit ihr über meine zweite Lehrevaluation zu sprechen, und laut ihrer Aussage sind alle sehr zufrieden gewesen mit mir.

«Aus dir wird eine sehr gute Lehrerin, Hyacinth», hat sie gesagt und dabei meine Hand getätschelt. «Du musst nur an dich selbst glauben.»

Ich habe gelächelt und genickt und dabei so getan, als würde ich ihr konzentriert zuhören, dabei habe ich die ganze Zeit doch wieder nur an Smith gedacht. Daran, wie sich sein Mund und seine Hände angefühlt haben, sein Körper auf meinem.

Caroline hat mich bis zum Ende meines Praktikums als Mittagsaufsicht in der Cafeteria eingeteilt, was einerseits gut, andererseits schlecht ist. Es ist gut, weil es mich ablenkt – so werde ich vom Tagträumen abgehalten und denke weniger an Dinge, an die ich besser nicht denken sollte, während ich mein Mortadella-Käse-Sandwich esse.

Schlecht ist es deshalb, weil ich die erste Mittagsschicht beaufsichtigen muss. Da Smith nur Halbtagsschüler ist, isst er früh mit den Schülern zu Mittag, die nachmittags Zusatzkurse am Community College besuchen. Ich sitze gerade am Lehrertisch und beobachte eine Gruppe von Zehntklässlern, die sich einen unappetitlichen Esswettbewerb mit Cupcakes liefern, als neben meiner braunen Essenstüte geräuschvoll ein Tablett auf den Tisch gesetzt wird. Ich blicke auf. Es ist Jeremy Christopher, der mich anlächelt und sich dann auf die Bank setzt.

«Hey, Mittagsaufsichtskollegin.» Er stupst mich leicht mit dem Ellbogen an. «Schön, dich zu sehen. Hast du dich aus deiner Höhle gewagt? Sonst sieht man dich zum Essen ja nie.»

Ich lächele zurück. «Ich korrigiere meistens während der Mittagspause. Eine halbe Stunde Ruhe und Frieden – da schaffe ich so einiges. Aber wer ein richtiger Lehrer werden will, muss wahrscheinlich auch die Cafeteria in all ihrer Herrlichkeit erlebt haben.»

Ich nicke in Richtung des Cupcakemassakers, woraufhin Jeremy das Gesicht verzieht.

«Dann ist der Dienst als Anstandsdame beim Mittagessen sicher genau das Richtige», sagt er und widmet sich seinen Spaghetti.

Ich sehe ihm aus dem Augenwinkel beim Essen zu. Eigentlich sieht er gar nicht mal schlecht aus. Auch wenn sein Gesicht nicht besonders markant ist, wirkt er irgendwie selbstbewusst. Keine Ahnung, wieso mir das vorher noch nie aufgefallen ist. Wenn man mal davon absieht, dass mein Blick und meine Aufmerksamkeit in letzter Zeit ausschließlich auf einen anderen Mann gerichtet waren. Vielleicht wird es langsam Zeit, sich weniger auf Smith Asher zu fixieren und wieder etwas offener zu werden. Offener für andere ... Optionen.

«Habe ich was im Gesicht?»

Mist.

«Nein, entschuldige. Ich war nur kurz in Gedanken.»

Ein leises Lächeln zeichnet sich um seinen Mund ab, als er mit der Gabel Nudeln aufwickelt. «Wäre es dir unangenehm, Hyacinth», fragt er bedächtig, «wenn ich sagen würde, dass du mich gern jederzeit so lange ansehen darfst, wie du magst?»

Ich gucke ihn an und ziehe eine Augenbraue nach oben.

Er zuckt leicht mit den Schultern. «Ich mein ja nur.»

Er schiebt sich eine beträchtliche Menge Spaghetti in den Mund und lässt den Blick durch die Cafeteria schweifen. Ich nehme an, ich sollte das auch tun, da ich als Aufsicht natürlich ein Auge auf die Schüler haben muss. Also beobachte ich pflichtbewusst die Schüler, die teils an den Tischen sitzen, teils für ihr Essen anstehen. Dabei rede ich mir ein, nicht nach einem ganz bestimmten Schüler Ausschau zu halten.

Das funktioniert so lange recht gut, bis ich ihn plötzlich entdecke.

Smith steht neben Cherry. Kristin ist wohl abgemeldet? Angewidert schürze ich die Lippen. Jeremy sieht mich an und folgt meinem Blick.

«*Die* schon wieder ...» Er verdreht die Augen. «Die lacht sich auch immer die falschen Typen an, oder?»

Ich beiße mir von innen auf die Lippe und bemühe mich, möglichst ungerührt zu klingen. «Wie meinst du das?»

Er sieht mich erstaunt an und trinkt dann einen Schluck aus seiner Wasserflasche. «Was? Du kennst die Geschichten über Smith Asher nicht?»

Ich hebe die Schultern. «Anscheinend nicht.»

Er lacht leise und schüttelt dann den Kopf. «Ich kenne ihn kaum, aber sein Bruder Eric macht sich offenbar ernsthaft Sorgen, dass er auf die schiefe Bahn geraten könnte.»

«Eric? Das ist der Schulpolizist, oder?», frage ich und hoffe, ganz unbeteiligt zu klingen.

Jeremy nickt. «Ja. Smith ist anscheinend ein totaler Blindgänger, hat ständig Ärger mit der Polizei und so. Ich meine auch, dass er schon mal verhaftet worden ist.»

Jeremys Worte machen mich wütend. Ja, Smith mag ein paarmal mit dem Gesetz in Konflikt geraten sein – er hat es mir ja selbst erzählt –, aber mir würde es nie einfallen, ihn einen Blindgänger zu nennen.

«Diese Seite an ihm habe ich noch nie bemerkt», sage ich in möglichst gleichgültigem Ton. «Klingt nicht wie der Smith, den ich kenne.»

Na super. Das wird ja immer besser.

«Sag mal, Hyacinth ...»

Ich sehe Jeremy kurz an.

Er lehnt sich etwas zu mir herüber. «Hättest du nicht Lust, äh, irgendwann mal auszugehen? Mit mir, meine ich.»

Ich blinzele nur, sage kein Wort.

«Du hast viel Arbeit mit dem Lehrpraktikum, ich weiß, und auch sonst viel um die Ohren, aber ich dachte, wir könnten mal zusammen essen gehen.»

Es fällt mir zwar schwer, sein Angebot ernsthaft in Betracht zu ziehen, aber ich tue es. Die letzten Wochen waren ein einziges Drama – oder eher eine schlechte Komödie, mit Smith Asher in der Hauptrolle. Vielleicht sollte ich mir einfach mal wieder etwas Spaß gönnen. Mit jemandem ausgehen, der einen Highschoolabschluss hat. Und der noch *nicht* im Gefängnis war.

«Ja, das wäre schön», antworte ich schließlich. «Zusammen essen gehen, meine ich.»

«Wunderbar!» Jeremys braune Augen strahlen, und er grinst mich an. «Hast du Freitag schon was vor?»

Ich nehme eine Brezel aus meiner Essenstüte. «Nein, noch nicht.»

«Prima, dann haben wir ein Date.» Er steht schwungvoll auf und zwinkert mir zu. Lächelnd sehe ich ihm nach, wie er die Cafeteria verlässt. Charmant ist er ja, das muss man ihm lassen. Und eine nette Ablenkung.

Aber als zum Ende der Mittagspause der Schulgong ertönt und die Schüler durch die Cafeteriatüren nach draußen strömen, stehe ich wieder da und suche Smith. Natürlich begegnen sich unsere Blicke. Er kommt auf mich zu, mit finsterem Gesicht.

«Also du und Mr. Christopher, sehe ich das richtig?», zischt er mir zu.

«Keine Ahnung, was du meinst», gebe ich zurück.

Smith schnaubt. «Ich bitte dich. Du hast doch schon fast auf seinem Schoß gesessen und dich an ihm gerieben.»

Mein Körper versteift sich, und ich will gehen, aber er tritt mir in den Weg.

«Du benutzt ihn doch nur.»

Wutentbrannt starre ich ihn an. «Wenigstens ist er kein Schüler», entfährt es mir hitzig.

Ich lasse ihn stehen und versuche, nicht daran zu denken, dass er mir hinterhersieht. Auf keinen Fall soll er sich einbilden, mein Abgang sei ein Rückzug, und er habe gewonnen. Ich halte den Kopf stolz erhoben und zwinge mich dazu, ganz langsam durch die Menge der Schüler hindurchzugehen. Eins ist sicher: je größer der Abstand zwischen Smith und mir, desto besser.

Aber irgendwie befürchte ich, dass der Abstand zwischen uns nie groß genug sein wird.

*

«Prost!»

Rainey hält ihren Cocktail hoch, und Carson und ich tun das Gleiche. Dann trinkt jede einen großen Schluck der süß-salzigen Flüssigkeit.

«Oh Mann, wer auch immer auf die Idee mit den roten Margaritas gekommen ist, war ein Genie», sagt Carson und lässt ihren Blick zufrieden durchs La Tolteca schweifen. Als ich einen zweiten Schluck nehme, grinst sie mich an.

«Seit wir neulich im Cave waren, bist du ja echt auf den Geschmack gekommen, was Alkohol angeht, Cyn.»

Rainey stupst mich an der Schulter an. «Erst Cocktails, dann Komasaufen ...»

Ich verdrehe die Augen und nehme noch einen Schluck.

«Also, wie läuft der Sex mit deinem Minderjährigen?», fragt sie und wackelt vielsagend mit den Augenbrauen.

Ich lache laut auf. «Erstens ist er zwanzig und damit absolut *nicht* minderjährig.»

«Ja, ja», erwidert Carson und wedelt abfällig mit der Hand. «Das sagen sie alle.»

«Zweitens», fahre ich fort, während ich mich im Stuhl

zurücklehne, «habe ich am Freitag ein Date mit einem Kollegen, der auf keinen Fall minderjährig ist und der anscheinend ziemlich auf mich steht. Ätsch.»

Rainey kratzt ein paar Salzkörner vom Rand ihres Glases. «Ach, tatsächlich? Dann erzähl mal.»

Ich ziehe den Korb mit den Chips zu mir heran. «Er heißt Jeremy und unterrichtet Physik.»

«Und?»

«Und was?»

Carson kneift ihre dunklen Augen leicht zusammen und sieht mich an, als wäre ich ihr ein völliges Rätsel. «Und, ist der Typ heiß? Geht da was? Trägst du Unterwäsche bei eurem Date, oder ist die eh nur im Weg?»

Ich verdrehe die Augen. «Ja, schon klar – weil ich ja auch so häufig mir kaum bekannte Typen aus dem Restaurant abschleppe.»

Rainey zuckt die Schultern. «Wie's aussieht, schleppst du in *Clubs* ja durchaus dir kaum bekannte Typen ab. Oder wie war das mit Smith?»

«Nicht schon wieder dieses Thema», gebe ich genervt zurück.

«Also gut, du hast ein Date mit diesem Jeremy», unterbricht uns Carson. «Was super ist. Aber, komm schon, Cyn – wir müssen das fragen.»

«Was fragen?»

«Was mit Smith ist.»

Ich beiße ein Stück Chip ab. «Was soll mit ihm sein?»

Carson zuckt die Schultern. «Weiß nicht ... Ich habe gedacht, da läuft irgendwas zwischen euch.»

Jetzt zucke ich die Schultern. «Er ist zwanzig und noch an der Highschool, Cars. Jeremy war am College, hat eine

Vollzeitstelle und weiß, wie man sich rasiert. Die beiden muss man doch gar nicht erst vergleichen.»

«Schön und gut – aber wer gewinnt bei dem Vergleich?», höre ich Rainey murmeln. Ich überhöre ihre Bemerkung und trinke noch einen Schluck Margarita.

«Okay, Themenwechsel», nehme ich einen neuen Anlauf. «Reden wir mal über *uns*. Es ist nur noch gut einen Monat hin, bis wir unseren Master in der Tasche haben, und wir haben noch gar keine Pläne für den Sommer gemacht. Ich finde, wir sollten wegfahren oder so, um zu feiern.»

«Au ja, wegfahren!» Rainey nickt begeistert. «Nach dem College brauche ich unbedingt ein paar relaxte Tage am Strand.»

Ich blicke kurz zu Carson, die verdächtig still ist. Sie spielt mit einer Limettenspalte herum, die auf dem Rand ihrer Cocktailserviette liegt und diese mit Saft tränkt.

«Was meinst du dazu, Cars?», frage ich. «*Let's go nach Mexiko?* Komm schon. Du kennst doch meine Schwäche für Reime.»

Sie lächelt schwach und senkt den Blick auf ihren Schoß. «Ich muss euch was sagen.»

Ihre Miene ist zu ernst, als dass etwas Gutes folgen könnte. Nervös leckt sie sich über die Lippen.

«Was ist los?», fragt Rainey besorgt.

Carson räuspert sich. «Ich werde dieses Frühjahr noch nicht mit dem College fertig.»

Ich starre sie an und wechsele dann kurz Blicke mit Rainey, die mit heruntergeklapptem Kiefer dasitzt. «Was redest du denn da?»

Carson seufzt.

«Als ich mich Anfang des Semesters gegen das Lehrpraktikum entschieden habe, war klar, dass mir noch ein paar Leistungspunkte fehlen. Ich dachte, ich könnte sie auf anderem Weg nachholen, mit einem Kurs oder so. Dummerweise habe ich dann die Anmeldefrist für die Kurse verpasst, und das Studentensekretariat hat sich geweigert, mich verspätet noch in einen Kurs einsteigen zu lassen.»

Sie trinkt einen Schluck von ihrem Drink. «Klar können wir Strandurlaub machen – nur wird es für mich eben kein Belohnungstrip für den Abschluss sein, das ist alles.»

Für einen langen Augenblick sagt keine von uns etwas.

«Warum hast du uns das nicht erzählt?», erkundige ich mich schließlich.

«Ich wollte euch damit nicht belasten.» Sie setzt ein unglückliches Lächeln auf. «Ist aber alles nicht so schlimm. Ich kriege das hin. Ich gehe im Herbstsemester weiter zum College, mache dann hoffentlich mein Lehrpraktikum und habe im Dezember meinen Abschluss. Keine so große Sache also.»

Ich nicke langsam, um sie in ihrer Entscheidung zu bestätigen. «Das klingt doch wie ein guter Plan.»

Ich rutsche zu ihr rüber und lege ihr einen Arm um die Schultern. «Aber du hättest uns das echt sagen können, Cars. Wirklich.»

Sie zuckt zaghaft die Achseln und nimmt sich eine Handvoll Chips. «Ich weiß. Aber irgendwie wollte ich mich einfach nicht damit beschäftigen. Und meine Nachhilfeschüler haben mich gut abgelenkt. Ich betreue jetzt sogar ein paar externe Collegestudenten. Einzelunterricht ist echt mein Ding, das kann ich am besten.»

Sie beißt sich auf die Lippe. «Aber wie dem auch sei. Tut mir leid, dass ich euch die Laune vermiese.»

Rainey hüpft von ihrem Hocker und kommt auf unsere Seite des Tisches. Sie zieht Carson hoch und nimmt sie fest in den Arm. «Wir lieben dich. Und wir sind da für dich.»

Sie macht einen Schritt zurück und sieht mich und Carson an. «Warum feiern wir eigentlich nicht jetzt schon? Wir müssen nicht bis Juni warten – meine Eltern haben doch diese Wohnung in Ocean City, und die steht fast immer leer. Fahren wir runter ans Meer. Es ist zwar noch nicht so warm, aber wir können ins Seacrets gehen und uns mit Dirty Bananas vollaufen lassen!»

Der Gedanke ist verlockend – im Seacrets, einer Bar direkt am Strand, gibt es die besten Bananencocktails der Welt. Aber ich schüttele den Kopf.

«Ich kann nicht, ich muss zu viel korrigieren. Außerdem habe ich am Freitagabend ja das Date mit Jeremy.»

Rainey buht mich aus und zeigt mit den Daumen nach unten. Dann blickt sie fragend zu Carson. «Und du? Bist du auch so eine Spaßbremse?»

Carson sieht mich an. «Cyn, es würde mir echt guttun, mal ein Wochenende rauszukommen. Wärst du sehr sauer, wenn wir ohne dich fahren würden?»

«Natürlich nicht», antworte ich kopfschüttelnd. «Fahrt auf jeden Fall. Geht tanzen, geht trinken, ran an die Jungs, alles. Ihr habt es verdient, euch zu amüsieren.»

Rainey stößt einen kleinen Jubelschrei aus und schnappt sich ihr Handy vom Tisch. «Ich rufe sofort Dad an und sage ihm, dass wir die Wohnung brauchen.»

Beschwingt und mit federnden Schritten geht sie zum Ausgang, das Telefon schon ans Ohr gepresst.

Ich nutze die Gelegenheit, um Carson richtig zu umarmen. «Ich finde es furchtbar, dass du das Gefühl hattest, nicht mit mir reden zu können», sage ich ruhig, als ich sie loslasse und ansehe. «Du sollst wissen, dass du immer und über alles mit mir reden kannst.»

Ihr Mund zeigt ein trauriges Lächeln, und zum ersten Mal fällt mir auf, wie erschöpft ihre Augen aussehen. Als hätten die Sorgen ihr schon länger den Schlaf geraubt.

«Bei dir war so viel los in letzter Zeit», sagt sie. «Ich weiß, wie schlimm die Sache mit deinem Dad für dich ist, und dann noch das Lehrpraktikum und die Geschichte mit Smith. Und jetzt kommt womöglich auch noch dieser Jeremy dazu. Ich wollte dir nicht noch zusätzlich was vorheulen.»

Ich stupse ihr sanft den Ellbogen in die Seite. «Hey, ich habe immer ein Ohr für dein Geheule – dafür sind Schwestern doch da.»

Carsons Augen schimmern feucht. Ich umarme sie noch einmal, und jetzt erwidert sie die Umarmung, endlich. «Ich will einfach nur meinen Platz im Leben finden, weißt du?»

Ich atme schwer aus und nicke. «Ja, ich weiß.»

Rainey kommt zurück in die Bar gehüpft und grinst von einem Ohr zum anderen. «Alles klar!» Sie wendet sich an mich und macht einen Schmollmund. «Und du bist sicher, dass du nicht mitkommen kannst?»

«Absolut sicher. Und genauso sicher bin ich, dass ihr zwei bombig viel Spaß haben werdet.»

Rainey stützt das Kinn auf die Hände und sieht mich ernst an. «Ein wichtiger Punkt wäre da noch.»

Ich blicke sie fragend an. Eigentlich redet Rainey nicht lange drumherum, auch nicht bei schwierigen Themen. «Aha? Und der wäre?»

Ihre vollen Lippen formen ein kleines, gemeines Lächeln.

«Wir müssen natürlich noch besprechen, was du zu deinem tollen Date anziehst. Ich finde ja, du solltest wieder die schwarzen Lederstiefel tragen.»

Ich stöhne auf. «Weil die mir ja so *unglaublich* viel Glück gebracht haben?»

«Genau!»

Ich schaue zu Carson, die breit grinst. Rainey hat schon angefangen, mir detailliert die heißesten Teile in ihrem Schrank zu beschreiben. Seufzend widme ich mich meinem Cocktail.

Tja. Das Leben ist kompliziert. Aber wenn ich auch sonst nicht viel habe, doch immerhin das: zwei Beinahe-Schwestern, ohne die ich nicht leben könnte, und eine absolut köstliche Frozen Margarita.

KAPITEL 13
Der Sturm

ALSO, ERZÄHL doch mal von dir.»

Jeremy lächelt ermutigend. Ich betrachte erst ihn, dann die Einrichtung des Restaurants. Ob die Besitzer wissen, dass das hier ein einziges Romantikklischee ist? Alles – die Kerzen, die Geigenmusik und besonders die herzförmigen Salz- und Pfefferstreuer – scheint zu schreien: «Zu dir oder zu mir?» Oder wenigstens: «Glaub mir, Baby, ich bin wirklich total romantisch.»

Ich zucke mit den Schultern und lächele unverbindlich. «Da gibt es nicht viel zu erzählen. Aufgewachsen bin ich in Catonsville, etwa zehn Minuten von Baltimore. Mein Vater und ich haben ein enges Verhältnis. Ich habe tolle Freunde. Das war's, mehr oder weniger.»

«Was ist mit deiner Mutter?»

Ich streiche mit der Hand die Stoffserviette auf meinem Schoß glatt. «Sie hat uns verlassen, als ich noch ein Baby war. Ich habe sie nie kennengelernt.»

Jeremy schluckt und räuspert sich dann. «Oh. Das tut mir leid. Ich wusste nicht ...»

Ich hebe kopfschüttelnd die Hand. «Alles gut. Das ist ewig her.»

Sein Lächeln wirkt mit einem Mal befangen. Unsicher. Ganz anders als das selbstsichere Grinsen eines anderen Mannes, den ich kenne. Aber an den will ich jetzt nicht denken.

«Und du?», frage ich, während ich mein Weinglas nehme. «Was hast du zu erzählen?»

Über sich selbst zu reden, fällt ihm offenbar leichter. Ausführlich breitet er sein Leben vor mir aus. Während ich höflich nicke, erzählt er mir von seinen vier Schwestern, der perfekten Ehe seiner Eltern, von seinem Studium an der Universität von Delaware, um in die Fußstapfen seines Vaters zu treten und Highschoollehrer zu werden.

«Natürlich hatte *er* Geschichte im Hauptfach, nicht Physik», sagt Jeremy und grinst breit. «Aber er vergibt mir meinen ‹Fehlgriff›, wie er es ausdrückt.»

«Das klingt, als hättest du eine wunderbare Familie. Warum bist du so weit weggezogen?»

Er lehnt sich im Stuhl zurück und spitzt leicht die Lippen. Ich nutze die Gelegenheit, um sein Gesicht etwas eingehender zu studieren. Kein Härchen sprießt auf seinen Wangen. Er scheint *wirklich* zu wissen, wie man sich rasiert. Und zwar perfekt. Der ideale Schwiegersohn.

Und das genaue Gegenteil des Typ Mannes, zu dem ich mich zurzeit hingezogen fühle.

«Ich wollte wohl meinen eigenen Weg gehen, nehme ich an», antwortet Jeremy schließlich. «Und so weit weg ist Delaware ja nun auch wieder nicht.»

Er nimmt sein Glas und trinkt einen Schluck Wein. «Und selbst?», fragt er. «Warum bist du hiergeblieben?»

Ich öffne den Mund, um ihm von Dad zu erzählen, doch dann schließe ich ihn wieder. Warum auch immer, aber es fühlt sich falsch an, darüber zu sprechen. Jedenfalls beim ersten Date.

«Ich habe ein Stipendium bekommen», antworte ich ausweichend. «Es war billiger hierzubleiben.»

Das ist nicht einmal gelogen und scheint ihm zu genügen. Kurz darauf kommt unser Essen. Hungrig stürze ich mich auf meine Nudeln *all'arrabbiata*.

«Ich mag das nicht, wenn Frauen bei einem Date nichts essen», bemerkt er anerkennend. «Ein gesunder Appetit ist etwas Gutes, finde ich.»

Ich ziehe eine Augenbraue hoch. «Bei italienischem Essen habe ich einen *sehr* gesunden Appetit, kann ich dir sagen.»

Dann essen wir, wobei wir uns zwischendurch über die Schule unterhalten und darüber, wo ich mich in fünf Jahren sehe und was ich nach meinem Master machen will. Als die Rechnung kommt, lässt er mir keine Chance, auch nur einen Blick darauf zu werfen, sondern drückt dem Kellner gleich eine Kreditkarte in die Hand.

Aber bloß, weil er die Rechnung zahlt, fühlt sich der Abend auch nicht mehr nach einem Date an. Wenn ich ehrlich bin, ähnelt das Ganze eher einem Bewerbungsgespräch.

Einem Bewerbungsgespräch, bei dem ich Jeremy die ganze Zeit mit jemand anderem vergleiche.

Jemandem, der völlig anders ist als er.

Jemandem, an den ich absolut und gar nicht denken sollte.

«Wollen wir noch einen Kaffee trinken?», fragt Jeremy

beim Aufstehen. Ich schaue aus dem Fenster. Am Himmel ziehen sich dunkle Wolken zusammen.

«Eher nicht», gebe ich kopfschüttelnd zurück. «Das fällt ins Wasser, glaube ich, und zwar buchstäblich.»

Er folgt meinem Blick. «Ach, komm, so schlimm wird es schon nicht werden. Hey, heute Abend spielt übrigens eine Band in der Schule. Hast du Lust mitzukommen? Ich könnte dir die Einschusslöcher in der Aulatür zeigen ...»

Ich blinzele verwirrt, dann schüttele ich langsam den Kopf. «Äh, nein. Ich will lieber heim. Vielleicht ein andermal.»

«Okay, verstehe.»

Ich höre die Enttäuschung in seiner Stimme, aber er lächelt tapfer, als wir das Restaurant verlassen. Draußen ist es jetzt windiger als zuvor, und ich wickele mich in meine Jacke. Als Jeremy es bemerkt, legt er mir einen Arm um die Schultern und zieht mich an sich. Kurz stockt mir der Atem, und ich schaue ihn an. Er sieht geradeaus, aber seine Wangen sind gerötet. Wahrscheinlich hat er auf diese Gelegenheit gewartet.

Als wir schließlich vor meinem Apartmentkomplex anhalten, schaue ich besorgt durch die Windschutzscheibe zum Himmel. Dort toben jetzt schwarze Wolkenmassen.

«Du siehst besser zu, dass du schnell nach Hause kommst», sage ich. «Dieser Sturm scheint kein Spaß zu werden.»

Er nickt und fährt sich nervös mit der Zunge über die Lippen. Blitzschnell drücke ich ihm einen Kuss auf die Wange, ehe er noch auf die Idee kommt, seinen Mund in Richtung meines Mundes zu bewegen.

Ich bedanke mich für die Einladung, während ich schon

zur Tür rutsche und sie öffne. Jeremy sieht ein bisschen verdattert aus, aber dann lächelt er, nimmt meine Hand und schüttelt sie ungelenk.

«Wir sehen uns dann in der Schule», sage ich mit entschiedener Stimme, um klarzumachen, dass dies unser einziges Date bleiben wird.

Wie's aussieht, dringt mein Hinweis nicht zu ihm durch. «Ich rufe dich an», sagt er.

Dazu sage ich nichts weiter, sondern winke nur, als er endlich wegfährt. Mit einem letzten Blick empor zu den bedrohlich dunklen Wolken eile ich die Stufen zu meiner Wohnung hinauf.

Ich bin noch keine zwei Minuten drin, als das Licht in meinem Schlafzimmer plötzlich flackert. Ich schaue zur Decke, und im selben Moment kracht der erste Donner und dröhnt durch die Wohnung.

Oh, Mist.

Ich hole mehrmals tief Luft und entspanne mich, so gut es geht. Ich habe schon ganz andere Stürme erlebt. Dann zuckt ein greller Blitz auf, gefolgt von Donner, der so laut ist, als würde die Welt untergehen. Ich streife meine Schuhe und mein Kleid ab und krame aus der untersten Schublade eine Pyjamahose hervor. Darunter entdecke ich ein altes weißes T-Shirt, völlig zerknüllt. Wenn ich hier schon festsitze, kann ich es mir wenigstens gemütlich machen. Wen interessiert da, ob ich aussehe wie eine Pennerin?

Während ich noch abwäge, ob ich mich besser im Badezimmer – keine Fenster – oder im Bett unter der Decke verstecken soll, dringt ein kräftiges, hämmerndes Knallen an mein Ohr. Es hallt durch den Innenhof, weshalb ich es zunächst für Donner oder den Widerhall von Donner halte.

Doch dann ertönt es noch einmal, lauter. Dazu ruft eine Stimme meinen Namen.

Die Stimme kenne ich.

Und ich kenne auch das Gesicht, das ich regenüberströmt vor mir sehe, als ich die Tür aufreiße.

Die meisten Menschen sehen aus wie eine abgesoffene Ratte, wenn sie voll in den Regen geraten. Smith dagegen sieht aus, als käme er von einem Fotoshooting. Sein dunkelblaues T-Shirt – jedenfalls ist es jetzt dunkelblau, weil es triefend nass ist – pappt ihm am Oberkörper und betont jeden Zentimeter, jede Wölbung seiner Brust- und Bauchmuskeln. Die Haare kleben ihm feucht am Kopf, und erst jetzt bemerke ich, wie lang sie in den sechs Wochen, in denen wir uns kennen, geworden sind. Er sieht jetzt weniger wie ein Soldat und mehr wie ein Schüler aus.

Das Herz sackt mir in die Hose. So fühlt es sich also an, wenn man ohne Fallschirm aus einem Flugzeug springt.

Es ist gar nicht gut, dass er hier ist. Zwischen uns ist kaum ein Meter Luft. Viel zu viel Nähe. Ich kreuze die Arme vor der Brust, und siedend heiß fällt mir ein, dass ich keinen BH unter dem T-Shirt trage.

Ich werfe ihm einen finsteren Blick zu. «Ich könnte dich jetzt fragen, woher du meine Adresse hast.»

Smith erwidert nichts, sondern fährt sich nur mit der Hand durchs nasse Haar. «Ich muss mit dir reden.»

Ich öffne die Tür ganz, bis sie die Wand berührt, und lehne mich mit der Hüfte dagegen. Ich zittere leicht. Eigentlich müsste ich ihn hereinbitten, das wäre höflich. Klug allerdings wäre es nicht. Klug wäre es, ihn wegzuschicken.

«Warum?», frage ich schließlich.

«Ich will dir was sagen», antwortet er und massiert sich mit einer Hand den Nacken.

«Jetzt?»

«Ja.»

Ich schaue zum Himmel. «Schön, aber beeil dich. Ich stehe ungern hier draußen, und erst recht solltest du bei diesem Wetter nicht Auto fahren.»

«Ich breche die Schule ab.»

Fassungslos schaue ich ihn an. «Was? Wieso?»

Ich sehe ihm in die Augen und spüre eine Mischung aus Wut und Verzweiflung in mir hochbrodeln. Seine Lippen sind leicht geöffnet, seine Brust hebt und senkt sich mit jedem Atemzug.

«Du weißt, wieso.» Seine Worte sind kaum mehr als ein leises Knurren.

«Smith ...», setze ich an, verstumme aber sofort wieder. Er durchbohrt mich förmlich mit seinem Blick. Dann neigt er den Kopf leicht zur Seite.

«Willst du mir weismachen, du könntest so weitermachen?»

Ich schlucke. «Ich ... Ich weiß nicht.»

Er macht einen Schritt auf mich zu. «Weil ich es nämlich nicht kann.» Seine Stimme klingt leicht gepresst. «Ich kann dich nicht jeden Tag sehen und dich nicht anfassen. Ich kann nicht dasitzen und dir zuhören, ohne dir auf den Mund zu starren und mir vorzustellen, wie deine Lippen sich um meinen Schwanz schließen. Ich kann nicht allein mit dir in einem Zimmer sein, ohne dich an die Wand zu drücken und meine Hand unter deinen Rock zu schieben, um zu fühlen, wie feucht du bist. Ich will dich, wenn ich dich sehe. So ist das. Und ich halte das einfach nicht mehr aus.»

«Aber dein Abschluss ...»

«Der ist mir gerade scheißegal», fällt er mir ins Wort. «Und dir sollte er auch egal sein.»

«Wie bitte?» Ich blinzele perplex.

«Wann rückst du endlich damit raus, was du willst?»

«Ich ... Keine Ahnung, was ...»

«Jetzt komm schon, Cyn.» Er fährt sich wieder durch die Haare. «Hör doch mal nicht immer nur auf deinen Verstand.»

Mir klappt fast die Kinnlade herunter. Ich schüttele den Kopf. Ein Schwall heißer Wut steigt in meiner Brust auf; gleich explodiere ich.

«Weißt du was? Schön. Dann tu es doch, schmeiß die Schule hin. Tu das, was ich auch schon tun wollte – aufgeben. Aber dann bist du der Verpisser. Dann bist du derjenige, der den Schwanz eingezogen hat.»

Am liebsten möchte ich ihm eine donnern. Oder ihn wenigstens durchschütteln. «Und ich Depp habe dich auch noch verteidigt! So eine Zeitverschwendung. Du denkst nur an dich, alle anderen sind dir egal. Und es ist dir auch egal, ob du dein Leben wegschmeißt. Klar, deine Eltern waren kein gutes Vorbild, aber dich interessiert gar nicht, ob du vielleicht anders oder womöglich besser bist als sie. Oder besser als die Typen, mit denen du rumhängst.»

Ich verschränke die Arme und hebe den Kopf. «Es ist zum Kotzen, der einzige Mensch in deinem Leben zu sein, der sich etwas Besseres für dich wünscht. Genau das tue ich nämlich, Smith. Ich glaube an dich. Du hast etwas Besseres *verdient*.»

Und das gibt Smith den Rest.

Zielgenau finden seine Hände meine Taille, und ohne zu zögern zieht er mich fest an sich. Wie von selbst schlingen sich meine Arme um ihn, wobei mir so was von egal ist, dass er trieft vor Nässe. Smiths Kuss ist wie ein Feldzug, als wäre er auf der Jagd nach etwas, das ich gefälligst herauszurücken habe. Falls dieses Etwas ein wimmerndes Stöhnen ist, bekommt er es sofort. Ich öffne den Mund, und er zögert keine Sekunde, ihn zu erobern.

Nichts an dieser Eroberung ist zärtlich – sie ist schnell, herrisch, fast gewaltsam. Seine Zunge drängt zwischen meinen Lippen hindurch, auf der Suche nach meiner. Willenlos kralle ich die Finger in seine Schultern, während er eine Hand knapp über meinen Po presst. Tief in meinem Unterleib regt sich heiße Lust und strömt langsam in alle Richtungen. Ich muss mich zwingen, ihn loszulassen, und weiche ein Stück zurück.

«Smith ...», keuche ich, als ich mein Gehirn und meinen Mund wieder so weit im Griff habe, dass ich mich artikulieren kann.

Weiter komme ich nicht, denn er geht schon wieder zum Angriff über und nimmt meine Unterlippe sanft zwischen die Zähne.

«Lass mich», flüstert er an meinem Mund und liebkost ihn gleich darauf mit der Zunge, damit ich ihn wieder öffne. «Lass mich. Bitte.»

Vielleicht ist es das Wörtchen «bitte». Vielleicht ist es der Regengeruch seiner Haut. Was auch immer es ist, ich ziehe ihn in die Wohnung und werfe die Tür hinter ihm zu. Kaum ist sie zu, presst er mich schon dagegen und drängt sich an mich. Sein Drängen lässt keinen Zweifel daran, wie sehr er mich will. Wie sehr er *es* will. Hart berührt Weich, und wir stöhnen beide auf.

Dann schiebt er seine Hände in meine Haare und drückt mir den Kopf in den Nacken. Sanft streift er mit seinen Lippen meinen Kiefer, knabbert dann an meinem Hals. Als sein Mund mein Ohr erreicht, weiß ich, dass ich diesem Mann erliegen werde. Nichts hat jetzt noch eine Bedeutung außer der Tatsache, wie wahnsinnig gut sich das hier anfühlt und wie sehr ich mich danach sehne.

«Alles, was ich will», raunt mir Smith ins Ohr, wobei sein warmer Atem an meinem Hals kitzelt, «ist dich spüren. Dich schmecken. Alles mit dir machen, was du mich lässt. Ich musste einfach hierherkommen, Hyacinth, ich konnte nicht anders.» Mit diesen Worten beißt er mir sanft ins Ohrläppchen. Ich wölbe mich ihm entgegen, die Tür immer noch im Rücken, und drücke mich an seine feste, breite Brust. Meine Hände wandern über seine Schlüsselbeine, ertasten die Muskeln seiner Brust, die sich bei meiner Berührung anspannen. Ich muss diese Muskeln noch einmal sehen, und diesmal ohne aufgesprühte Farbe.

«Zieh das Shirt aus», keuche ich mit einer Stimme, die unmöglich meine eigene sein kann.

Ich ziehe den Saum hoch, und Smith lässt mich nicht lange warten. Einhändig zieht er sich mit einem Ruck den nassen Stoff über den Kopf.

Der Wahnsinn!

Er ist noch göttlicher als in meiner Erinnerung. Seine Haut ist glatt und gebräunt, seine athletische Figur so atemberaubend wie an dem Abend, als wir uns zum ersten Mal begegnet sind. Hier in meinem eigenen Wohnzimmer wirkt sie sogar noch atemberaubender. Das Unwetter draußen ist nichts verglichen mit dem Sturm, der sich gerade in mir zusammenbraut, besonders zwischen meinen Beinen.

«Jetzt du», sagt er mit schräg gelegtem Kopf und stemmt seine Arme rechts und links von mir gegen die Tür.

Aber ich bin immer noch viel zu fasziniert von seinem Körper und streiche mit den Fingerspitzen über die hervortretenden Muskelstränge seines Sixpacks. Smith strahlt eine unerklärliche Hitze aus, die tief von innen zu kommen scheint.

Dann wird mir klar, was er eben gesagt hat. Ich sehe ihn an, fast schüchtern. «Ich ... Ich habe nichts drunter.»

Sein Mundwinkel schnellt nach oben, und da ist es wieder, dieses anzügliche, sexy Lächeln. Er beugt sich zu mir hinab und drückt seinen Mund auf mein Schlüsselbein. Kurz spüre ich seine Zunge auf meiner Haut. Und noch einmal. Ich seufze auf.

«Ich hatte auch nichts drunter», haucht er mir auf die Schulter. «Und falls es dir entgangen sein sollte – dein T-Shirt ist ein bisschen nass geworden. Viel verdeckt es nicht mehr.»

Ich blicke an mir herab. Er hat recht – mein T-Shirt ist fast so nass wie seins und vorne so gut wie durchsichtig. Ich sehe aus, als wollte ich an einem Wet-T-Shirt-Contest teilnehmen.

Ich sehe ihm wieder in die Augen, sehe seinen leuchtenden Blick – und ziehe mir das T-Shirt über den Kopf.

«Wow», murmelt er und tut gar nicht erst so, als würde er nicht jeden Zentimeter meiner nackten Haut anstarren. Ich lehne mich an die Tür. Kurz weiß ich nicht, wohin mit meinen Händen, dann tue ich das Naheliegende: Ich greife in die Vordertaschen seiner Jeans und ziehe ihn an mich.

Seine heiße Haut auf meiner, die vom nassen Stoff noch kühl ist, fühlt sich göttlich an. Ihm entfährt ein Zischen, als sich unsere Oberkörper berühren, dann schmiegt er seine Hand an meine Wange und küsst mich leidenschaftlich. So leidenschaftlich, dass ich fast nicht mehr weiß, wie ich heiße.

«Du bist so verdammt schön», murmelt er und lässt seine Zunge wieder in meinen Mund gleiten. Smiths Zungenspiel erinnert mich an das, was ich mir wünsche, seit ich weiß, was ein Kuss ist: dass der andere meinen Kuss braucht wie die Luft zum Atmen. Genau dieses Gefühl – und mehr – habe ich bei Smith.

Als seine Hände von meinem Gesicht zu den Schultern gleiten, lege ich meine Hände auf seine und leite sie mit sanftem Druck weiter nach unten auf meine Brüste. Kaum spürt er, was ich tue, verändert sich etwas in ihm. Es wirkt fast, als hätte er erst meine Erlaubnis abgewartet, mich dort anzufassen.

Jetzt hat er die Erlaubnis. Und er nutzt sie. Und wie er sie nutzt.

«So habe ich es mir vorgestellt», sagt er mit belegter Stimme, während er mit den Handflächen leicht meine Brüste massiert. Meine Nippel werden so hart, dass es fast schmerzt. Doch das reicht ihm noch nicht, und mir auch nicht. Ich wimmere fast, als er statt der Handflächen die Finger nimmt. Ganz sanft kneift er in meine Brustwarzen, während er mir weiter ins Ohr flüstert.

«In meinem Kopf habe ich dich genau so vor mir gesehen.»

«Ja?» Meine Stimme ist kaum mehr als ein klägliches Quieken.

Er nickt. «Oh ja. Jedes Mal genau so.»

Federleicht beißt er mir ins Ohrläppchen. «Jedes Mal warst du oben ohne und nass, hast dich an mir gewunden. Seit anderthalb Monaten stelle ich mir jeden Abend vor, wie ich hierherkomme.»

Seine Lippen streifen meinen Hals, dann richtet er sich auf, um mir in die Augen zu sehen. «Baby, jedes Mal, wenn ich es mir gemacht habe, habe ich immer nur dich gesehen. Dein Gesicht, deinen Körper.»

Gütiger. Gott.

Ein erstickter Schrei entweicht mir, als er seinen Mund auf das weiche Fleisch meiner Brüste senkt und ihn dann knapp über einem meiner aufgerichteten Nippel schweben lässt.

«Sag mir, dass du es willst», sagt er und sieht mir dabei wieder fest in die Augen.

Ich bin sicher, dass das Verlangen in meinem Blick Bände spricht, aber er will es mich sagen hören. Und ich will es ihm sagen.

«Ich will es.»

Ich verschlucke mich fast an dem Schrei, der mir entfährt, als er meine Brustwarze in den Mund nimmt und fest daran saugt. Das hier ist kein zärtliches Vorspiel. Er muss mich nicht mehr heiß machen, und er weiß es. Ich bin bereit. Ich bin es seit dem Tag, an dem wir uns getroffen haben.

«Ja», dringt es stöhnend aus meiner Kehle, während ich meine Finger in seinen Haaren vergrabe und das Gefühl genieße.

«Gott, Hyacinth», murmelt er und küsst mich zwischen den Brüsten, bevor er sich über meinen anderen Nippel hermacht. «Du schmeckst so unglaublich gut, Baby. Aber das wusste ich. Ich wusste die ganze Zeit, dass du köstlich schmecken würdest. Ich könnte süchtig nach dir werden.»

Ich sage nichts, aber jedes seiner Worte, jede seiner Bewegungen scheint direkt zwischen meine Beine zu dringen, an den Ort, wo ich so furchtbar bedürftig bin, wo mein Verstand machtlos ist. Den feuchten Ort, der es seit einer gefühlten Ewigkeit kaum erwarten kann, ihn endlich zu empfangen.

«Bitte!», rufe ich leise, nicht zum ersten Mal. Worum bitte ich ihn eigentlich? Ich weiß es nicht. Ob Smith es weiß? Keine Ahnung, spielt auch keine Rolle. Hauptsache, wir wollen dasselbe. So wie jetzt, als er meine Beine an den Knien umgreift und mich hochhebt.

«Schling deine Beine um mich», weist er mich an. Er streicht mir die Haare nach hinten und gibt mir einen langen Kuss. «Wo kann ich dich hinlegen? Ist das in Ordnung?»

In Ordnung? *Ob das in Ordnung ist?*

Ich will lachen oder schreien, aber stattdessen nicke ich nur, beiße mir auf die Lippe und schlinge meine Arme um seinen Hals. So trägt er mich zur Couch. Eigentlich gibt es ja auch noch das Schlafzimmer, aber als er mich hinlegt und meine Taille fasst, spielt das schon keine Rolle mehr. Ob Doppelbett oder Müllcontainer – mir völlig egal. Langsam zieht er meine Pyjamahose nach unten, wobei er mich mit einem Blick fixiert, der so wild ist, dass er mir Angst machen würde, wäre er nicht so heiß.

«Ich habe noch tausendmal an die Nacht im Club gedacht», sagt er und streift mir erst das eine Hosenbein, dann das andere ab. «Ich habe mir vorgestellt, wie es gewesen wäre, wenn du nicht so viel getrunken hättest. Ich hätte dich von oben bis unten abgeküsst, jeden Millimeter deiner Haut, bis ich deinen Geschmack auswendig gekannt hätte. Um ihn mir jederzeit wieder in Erinnerung rufen zu können. Dann hätte ich ihn jedes Mal auf den Lippen gehabt, während ich dich beobachtet habe, als ich dich wollte, aber nicht haben durfte.»

Wow. Dieser Typ ...

Als meine Pyjamahose schließlich auf dem Boden liegt, kommt mir mein Höschen plötzlich sehr winzig vor. Smith zieht seine Jeans aus und lässt sie zu Boden fallen. Ich muss schlucken, als ich die engen schwarzen Boxershorts sehe, die von einer beträchtlichen Erektion ausgefüllt werden.

«Ich will dich zu nichts drängen», sagt er und stützt sich mit den Armen neben meinem Kopf auf die Couch. So schwebt er über mir, zwischen uns nur ein paar Zentimeter Luft, die vor Hitze und purer Lust zu flirren scheint. Es grenzt an ein Wunder, dass ich ihn nicht sofort auf mich herunterziehe.

«Aber ich muss dich heute einfach lecken, Hyacinth», flüstert er mit seinem Mund so nah vor meinem, dass ich seinen Atem nicht von meinem unterscheiden kann. «Ist das okay für dich?»

Was soll ich dazu sagen?

Ich sage einfach: «Ja.»

KAPITEL 14
Grenzen

SMITH STÖHNT lustvoll auf, als er sich mit seinem ganzen Gewicht auf mich legt. Er küsst mich und drückt sich an mich. Oder besser gesagt drückt sich sein Schwanz durch den Stoff seiner Unterhose an meine warme, feuchte Pussy. Ich schließe die Augen, als Smith einen meiner Nippel in den Mund nimmt und ihn mit der Zunge stimuliert – ich fürchte, jeden Moment wahnsinnig zu werden.

«Ja, Smith. Gott!»

Ganz langsam schiebt er seine feuchten Lippen jetzt von meinen Brüsten in Richtung Bauchnabel. Er taucht mit der Zunge hinein, beschreibt mit Küssen einen Kreis um ihn und rutscht dann noch tiefer. Ich sauge die Luft ein, als er seinen Mund gegen den dünnen Stoff des Slips drückt. Genau an meiner empfindlichsten Stelle.

«Ja», keuche ich und kralle mich in seine Haare. Ihn scheint das nicht zu stören, eher scheint ihn meine Aufwallung anzufeuern. Behutsam schiebt er den Stoff zur Seite und kniet sich zwischen meine Beine. Dann fängt er an zu lecken. Erst außen, dann immer weiter innen. Ich spüre alles – seine Lippen, seine Zunge, den offensichtlichen Genuss, mit dem er mich schmeckt.

«Sag mir», flüstert er, seine Lippen jetzt an meinem Oberschenkel, «dass du es dir genauso oft vorgestellt hast wie ich.»

Ich schlucke, schließe die Augen.

«Sieh mich an, Cyn.»

Mich überläuft ein Schauer, als er mich von dort unten ansieht. Sein Ausdruck ist wild, fast ein wenig brutal, aber auf eine Art, die mich heiß macht.

«Sag mir, dass du genauso geil auf mich warst wie ich auf dich.»

Ich zögere immer noch – und stöhne dann auf, als er, ohne den Blick von mir zu wenden, einen federleichten Kuss auf meine Klit drückt.

«Ja», hauche ich. «Ja, ich war geil auf dich. Und ich bin's immer noch.»

Sein Lächeln ist strahlender als jede Sonne, und als er den Kopf wieder senkt, sehe ich buchstäblich Sterne. In kleinen Kreisen umspielt er mit der Zunge meine Klit.

Smith macht sich über mich her wie ein Verhungernder. Als wäre ich die rettende Nahrung. Fest umfasst er meine Arschbacken mit beiden Händen und leckt an meinen Schamlippen entlang, und ich werde noch feuchter, noch empfindlicher. Dann kehrt er zu meiner Klit zurück, saugt sanft daran, nimmt sie zwischen die Zähne.

Diese kleine Grausamkeit gibt mir den Rest. In mir explodiert ein süßer Schmerz, der mich Worte sagen lässt, die Stoßgebeten ähneln. Ich bitte um Gnade, nur um ihn im nächsten Moment anzuflehen, weiterzumachen. Sein Kopf steckt zwischen meinen Schenkeln wie in einem Schraubstock. Vielleicht tue ich ihm weh, denke ich kurz, aber sein genussvolles Brummen beruhigt mich. Allein dieses Geräusch reicht, um mich noch einmal kommen zu lassen.

Als ich zurück auf die Erde schwebe, scheint alles auf dem Kopf zu stehen. Ich brauche einen Moment, um mich zu orientieren. Anscheinend habe ich mich gedreht, sodass mein Kopf nun nach unten über die Sofakante hängt. Smith umfasst meine Taille und zieht mich hoch in eine sitzende Position. Ich sinke mehr oder weniger an seine Brust und genieße es, dass er mich für ein paar Minuten einfach nur hält. Er atmet genauso schwer wie ich. Sein Herz hämmert an meinen Rippen.

Dann löst er sich von mir und sieht mich schief lächelnd an. «Alles gut?»

Erschöpft nicke ich. Sanft legt er mich nach hinten auf die Couchkissen ab und klettert dann über mich, sodass seine Augen exakt vor meinen sind, wie in einem Spiegel.

«Worauf hast du jetzt Lust?», fragt er, wobei sein Blick zwischen meinen Augen hin und her hüpft.

Wortlos lege ich beide Hände an seine Brust und drücke ihn hoch, bis er kniet und ich vor ihm sitze. Ich kann mich an seinem Körper einfach nicht sattsehen. Eine Sekunde später erkunde ich mit der Zunge seine herrlich glatte gebräunte Haut.

«Habe ich dir in letzter Zeit mal gesagt, wie wunderschön du bist?», frage ich und knabbere an seinem Schlüsselbein. Dann rutsche ich etwas nach hinten, um ihm einen feuchten Kuss auf den Bauch zu drücken.

Smith presst zischend Luft durch die Zähne, worauf ich ihn von unten anlächele. Während ich am Bund seiner Unterhose entlanglecke, legt sich meine Hand vorne um seine Erektion. Ich kann einfach nicht anders. Sein Schwanz ist steinhart und glüht förmlich, selbst durch den Stoff. Dann gleite ich mit der Hand in die Hose und streichele die samtweiche Haut seines Penis. Das Stöhnen, das Smith dabei entfährt, macht mich fast genauso an wie die Berührung selbst.

«Gott, Hyacinth. Baby ...»

Ich höre nicht auf, bedecke seinen Bauch weiter mit Küssen. Dabei rolle ich langsam die Unterhose nach unten und ziehe sie ihm aus. Endlich ist er ganz nackt. Ich lehne mich etwas zurück, um ihn anzusehen. Beim Anblick seines Schwanzes setzt mein Herz ungelogen mindestens drei Schläge lang aus. Er ist groß, viel größer als der von Brent. Dazu diese Muskeln – ein Pin-up-Boy ist nichts gegen Smith.

Er sieht mich intensiv an, voll Verlangen. Ich will ihn spüren heute Nacht, aber ich will auch, dass er *mich* spürt. Er soll sich an jede Sekunde, die wir zusammen sind, erinnern. Ich will, dass er weiß, wie sehr auch ich gerade brenne, hier und jetzt mit ihm.

Ich versuche mich an einem kleinen schmutzigen Grinsen, beuge mich über seinen Schwanz und lecke mit der Zunge genüsslich einmal von unten nach oben an der Unterseite entlang. Smith erzittert so heftig, dass er fast schwankt. Ich platziere meine Hände auf seinen Hüften und mache das Gleiche noch einmal, diesmal jedoch lecke ich zum Abschluss noch ein paarmal um seine Eichel.

Er nimmt meinen Kopf in die Hände, und ich öffne willig den Mund. Sein Schwanz fühlt sich warm auf meiner Zunge an; der Geschmack ist leicht salzig und berauschend männlich. Mit einer Hand umfasse ich das untere Ende seines Schafts, der Rest verschwindet tief in meinem Mund.

«Oh, fuck ... Ja ...» Er vergräbt die Finger in meinen Haaren. Abwechselnd lecke und sauge ich an seinem Schwanz, lasse mal ihn die Führung übernehmen und übernehme sie dann wieder selbst. Dann verlangsame ich das Tempo, lecke einmal bis zur Wurzel hinab, dann wieder nach oben und beschreibe schließlich einen perfekten Kreis um seine Schwanzspitze.

Nicht im Traum hätte ich gedacht, dass ich es einmal so genießen würde, einem Mann einen zu blasen.

Dann spüre ich an Smiths Griff in meinen Haaren, wie er meinen Kopf vorsichtig zurückzieht. «Scheiße, Baby, du musst aufhören ...»

Ich stöhne und will seinen Schwanz nicht hergeben, will *ihn* nicht hergeben. Keine Chance. Kraftvoll zieht er mich hoch und küsst gierig meinen Mund. Ohne große Mühe wirft er mich auf den Rücken und legt sich auf mich, wobei sich sein harter Schwanz zwischen meine Schenkel schiebt. Ich winde mich, um ihn besser zu spüren, und gebe dabei einen leise wimmernden Laut von mir, der ihm ein verruchtes Grinsen entlockt. «Ich liebe dein geiles Winseln.»

Dann rutscht er ein Stück nach unten, bis meine Brüste auf Höhe seines Gesichts sind. Ich will protestieren und ihn wieder nach oben ziehen, aber schon umkreist seine Zunge meinen Nippel.

Mein Protest löst sich in Luft auf, stattdessen stöhne ich laut auf.

«Ich könnte ewig so weitermachen. Dich schmecken, deine Haut. Dich anmachen und spüren, wie du immer feuchter wirst, immer bereiter.»

Dann saugt er an meinem anderen Nippel, drückt ihn mit der Zunge an den Gaumen, und mir kommen fast die Tränen, weil es sich so verdammt gut anfühlt. Ich bäume mich auf, will mich an ihn drücken, aber er entschwindet nach unten. Er küsst meine Rippen, rutscht tiefer, küsst mich ganz knapp unterhalb des Nabels.

«Bitte ... Ja ...»

Mein Flehen ist peinlich, aber das ist mir egal. Wenn er es mir nicht sofort noch einmal mit der Zunge macht, sterbe ich.

«Mm.» Er küsst mich zärtlich direkt über der Klit. «Ich will dich nur noch einmal schmecken, danach ficke ich dich. So, wie du es brauchst. Was meinen Sie dazu, Miss Hendricks?»

Wie zum Teufel kann sich etwas so verlockend anhören und dabei so falsch sein?

Aber mir bleibt keine Zeit, darüber nachzudenken, denn schon senkt er wieder den Kopf.

«Oh Gott, ja!»

Ein ersticktes Lachen ertönt zwischen meinen Beinen. Er verändert leicht die Position, verwöhnt meine Klit mit schnellem Zungenschlag und saugt zwischendurch daran. Dann dringt er mit einem Finger in mich ein.

«Gefällt dir das?», fragt er undeutlich. Dann leckt er langsam einmal die ganze Länge meiner Pussy ab. Ich bäume mich ruckartig auf, kann meinen Körper kaum noch kontrollieren. Als er dem ersten Finger einen zweiten hinzufügt und mit dem freien Arm mein Becken fixiert, schwinden mir fast die Sinne. Ich stöhne und wimmere und heule.

«Willst du noch mal kommen, Baby?»

Ich nicke und spüre sofort, wie sich die Welle des nächsten Höhepunkts in mir aufbaut. Ich muss mich zusammenreißen, um nicht wild um mich zu schlagen.

«Lass dich gehen, Hyacinth», keucht er. «Komm für mich.»

Dann krümmt er seine Finger in mir, und ich komme. Nein, ich explodiere. Wogen aus Licht und Farben überrollen mich. Ich kralle mich in Smiths Haare und schreie seinen Namen.

Nichts hat sich je besser angefühlt.

Nichts war je zwingender.

Als ich halbwegs wieder ins Hier und Jetzt zurückgefunden habe, sehe ich ihn frech zwischen meinen Beinen grinsen. «Und? Mehr?»

Ich nicke, immer noch orgasmusverzückt, aber mehr als bereit, endlich das zu bekommen, wonach ich mich schon die ganze Nacht sehne. Na ja, wohl schon weit länger, wenn ich ehrlich bin.

Smith hebt seine Hose auf und zieht ein Kondom aus der Tasche. Dann beugt er sich über mich, stützt sich mit beiden Armen neben meinem Kopf ab und sieht mir tief in die Augen.

«Ich frage dich jetzt nicht, ob du dir sicher bist», sagt er ruhig, «aber du kannst jederzeit Stopp sagen, und ich höre auf. Ich will, dass du das weißt.»

Ich schüttele den Kopf. «Nein. Mach. Mach weiter!»

Grinsend drückt er mir einen Kuss auf den Mund, bevor er mich mit einer einzigen geschmeidigen Bewegung aufnimmt und ins Schlafzimmer trägt. Vorsichtig lässt er mich auf mein Bett nieder. Er rollt sich das Kondom über, dann legt er sich zwischen meine Beine. Ich spüre ihn, heiß und hart.

Für einen kurzen Moment habe ich das Gefühl, wieder Jungfrau zu sein. Der Sex mit meinem Ex hat mich nie auch nur ansatzweise so erregt. Noch nie war ich so darauf versessen, dass es losgeht. Selbst wenn das Zimmer in Flammen stünde, würde ich jetzt mit Smith schlafen.

«Hyacinth.»

Smith wispert meinen Namen und legt seine Stirn an meine, während sein Schaft über meine Schamlippen reibt. Als er beginnt, in mich einzudringen, halten wir beide den Atem an. Ich beiße mir so fest auf die Lippe, dass ich nicht sicher bin, ob es blutet. Scheiß drauf.

«Gott, bist du eng. Wahnsinn.» Er zieht sich etwas zurück und stößt erneut vor, diesmal kräftiger. Stöhnend wölbe ich mich ihm entgegen. Er nutzt die Gelegenheit, um einen Arm unter meinen Rücken zu schieben. Seine Hand liegt direkt über meinem Arsch. Noch einmal zieht er seinen Schwanz zurück, fast ganz aus mir heraus, nur um sich sofort wieder in mir zu versenken, diesmal mit seiner vollen Länge.

«Oh Gott.» Ich schließe die Augen und versuche, bewusst zu atmen. Zärtlich küsst er mein Gesicht.

«Alles okay?»

Ich öffne die Augen wieder. «Schon sehr okay, aber du darfst dich auch gerne bewegen.»

Er lacht leise und beginnt dann ganz sachte, sich in mir vor und zurück zu bewegen. Dabei wird er langsam schneller. Ich wimmere an seinem Mund.

«Gut so, Baby?»

«Mm.» Ich winde mich unter ihm. «Härter. Stoß zu.»

Seine Antwort ist ein kehliges Stöhnen. Es scheint, als habe er nur auf diesen Wunsch gewartet. Er gleitet zurück, bis ich die Leere in mir kaum noch ertrage, dann stößt er tief und kraftvoll zu und drückt meine Hüfte in die Matratze. Ich schreie leise auf und klammere mich an seinen schweißfeuchten Rücken, während er wieder und wieder zustößt.

«Du hast keine Ahnung, wie sehr ich das hier schon die ganze Zeit gewollt habe.» Halb stöhnt, halb murmelt er es mir ins Ohr. «Im Unterricht habe ich an nichts anderes denken können als daran, wie ich dich aufs Pult lege, mich hinter dich stelle und dir den Rock hochziehe. Oder beim Nachsitzen, da hätte ich dich am liebsten im Stehen an der Wand genommen, deine Beine um meine Hüfte geschlungen. In meiner Vorstellung habe ich dich in jeder Stellung gefickt, in der ein Mann eine Frau ficken kann. Aber selbst in meiner Phantasie war es nie so geil wie jetzt.»

Während ich ihm zuhöre und mir jede Szene in allen Details ausmale, habe ich das Gefühl, dass mein Verstand zunehmend von einem warmen Nebel eingehüllt wird. Mit jedem Stoß breitet sich ein Prickeln über meinen ganzen Körper aus.

«Ich komme gleich», presse ich wimmernd hervor.

Smith beschleunigt seine Stöße noch etwas, und das Gefühl seines in mir vor- und zurückgleitenden Penis ist einfach unendlich geil.

«Gott, du wirst immer enger», keucht er atemlos.

Er kitzelt mein Ohrläppchen mit der Zunge, bevor er sanft hineinbeißt. Während der nächste Höhepunkt in mir aufwallt, grabe ich meine Nägel in Smiths Rücken. Dann zerreißt es mich, noch stärker als davor. Sollte ich mich später noch an irgendwas erinnern, dann daran: wie ich aufschluchze und ihn anflehe und er immer schneller und hemmungsloser zustößt, mit einer männlichen Wildheit, die mich so unglaublich antörnt. Als er schließlich mit einem unterdrückten Schrei tief in mir kommt, klingt es wie eine Erlösung.

Er bleibt noch ein paar Minuten in mir. Selig liege ich da und streichele seinen Rücken und seine Schultern, während er mit einer meiner Haarsträhnen spielt. Wir atmen beide schwer, und ich frage mich, ob wir wohl in dieser Position einschlafen könnten.

«Immer noch alles gut?», fragt er schließlich und stemmt sich hoch, um mich anzusehen.

Ich nicke und fühle mich wieder etwas schüchtern. «Immer noch alles großartig, ehrlich gesagt.»

Smith grinst breit, steht dann auf und geht ohne Eile ins Bad. Fasziniert starre ich seinem nackten Prachtarsch hinterher. Dann versenke ich mein Gesicht im Kissen und seufze zufrieden.

«Versteckst du dich?», fragt er, als er zurückkommt und mich so sieht.

Ich hebe den Kopf. «Nein, ich kann nur nicht aufhören zu grinsen und will das Kissen daran teilhaben lassen.»

Er kommt übers Bett zu mir gekrabbelt und zieht die Decke über uns.

«Heißt das, du bleibst über Nacht?», frage ich, als er eine Seite der Decke unter meine Schulter steckt, um mich gut einzupacken.

Stirnrunzelnd sieht er mich an. «Ja. Also, wenn das okay ist ...»

Ich nicke und lasse den Kopf aufs Kissen sinken. Dann sehe ich ihm dabei zu, wie er es sich neben mir bequem macht. Der Gedanke daran, dass er hier übernachtet –

hier, neben mir, in meinem Bett –, macht mich einerseits schwummrig vor Freude, andererseits macht er mir Angst. Wobei die Freude wohl doch leicht überwiegt.

Ich schließe die Augen und versuche, bewusst langsam zu atmen. Keine fünf Sekunden später spüre ich Smiths Arm an meiner Hüfte. Er zieht mich näher zu sich heran. Als ich die Augen öffne, sind unsere Gesichter nur Zentimeter voneinander entfernt. Nachts sind seine Augen sogar noch blauer als am Tag.

«Hey», haucht er mir sanft zu.

Ich lächele, fast verlegen, und schmiege meine Hand an seinen Hals. «Selber hey.»

Er lächelt zurück. Nur Sekunden später schließt er langsam die Augen. Es scheint, als ob er gegen den Schlaf ankämpfen würde. Ich betrachte seine Lider, die kaum merklich zucken, dann streiche ich ihm über die Wange. Seine Haut fühlt sich einfach herrlich an.

Der ganze Mann fühlt sich herrlich an!

Und mehr noch: Es fühlt sich so an, als würde er hierhergehören. Hierhin an meine Seite.

Schluss damit jetzt. Wenigstens einmal im Leben will ich eine Sache nicht gleich zergrübeln. Ich will gerade einfach nicht über Richtig und Falsch nachdenken. Ich will einfach nur einschlafen und neben dem Mann liegen, von dem ich mich so krampfhaft versucht habe fernzuhalten.

*

Der neue Tag bricht strahlend an und birgt unendliche Möglichkeiten. Jedenfalls empfinde ich es so, als ich die Augen aufschlage und Smiths Kopf auf dem Kissen neben mir sehe.

Ich atme ruhig und gleichmäßig, während ich den halbnackten Mann betrachte, der halb in meine Decke eingewickelt neben mir liegt. Letzte Nacht war ein Geschenk Gottes. Etwas, das ich so nie hätte planen können. Kann sein, dass die Sache kompliziert ist. Aber heute Morgen fühlt sich «kompliziert» unerklärlicherweise fast wie «perfekt» an.

Smiths Lider zittern, bevor er die Augen aufschlägt. Sein Blick ist warm, als er mich entdeckt.

«Guten Morgen.» Seine Morgenstimme klingt heiser und sehr sexy. Wie könnte es anders sein? *Natürlich* klingt seine Morgenstimme heiser und sehr sexy.

«Guten Morgen», flüstere ich.

«Wie viel Uhr ist es?», fragt er und streicht mir eine Locke aus dem Gesicht. Ich nehme mein Handy vom Nachttisch und schaue aufs Display.

«Fast acht.»

Er stöhnt genervt auf und rollt sich über die Bettkante, um aufzustehen. Ich ertappe mich dabei, wie ich mich schon darauf freue, gleich wieder seinen perfekten Körper zu sehen, mit nichts weiter bekleidet als mit einer Unterhose.

«Mist, ich habe einem Freund versprochen, ihm heute Morgen bei ein paar Sachen zu helfen.» Er reibt sich über die Stirn. «Ich hätte mir den Wecker stellen sollen.»

Dann beugt er sich noch einmal zu mir herunter und stützt die Arme auf die Matratze. Sein Gesicht kommt meinem schon wieder gefährlich nahe. «Wobei – so mit verwuschelten Haaren siehst du auch ziemlich sexy aus. Lieber würde ich ja noch mal mit dir vögeln. Und diesmal wirklich all die Stellungen ausprobieren, die ich mir mit dir vorgestellt habe.»

Oh ja. Bitte, bitte, bitte.

Ich knie mich hin und lege die Hände auf seine Schultern. Ich weiß genau, was ich jetzt will, wonach mein Körper verlangt.

«Kann ich dich nicht davon überzeugen, noch ein bisschen zu bleiben?» Ich flüstere die Worte ganz leise, aber Smith hört genau, was ich sage.

Er seufzt – oder ist es ein Stöhnen? – und legt dann seine Stirn an meine. «Ich würde gern bleiben, Baby. Wirklich gern. Aber es geht nicht.»

Er drückt mir einen Kuss auf den Mund. Erst ist die Berührung ganz zart, wird dann aber fordernder, als er sich vor mir aufs Bett kniet. Er spielt mit der Zunge an meinen Lippen, bis ich nachgebe und sie öffne. Gleichzeitig legt er seine Hände um meine Brüste. Ich stöhne leise auf.

«Oh Mann.» Er streicht mit den Daumen über meine Nippel, was direkt zur Folge hat, dass sich meine Fingernägel in seine Schultern graben.

«Geh nicht», murmele ich an seinem Mund.

Ein frustrierter Laut dringt aus seiner Kehle, dann bricht er den Kuss ab. Mit einem traurigen Lächeln rutscht er vom Bett.

«Du bist ein ganz schlechter Einfluss», tadelt er mich und wackelt dabei so übertrieben mit dem Zeigefinger, dass ich lachen muss. Er geht in den Flur, um sein T-Shirt zu suchen.

Ein Brummen ertönt, und ich sehe mich um. Es ist sein Handy, das auf dem Boden liegt.

«Hey, du hast eine SMS oder so», rufe ich und hebe es auf.

Und dann schaue ich aufs Display.

JD FENTON: Hey, Asher. Alter, wo bleibst du?

Für einen Moment kann ich mich nicht bewegen. Nach dem Vorfall im Lehrerpausenraum dachte ich, Smith hätte JD die Freundschaft gekündigt oder würde sich wenigstens von ihm fernhalten. Weil er gewalttätig ist. Gewalttätig auch gegenüber Frauen – gegenüber *mir*. Ist Smith das etwa egal?

Ich koche vor Wut, schnappe mir mein Kissen und drücke es mir fest an die Brust. Mir fehlen die Worte. Smith kommt zurück, jetzt vollständig angezogen. Ich starre ihn an.

Stirnrunzelnd fragt er: «Was ist los?»

«Ich ... Ich habe die Nachricht gelesen», stammele ich.

«Aha? Okay ...»

Ich gebe ihm das Handy. Ein Blick darauf reicht, damit er versteht. Er fährt sich mit der Hand durchs Haar. «Hyacinth ...»

«Ist er der besagte Freund?», frage ich leise.

«Ja», antwortet er und schiebt die Hände tief in die Hosentaschen, «aber es ist nicht so, wie du denkst.»

Ich schließe die Augen und fühle mich plötzlich furchtbar nackt und verletzlich. «Dann erklär es mir.»

Es entsteht eine lange Pause. Als ich die Augen wieder öffne, hat Smith den Blick zu Boden gesenkt. «Ich kann nicht. Es tut mir leid.»

«Wieso um alles in der Welt triffst du dich mit jemandem, der mich bedroht hat?», fauche ich ihn an.

Smith starrt weiter zu Boden.

Ich befeuchte meine Lippen, weiß nicht weiter. Am liebsten möchte ich ihn anschreien.

Aber er kommt mir zuvor. Er tritt ans Bett heran und beugt sich auf Augenhöhe zu mir herunter. «Du musst mir vertrauen. Das ... Es gibt einen Grund für alles.»

Ich fasse es immer noch nicht. «Welchen Grund kann es geben, mit jemandem befreundet zu sein, der mir weh tun wollte?»

«Cyn, hör mir zu ...»

«Nein.»

Ich lasse mich nicht noch einmal verarschen. Oh nein! Ich verliebe mich nicht noch mal in einen Typen, der dann feststellt, dass ich ihm nicht wirklich etwas bedeute oder dass ihm andere Dinge wichtiger sind als unsere Beziehung – oder was auch immer das hier ist oder werden könnte.

«Bitte geh jetzt», sage ich langsam und gefasst. Irgendwie schaffe ich es, meine Stimme ruhig zu halten, obwohl in mir ein Sturm der Gefühle tobt.

Für einen langen Moment rührt Smith sich nicht. Dann küsst er mich auf die Stirn. Ich schließe wieder die Augen, anders ertrage ich es nicht. Ich spüre, wie er sich vom Bett erhebt, dann höre ich ihn zur Tür gehen. Ich lasse die Augen so lange zu, bis sich die Wohnungstür geöffnet und geschlossen hat und ich seine Schritte draußen auf der Holztreppe höre. Der Gewittersturm der letzten Nacht hat sich gelegt. Was für eine Metapher, jetzt, da Smith mich verlässt.

Als ich die Augen wieder öffne, sind sie mit Tränen gefüllt. Bevor ich Smith Asher kennengelernt habe, habe ich zum letzten Mal geweint, als mein Vater nach Holly Fields gekommen ist. Meine Tränen um Smith machen mir wieder einmal bewusst, was ich eigentlich längst weiß: Nichts im Leben zieht mich so runter, wie mich von einem Menschen zu verabschieden, der mir viel bedeutet.

Ich lege mich hin und möchte einfach wieder einschlafen. Ich wünsche mir Schlaf ohne Bilder von Smith und seinem Lächeln, ohne Erinnerungen an seine Finger auf meiner Haut. Ich will tiefen, schwarzen Schlaf ohne Träume. Kann es etwas Traurigeres geben, als sich zu wünschen, dass man nicht mehr träumt?

Vielleicht das ferne Aufheulen von Smiths Pick-up, in dem er für immer aus meinem Leben verschwindet.

*

Ich glaube nicht wirklich daran, dass Smith die Schule hinschmeißt. Bis sein Platz am Montag leer bleibt.

Ebenso am Dienstag.

Und Mittwoch.

Am Donnerstag bin ich so weit, dass ich mir Vorwürfe mache, weil er ja meinetwegen alles hingeworfen hat.

Jeremy scheint von meiner Depri-Stimmung nichts mitzubekommen. Am Dienstagmorgen bringt er mir Kaffee, und während wir gemeinsam in der Cafeteria Aufsicht führen, textet er mich mit Sachen zu, die mich so ganz und gar nicht interessieren – sein Trip nach Colorado, den er mit ein paar alten Collegekumpels machen will, und dann ist da noch dieses Motorrad, das er sich seit Monaten kaufen will. Banales Zeug.

Immerhin lenkt er mich etwas von Smith ab, deshalb lasse ich ihn reden.

«Bist du morgen auch als Aufsicht bei dem Basketballspiel?», fragt Jeremy mich am Donnerstag, als wir gerade die Cafeteria verlassen. Ich schüttele den Kopf.

«Mein Praktikum ist in ein paar Wochen vorbei, und ich muss langsam mal meine Abschlussmappe zusammenstellen und abgeben.»

«Ach, komm doch mit.» Er stupst mich mit dem Ellbogen an. «Es ist das Finale. Die Schüler sind schon ganz heiß drauf. Und es ist vielleicht deine letzte große Veranstaltung als Lehrpraktikantin.»

«Ich weiß nicht ...»

«Hey, ich hole dich sogar ab», schlägt er vor. «Um sechs, dann können wir noch eine Kleinigkeit essen gehen und sind um sieben beim Spiel. Es gibt einen reservierten Bereich für die Lehrer, wir müssen uns also keine Sorgen um Plätze machen.»

«Wieso brauchen wir Plätze, wenn wir Aufsicht führen?», frage ich stirnrunzelnd.

Jeremy zuckt mit den Schultern. «Wir Lehrer sind zwar offiziell als Aufsicht da, aber eigentlich geht es nur darum, dass wir umsonst reinkommen.»

Ich lasse meinen Blick durch die Cafeteria schweifen. Es wimmelt von Schülern, von denen die meisten fröhlich schwatzen und lachen. Es wäre schön, sich auch mal wieder so zu fühlen. Mal wieder etwas Spaß zu haben.

«Na gut», sage ich schließlich. «Ich komme mit.»

«Toll. Wo willst du essen gehen? Es gibt da einen neuen Laden, wo sie gute Steinofenpizza machen.»

Ich zucke die Achseln. «Klingt gut.» Vielleicht ist es ein bisschen scheiße von mir, mich von ihm einladen zu lassen, aber was soll's. In meiner momentanen Verfassung wiegen etwas Gesellschaft und Ablenkung schwerer als Moral.

Sofort setzt Jeremy zu einem Vortrag über seine Lieblingspizzasorten an und quatscht davon, dass es in seiner Heimatstadt die besten Frikadellenbaguettes überhaupt gäbe. Ich tue mein Bestes, ihm zuzuhören und an den richtigen Stellen zu lachen und zu nicken. Was tue ich hier eigentlich? Selten habe ich ein Gespräch als so anstrengend empfunden.

Auch später am Tag verbessern sich meine kommunikativen Fähigkeiten kaum, nicht einmal beim Abendessen in Holly Fields. Während Dad immer wieder damit anfängt, wie froh er ist, dass mein Lehrpraktikum nun bald vorbei ist, beschränkt sich mein Gesprächsbeitrag auf stummes Kauen und Schlucken.

«Prinzessin, ich sage ja nur, dass ich viel ruhiger schlafen werde, wenn du nicht mehr an einer Schule arbeitest, an der ständig Polizisten auf dem Gelände sein müssen.»

«Gary, jetzt krieg dich mal wieder ein», grummelt Rocky, während er mit dem Löffel in seinem Kartoffelpüree herumrührt. «Es gefällt dem Mädchen doch anscheinend da.»

«Quatsch», erwidert Dad und zeigt mit der Gabel auf mich. «Dieses Mädchen ist viel zu gut für diese Kriminellen.»

Schließlich finde ich die Sprache wieder. «Daddy, das sind keine Kriminellen, die meisten sind einfach nur Kids. Und viele sind in den letzten Monaten echt aufgeblüht – du wärst überrascht. Du solltest sie nicht so verurteilen.»

«Wie auch immer», schnaubt er. «Trotzdem bin ich froh, wenn du da raus bist.»

Nach dem Abendessen begleite ich Dad zurück in sein Zimmer, wo wir History Channel gucken, während eine Schwester Blut abnimmt. Als er fast eingeschlafen ist, schleiche ich mich aus dem Zimmer und schließe leise die Tür hinter mir.

«Cyn?»

Ich drehe mich um und sehe Wyatt in seinem Rolli den Flur entlang auf mich zukommen. Mich anlächelnd, fummelt er an der Bremse herum und hält vor mir an. «Gehst du?», fragt er.

Ich nicke. «Ja. Dad hat Blut abgenommen bekommen, und du weißt ja, dass er es nicht so mit Nadeln hat.»

Wyatt lacht auf. «Hat er wieder gequietscht wie ein kleines Mädchen?»

«Nein, so schlimm war es nicht. Spritzen sind schlimmer.»

Er schüttelt den Kopf, immer noch glucksend. «Hast du eine Minute Zeit für mich?»

Ich blicke kurz auf die Uhr an der Wand. Schon nach neun, und ich muss morgen um fünf aufstehen. Aber irgendetwas in Wyatts Blick sagt mir, dass es wichtig ist.

«Sicher», sage ich schließlich. «Was ist los?»

«Setzen wir uns irgendwo hin.»

Es dauert eine Zeit, bis seine Hände die Greifreifen gefunden haben und er losrollt, den Flur entlang. Ich folge ihm langsam, ein oder zwei Schritte hinter ihm, und beobachte seine Arme, die sich mit jedem Drehen der Räder anspannen und wieder entspannen. Sie sehen mittlerweile sehr muskulös aus, auch wenn sie vorher schon kräftig waren, wahrscheinlich vom Schlagzeugspielen. In den letzten Monaten hat er wirklich gewaltige Fortschritte gemacht. Erstaunlich, was gute Physiotherapie leisten kann.

Wyatt steuert einen der Aufenthaltsräume an, die wie

ein Wohnzimmer eingerichtet sind, mit Sofas und einem Fernseher. An einem Ende des Zimmers sitzen ein paar Leute und spielen Karten, aber ansonsten ist der Raum leer. Er rollt auf einen Sessel zu und bedeutet mir, mich zu setzen.

«Also, ich möchte dich um einen Gefallen bitten», beginnt er, als ich sitze.

«Oh. Okay, dann mal los.»

Etwas schwerfällig legt er eine Hand in den Schoß, bewegt die Finger und ballt sie dann zur Faust. Er scheint darüber nachzudenken, wie er es am besten sagt. «Ich will hier raus.»

Ich lege die Stirn in Falten. «Heute Abend, oder wie? Sollen wir essen gehen?»

Er schüttelt den Kopf. «Nein, ich meine, *ganz* hier raus. Für immer.»

Ich blicke ihn verdutzt an. «Und was sagen die Ärzte dazu?»

Wyatt atmet geräuschvoll aus. «Angeblich ist mein körperlicher Zustand sehr gut, aber sie machen sich noch Sorgen um die Gehirnschwellung und darum, was passieren könnte, wenn ich allein wäre und es zu einer Entzündung oder so kommen würde. Wenn es nach denen geht, komme ich hier erst in sechs Monaten raus. Frühestens, wohlgemerkt.»

Er fährt sich mit der Hand durch die Haare. «Ich halte es hier nicht mehr aus», sagt er so leise, dass ich ihn kaum verstehe.

Ich rutsche nach vorn und nehme seine Hand. «Wy, es tut mir furchtbar leid, aber ich weiß echt nicht, wie ich dir da helfen soll.»

«Na ja, deshalb ja der Gefallen.» Er senkt den Blick auf unsere gefassten Hände, dann sieht er mir wieder ins Gesicht. «Ich brauche einen Privatlehrer.»

Ich blinzele verwirrt. «Einen Privatlehrer? Wozu?»

«Vielleicht ist Privatlehrer nicht gut ausgedrückt – ich brauche jemanden, der mich bei bestimmten Dingen ... unterstützt. Als ich den Unfall hatte, war ich fast mit dem Herbstsemester am Community College durch, konnte die Kurse aber nicht zu Ende machen. Ich will das nachholen, aber dafür brauche ich jemanden, der mir hilft.»

«Okay ...», antworte ich vorsichtig. «Also was genau müsste ich tun?»

«Du wärst vor allem meine Verbindung zum College. Die Ärzte sollen davon nichts mitbekommen. Mein Plan ist, alles bis Ende des Sommers nachgeholt zu haben, um ihnen zu zeigen, dass mein Gehirn absolut dazu in der Lage ist, Collegekurse zu bestehen. Denn dann werde ich ja wohl auch die alltäglichen Aufgaben bewältigen können, wenn ich allein wohne.»

«Ich müsste also Kontakt zu deinen Dozenten aufnehmen, dir die Unterrichtsinhalte besorgen und solche Sachen?»

Er nickt. «Genau. Und dann bräuchte ich dich noch für die Hausarbeiten. Du müsstest sie einreichen und mir wohl auch beim Tippen helfen. Tippen bekomme ich noch nicht so gut hin, und diese Diktierprogramme hasse ich wie die Pest – die ganze Zeit ‹Komma› und ‹Leerzeichen› sagen nervt einfach nur.»

Ich muss grinsen – auch ich hasse diese Programme.

«Natürlich würde ich dich für alles bezahlen. Ich brauche deine Hilfe. Ich weiß nicht, wen ich sonst fragen könnte.»

Ich beiße mir auf die Lippe. «Und wann müsste das losgehen? Es klingt, als hättest du es eilig.»

«Sofort. Am besten vorgestern. Oder schon vor einer Woche, einem Monat – je nachdem, wann du mich fragst ...»

Ich schüttele den Kopf. «Sorry, Wyatt, aber ich kann nicht. Ich bin fast mit meinem Lehrpraktikum durch und muss mich dringend an meine Abschlussmappe für den Master machen. Und eine fünfundzwanzigseitige Hausarbeit wartet auch noch auf mich.»

Wyatt nickt. Er sieht ziemlich geknickt aus. «Ich verstehe – trotzdem danke.»

«Warte mal ...» Ich setze mich auf und lächele. «Carson.»

«Wer?»

«Carson, meine beste Freundin. Sie ist Nachhilfelehrerin – zwar meistens für Highschoolschüler, aber sie betreut neuerdings auch Studenten vom Community College. Ich wette, sie kann dir helfen. Sie hat ihren Master gerade noch einmal verschoben, deshalb könnte sie wahrscheinlich sogar sofort anfangen. Natürlich muss ich sie erst fragen, aber ich glaube, es könnte klappen.»

Wyatts Gesicht hellt sich auf. «Du meinst, sie würde es machen?»

«Ja, könnte ich mir gut vorstellen. Ich rede heute Abend mir ihr und sage ihr, dass sie dich anrufen soll.»

«Das wäre toll, Cyn, echt. Danke. Vielen Dank!»

Ich drücke noch einmal seine Hand, bevor ich sie loslasse. «Ich will dich glücklich sehen, Wyatt.»

«Ich will glücklich *sein*, Cyn», erwidert er leise.

Ich lächele ihn wehmütig an. «Wollen wir das nicht alle?»

KAPITEL 15
Eyes Wide Shut

AN EINEM normalen Schultag riecht es in der Turnhalle der Franklin School leicht nach Gummi und stark nach Schweiß. Heute Abend riecht man vom Gummi rein gar nichts, dafür drängen sich hier einfach zu viele Menschen. So viele, dass leichte Platzangst in mir aufsteigt.

Überall um mich herum stampfen Fans mit den Füßen auf den alten Holzbänken der Tribüne. Kurze Stöße aus ihren Druckluftträten zerreißen die Luft – und mein Trommelfell. Jetzt weiß ich wieder, warum ich normalerweise nicht zu Sportveranstaltungen gehe.

«Gefällt's dir?» Jeremy grinst zu mir herüber, und ich nötige mir ein Lächeln ab. Was habe ich mir bloß dabei gedacht, heute Abend hierherzukommen? Ja, toll, ich komme mal raus. Ja, ich pflege den Kontakt zu den Kollegen. Und ja, die Steinofenpizza war ziemlich lecker.

Aber der Lärm hier ist unerträglich und stresst mich mehr als erwartet. Ich muss hier raus. Kurz bevor ich Jeremy anlüge, dass ich noch mal kurz zum Auto muss, fällt mir siedend heiß ein, dass er mich ja abgeholt hat.

«Ich laufe mal kurz rüber in meinen Kursraum», brülle ich ihm ins Ohr. «Ich habe meinen USB-Stick liegen lassen. Den brauche ich am Wochenende.»

Dann schlängele ich mich durch die überfüllten Reihen der Tribüne nach unten aufs Parkett, wo Dutzende Zuschauer zusammengequetscht die Hallenwände säumen. Eilig gehe ich an der Kapelle der gegnerischen Schule vorbei, die gerade zu ihrer ganz eigenen Interpretation von «Crazy Train» ansetzt. Dann liegen auch die Umkleiden und das Foyer hinter mir, und das Wummern in meinem Kopf lässt etwas nach. In der Schule ist es angenehm dunkel, auch das hilft.

Ich schließe meinen Kursraum auf und schlüpfe hinein. Außerhalb der regulären Schulzeiten darf ich wahrscheinlich gar nicht hier sein, aber egal. Ich genieße die völlige Stille. Bis mein Blick auf Smiths Tisch in der hintersten Reihe fällt.

Ich hätte mich bei Officer Rains nach ihm erkundigen können – das wäre durchaus okay gewesen, schließlich ist er nach wie vor in meinem Kurs. Aber ich war zu feige.

Ein paar Minuten sitze ich einfach nur an meinem Pult und hänge meinen Gedanken an Smith nach. Ich sollte zurück in die Turnhalle gehen, aber die Stille hier ist so viel angenehmer als der Krach und die aggressive Atmosphäre des Spiels.

Ich fühle mich schlecht, dass ich Jeremy überhaupt zugesagt habe. Er ist ganz offensichtlich immer noch interessiert an mir.

Die Wahrheit ist, dass ich natürlich gehofft habe, Smith würde zum Spiel kommen.

Und jetzt bin ich enttäuscht, dass er es nicht getan hat.

Und genau in diesem Moment schaue ich aus dem Fenster und sehe im Schein der Laternen Smiths Pick-up auf dem Lehrerparkplatz stehen.

Er ist doch gekommen. Meinetwegen. Ich wusste es.

Über das, was ich dann mache, denke ich nicht groß nach. Ich bin längst durch den nächsten Ausgang hinaus in die kühle Nacht gesprintet, als mir auffällt, dass ich mich wahrscheinlich gerade aus dem Schulgebäude ausgeschlossen habe. Das lässt mich immerhin eine halbe Sekunde zögern, dann richte ich den Blick wieder auf Smiths Wagen.

Was soll's.

Beim Näherkommen sehe ich, dass der Pick-up neben einem roten Mustang steht. Die Fahrertür des Pick-ups geht auf, und Smith springt heraus. Es ist das erste Mal seit unserer gemeinsamen Nacht, dass ich ihn sehe. Mein Herz krampft sich zusammen. Er schlägt die Tür wieder zu und lehnt sich mit dem Rücken daran. Am liebsten würde ich sofort zu ihm laufen, aber ich halte mich noch im Dunkeln. Jetzt steigt auch der Fahrer des Mustang aus.

Plötzlich gefriert alles in mir zu Eis – mein Atem, mein Blut, mein Herz.

JD Fenton wirkt noch massiger und breiter als in meiner Erinnerung. Er geht auf Smith zu, und sie begrüßen sich mit einem Fistbump. Beim Anblick des grinsenden JD ekelt es mich.

«Hast du die Ware?», fragt Smith.

JD zieht ein Plastiktütchen aus der Gesäßtasche und gibt es ihm. «Ich hab ja gesagt, dass ich liefere. Wenn du mehr brauchst, weißt du, wo du mich findest.»

Smith nickt und öffnet dann die Tüte, um den Inhalt zu untersuchen. Viel kann ich aus der Entfernung nicht erkennen, aber es ist ganz sicher kein Gras – es sei denn, sie bauen Marihuana jetzt in Form kleiner weißer Pillen an.

Zorn brodelt in mir hoch, heiß und zäh, nicht wie kochendes Wasser, sondern eher wie Lava. Ohne weiter nachzudenken, trete ich aus den Schatten hervor und stürme auf die beiden zu. In beiden Gesichtern zeichnet sich die gleiche erschrockene Überraschung ab, die sich bei JD allerdings sofort zu einem gemeinen Grinsen wandelt.

«Was macht die denn hier?», zischt er Smith zu.

Jetzt erst sehe ich, dass JD entweder betrunken oder high ist, vielleicht auch beides. Er schwankt einen Schritt auf mich zu. Seine Augen sind blutunterlaufen. Smith sieht mich stinkwütend an, und ich bereite mich innerlich auf seine Wut vor. Aber seine Augen lassen mich stutzen; ihr dunkles Blau ist so durchdringend wie immer, aber er schaut mich irgendwie verzweifelt an. Panisch.

«Was soll das werden?», fahre ich ihn an und zeige dabei auf JD. «Glaubst du, Drogen sind die Lösung?»

Smith macht einen Schritt auf mich zu. Seine Kiefer sind zusammengepresst. «Zurück ins Gebäude, verdammt», knurrt er drohend. «Sofort.»

Ich schaue zu JD, der leicht wankt und mich immer noch angrinst. Das macht mich rasend. Ich gehe auf ihn zu. «Du hast auf dem Schulgelände nichts verloren, JD, du bist von der Schule geflogen. Muss ich wirklich die Polizei holen?»

JD wirft den Kopf zurück und bekommt sich gar nicht mehr ein vor Lachen. Als er mich wieder ansieht, ist sein

Blick voll Hohn und Spott. «Sie können mir einen Scheiß, und das wissen Sie.»

Smith reißt mich am Arm. «Hau ab hier, Cyn, bitte», flüstert er zischend. Dann hebt er die Stimme, sodass JD ihn hört. «Ich brauche keine verdammte Praktikantenschlampe, die sich in mein Leben einmischt!»

«Schon komisch, wie sich die Dinge ändern», lallt JD. «Asher hat dir neulich den Arsch gerettet, aber jetzt bist du dran.»

Ich funkele erst ihn an, dann Smith. «Ich hole deinen Bruder», zische ich ihm zu.

«Scheiße, Cyn, nein!» Smith will mich festhalten, aber ich entwische ihm und renne los.

«Fuck! Ich krieg dich, du kleine neugierige Schlampe», grölt JD. Sekunden später höre ich einen Motor aufheulen und Reifen quietschen. Ich laufe noch schneller. Ich schaffe es bis zum Rand des Parkplatzes, dann erfassen mich die Scheinwerfer und tauchen mich in helles Licht. Ich wirbele herum und kneife die Augen zusammen. Warum auch immer, aber die Scheinwerfer sehen gar nicht wie zwei Scheinwerfer aus. Sie sehen aus wie eine einzige Lichtquelle. Wie eine helle Taschenlampe. Oder ein Güterzug.

Er wird mich doch nicht überfahren, oder? Allerdings ist er betrunken oder high – wer weiß, wozu JD Fenton in der Lage ist ...

Ich höre das gedämpfte Blubbern des Mustang, dann quietschende Reifen, als JD aufs Gas tritt und der Wagen auf mich zugeschossen kommt.

«Hyacinth!», brüllt Smith.

Er rennt auf mich zu. Ich bin wie gelähmt, weiß nicht,

in welche Richtung ich laufen soll. Unsere Blicke treffen sich, und das Entsetzen in seinen Augen macht mir mehr Angst als alles andere.

Ich sehe nicht den Mustang.

Ich sehe Smiths Augen.

Da ist das Gefühl, von etwas erfasst zu werden, das Gefühl, dass etwas bricht. Es fühlt sich an, als würden Atem und Leben aus mir herausgeschleudert. Dann ist da nur noch Luft um mich herum. Ich höre noch alles, aber die anderen Sinneseindrücke sind verstummt.

Das ändert sich, als ich auf dem Boden aufschlage. Alle Sinne brüllen plötzlich vor Schmerzen auf.

Sofort ist Smith neben mir, presst seine Hand auf meinen Kopf. Ich höre noch das Röhren des Mustang, der sich schnell von meinem zerschlagenen Körper und Smiths panischer Stimme entfernt.

«Cyn, kannst du mich hören? Verdammte Scheiße!» Er beugt sich dicht über mich, sodass sein warmer Atem über meine Wange streicht.

«Es ist okay, alles ist okay. Ich bin hier ...»

Ich versuche, etwas zu sagen, wenigstens zu stöhnen, aber ich kann den Mund nicht öffnen. Er streichelt mein Gesicht. Alles beginnt jetzt zu verblassen. Bilder blitzen vor meinem inneren Auge auf.

Bemalte Körper.

Höhlenwände.

Zeilen aus Hamlet.

Ein Tafelschwamm.

Smiths Mund.

Smiths Augen.

Smith.

Smith.

Smith.

Die Sirenen in der Ferne sind das Letzte, was ich höre, bevor alles im Dunkel verschwindet.

*

«Miss Hendricks?»

Die Stimme klingt wie die einer Schülerin – bin ich etwa am Pult eingeschlafen? Ich probiere zu blinzeln, aber meine Lider sind zu schwer. Sie sind nicht nur schwer, sie fühlen sich wie zugeklebt an. Als wäre ich zugedröhnt.

Oh, Scheiße – hat man mir was reingemischt?

Ich will «K.-o.-Tropfen» sagen, aber es kommt kein Ton.

«Bleib ganz ruhig, Prinzessin», sagt eine andere Stimme.

Dad ist hier? Warum ist Dad in der Schule?

«Wie lange dauert es denn, bis sie wieder voll bei Bewusstsein ist?», fragt eine besorgte Frauenstimme.

Carson.

«Sobald ihre Lider anfangen zu flackern, kann ich Ihnen mehr sagen», erklärt die erste Stimme. «Sie sollte aber in ihrem eigenen Tempo aufwachen. Sprechen Sie mit ihr, aber versuchen Sie nicht, das Wachwerden zu beschleunigen. Sonst ist sie anschließend nur umso benommener und verwirrter.»

Eine warme Hand – von Dad, glaube ich – schließt sich um meine und hält sie fest gedrückt. Ja, er muss es sein, denn ich spüre seine unverwechselbare Stärke. Sie fühlt sich so gut an und scheint durch die Berührung auf mich überzugehen.

Ich rieche Desinfektionsmittel und Latex. Mit aller Kraft,

über die ich noch verfüge, öffne ich meine Augen einen winzigen Spalt.

Ich bin im Krankenhaus.

Wieso bin ich im Krankenhaus?

«Woaaa ... ass ... isssch ... assit.»

Meine ersten Worte, auch wenn es eigentlich keine richtigen Wörter sind. Trotzdem beugen sich Dad und Carson sofort tief über mein Gesicht, als ob sie so bewirken könnten, dass ich noch mehr sage. Ich unternehme einen neuen Anlauf, aber mein Mund scheint vergessen zu haben, wie man Worte formt.

«Hat sie ‹Gicht› gesagt?»

Nun kommt auch noch Rainey und schaut mich an. «Ich habe ‹Arschgesicht› verstanden.»

Ist das Wyatt? Mein Gott, wie viele Leute sind denn in diesem Zimmer?

«Woaass. Issscht. Assiert.» Geschafft. Jedenfalls nicht schlecht für jemanden, der sich fühlt, als habe er den Mund voll Watte. Außerdem brennen meine Augen.

«Du hattest einen Unfall, Prinzessin», sagt Dad ruhig. «Du bist im Krankenhaus.»

Ich will nicken, kann aber nicht. Mein Hals ist von etwas Hartem, Steifem umschlossen. Mit einiger Mühe greife ich nach oben und ziehe an dem starren Material.

«Nein, nein, das lassen wir vorläufig noch dran», sagt eine Krankenschwester, offenbar die Besitzerin der ersten Stimme. Sie rückt mir vorsichtig die Halsmanschette zurecht.

Ich will mir mit der Zunge die Lippen befeuchten, aber sie ist so trocken, dass es völlig witzlos ist. «Wass-ser.»

Die Krankenschwester reicht mir einen Styroporbecher

mit Deckel und Strohhalm. «Ich bin Jessica, ich habe heute Frühschicht», stellt sie sich warm lächelnd vor.

Dankbar nehme ich den Becher. Als die kühle Flüssigkeit meine Zunge berührt, stöhne ich vor Erleichterung auf. «Danke», krächze ich.

Dad rollt etwas näher ans Kopfende heran, um mein Gesicht zu streicheln. «Wie fühlst du dich, Prinzessin?»

Geht denn wenigstens Schulterzucken? Es geht, aber sofort schießt ein stechender Schmerz durch meinen Brustkorb.

«T-tut weh», bringe ich hervor.

Dad nickt. «Du hast dir ein halbes Dutzend Rippen gebrochen. Das muss auch weh tun.»

Rippen gebrochen?

Ich atme tief ein und zucke zusammen. Selbst das Atmen tut weh. An Aufstehen und Arbeiten ist wohl eher nicht zu denken.

Jetzt kommt Carson zur anderen Seite des Betts. «Du bist von einem Auto angefahren worden.»

Ich lege die Stirn in Falten, versuche, mich zu erinnern. «Ist mein Auto in Ordnung?»

Carson und Dad schauen sich kurz an.

«Du hast nicht am Steuer gesessen», erwidert sie ruhig. «Du hast auf einem Parkplatz gestanden. Auf dem Parkplatz der Schule. Der Franklin School.»

Dad leckt sich nervös die Lippen und lässt mich nicht aus den Augen, als hätte er Angst, dass mich die Erinnerung an alles plötzlich überrollen könnte.

Die Angst ist nicht unberechtigt, denn genau so kommt es.

Das Basketballspiel. Ich als Aufsicht.

Ich bin rausgegangen auf den Lehrerparkplatz.

Da war Smith. Und JD.

Und eine Tüte voll Pillen.

Scheinwerfer. Und dann nichts mehr.

«Ich dachte, ich würde fliegen», sage ich nachdenklich.

Rainey grinst. «Na ja, die Landung war anscheinend ein bisschen holperig. Jedenfalls hast du ein paar ansehnliche blaue Flecke», informiert sie mich mit einem Augenzwinkern. «Ansonsten siehst du aber toll aus.»

Ich verspüre den Drang, wieder tief einzuatmen, begnüge mich aber aus gutem Grund mit einem flachen Hecheln. Wie unbefriedigend. Was für ein Mist.

«Welcher Tag ist heute?»

«Samstag», antwortet Carson. «Du hast die ganze Nacht durchgeschlafen und heute auch fast den ganzen Tag.»

Jetzt, da ich die Menschen um mich herum wieder scharf sehen kann, fällt mir auf, wie erschöpft alle wirken. Ich frage mich, ob sie alle die Nacht über an meinem Bett Wache gehalten haben.

Aus Richtung der Tür dringt ein Husten an mein Ohr. Officer Rains lehnt am Türrahmen.

«Sie sind wach», sagt er lächelnd. «Ich hoffe, Sie verzeihen mir, wenn ich Ihnen ein paar Fragen stellen muss.»

Er blickt von einem zum anderen. «Unter vier Augen.»

«Ich muss eh nach Holly Fields zurück», sagt Wyatt. Er rollt dicht ans Bett heran und nimmt meine Hand.

«Ich bin so froh, dass du okay bist, Cyn.» Er sagt es so leise, dass es kaum mehr als ein Flüstern ist. Ich nicke und muss schlucken. Er lächelt meinem Dad zu, der ihm auf die Schulter klopft, als er aus dem Zimmer fährt.

Als Nächstes verabschiedet sich Rainey, dann Carson.

Beide umarmen mich so vorsichtig wie möglich. Rainey gibt mir einen Wangenkuss, während Carson meine Hände nimmt.

«Ich liebe dich», sagt sie mit einiger Rührung in der Stimme. «Ich weiß nicht, was ich getan hätte, wenn ... Auf jeden Fall sollst du wissen, wie sehr ich dich liebe.»

«Ich weiß», gebe ich zurück und versuche zu lächeln. «Ich liebe dich auch.»

Beide umarmen meinen Dad und verlassen das Zimmer. Rainey natürlich erst, nachdem sie noch einen langen intensiven Blick auf Officer Rains geworfen hat.

«Kann ich beim Gespräch dabeibleiben?», fragt Dad Officer Rains. «Oder soll ich auch gehen?»

«Sie können bleiben. Das ist vielleicht sogar besser und macht die Sache einfacher.»

Dad lächelt mir zu und tätschelt dann meine Hand. «Honey, entspann dich – die Polizei ist nicht hier, weil *du* etwas getan hast. Sie müssen dir einfach nur ein paar Fragen zu dem Unfall stellen.»

Ich deute ein Nicken an – mehr geht mit der Manschette nicht. «Aber ich bin mir nicht sicher, ob ich Ihnen wirklich helfen kann.»

«Sagen Sie einfach die Wahrheit, Hyacinth.»

Ich schließe für einen langen Moment die Augen und öffne sie dann wieder. Wie bringt man es einem Polizisten bei, dass sein Bruder in Drogengeschäfte an einer Highschool verwickelt ist?

«Wie geht es Ihnen?», erkundigt sich Officer Rains und kommt etwas näher.

Ich schlucke. «Ganz ... ganz okay.»

«Schön, das ist gut.» Er zieht einen kleinen Block und

einen Kugelschreiber aus der Tasche. «Ich muss Ihnen einige Fragen zu letzter Nacht stellen. Wir haben schon die ausführlichen Aussagen mehrerer anderer Zeugen, brauchen aber noch Ihre Version der Geschichte, um ein paar Details zu bestätigen.»

Andere Zeugen.

Damit meint er wohl Smith.

«Fragen Sie mich alles, was Sie müssen», bringe ich hervor.

Rains räuspert sich. «Eigentlich habe ich nur eine einzige Frage. Es geht dabei um meinen Bruder.»

Ich schaue skeptisch zu Rains auf. Er lehnt mit verschränkten Armen an der Wand neben dem Bett. Sein Gesichtsausdruck ist gelassen, aber sein Körper spricht eine andere Sprache. Kurz erinnert er mich sehr an Smith.

«Was ist mit ihm?», frage ich.

«Was war seine Rolle bei der ganzen Sache?»

«Er hat sich mit JD unterhalten, und dann, nachdem mich das Auto erfasst hat, war er neben mir. Er ... Er hat sich um mich gekümmert, nehme ich an.»

Rains nickt. «Er ist im Rettungswagen mitgefahren, um genau zu sein. Aber mir geht es darum, zu erfahren, was er *davor* getan hat. Als er zum Beispiel mit JD gesprochen hat, hat er JD da etwas gegeben oder etwas von ihm bekommen?»

Ich blinzele. «I ... Ich bin mir nicht sicher.»

Er rutscht etwas an der Wand hin und her. «Sind Sie *sicher*, dass Sie nicht sicher sind?»

Mein Puls geht schneller, was sich leider nur schwer verbergen lässt, wenn man an einen Herzfrequenzmonitor angeschlossen ist. Alle Anwesenden blicken hinüber zu dem Gerät, das jetzt warnend anfängt zu piepen. Ich schaue wieder zu Officer Rains.

«Da war Bargeld», wispere ich schließlich. «Und eine Tüte mit irgendwas drin. Pillen, glaube ich.»

«Danke.» Er lächelt mich traurig an.

«Ich ... Aber Smith hat versucht, mich zu retten», füge ich stammelnd hinzu. «Er hat vielleicht ein paarmal Mist gebaut, aber er ist kein Verbrecher. Er ist ein guter Mensch. Ich möchte nicht, dass er Ärger bekommt.»

Officer Rains tritt etwas näher ans Bett. «Er hat keinen Ärger. Ich überprüfe nur die Details, um seine Geschichte zu bestätigen.»

«Aber die Drogen ...» Ich verstumme kurz. «Kommt er ins Gefängnis?»

«Nein», seufzt Rains. «Er kommt nicht ins Gefängnis.»

Ich runzele skeptisch die Stirn. «Verstehe ich nicht.»

Officer Rains schaut auf seinen Notizblock und fährt sich dann mit der Hand durchs sandfarbene Haar.

«Er kommt nicht ins Gefängnis, weil er nur seinen Job gemacht hat.»

Jetzt raffe ich gar nichts mehr.

«Was hat er gemacht?»

Er legt mir leicht die Hand auf die Schulter, als wüsste er, dass das, was jetzt kommt, mich aus den Schuhen hauen wird.

«Mein Bruder hat verdeckt ermittelt, Hyacinth. Er ist kein Highschoolschüler. Er ist ein Cop.»

*

Das meiste von dem, was Rains danach noch sagt, höre ich nicht mehr. Aber viel ist es eh nicht, was er noch mitzuteilen hat. Ich liege stocksteif da und starre auf das gerahmte Bild eines Seesterns, das an der Wand gegenüber hängt. Ich denke über alles nach, was ich weiß und was ich zu wissen geglaubt habe. Versuche mich an alles zu erinnern, was mich hätte misstrauisch machen müssen.

Es gab also einen Grund, warum er älter ausgesehen hat.

Einfach den, dass er älter *ist*.

Fuck.

Als Officer Rains endlich fertig ist, legt er mir vorsichtig die Hand auf den Arm und lächelt mitfühlend. «Gute Besserung. Ich hoffe, Sie sind bald wieder ganz die Alte.»

Ich sehe ihn wortlos an. Ganz ehrlich, ich weiß gar nicht, ob ich wieder ganz die Alte sein will. Wer soll das sein? Die, die ich war, bevor ich Smith getroffen habe? Die, als ich geglaubt habe, er sei ein Schüler? Oder die, die ich jetzt bin – die die Wahrheit kennt und verwirrt und verletzt ist? Das ist doch alles Scheiße.

Als Officer Rains das Zimmer verlassen hat, räuspert sich Dad umständlich. «Prinzessin?»

Ich wende mich zu ihm und sehe, dass er ein Buch in den Händen hält. Ich kneife die Augen zusammen, um es besser zu sehen.

«Was ist das?»

«Officer Asher hat mir das für dich gegeben. Er hat gesagt, du hättest es ihm geliehen.»

«Du hast ihn getroffen?»

Dad verneint mit einem Kopfschütteln. «Er hat mich angerufen, nachdem du hier eingeliefert worden bist. Er sagte, er würde es hier im Regal lassen.»

Er legt meine zerschundene Ausgabe von *Dracula* aufs

Bett. Ich starre auf das Buch. Tränen schießen mir in die Augen, als ich über das knittrige Cover streiche.

«Hat er noch was gesagt?», flüstere ich.

Dad schüttelt den Kopf. «Nein. Er hat mich nur gebeten, dir das zu geben.»

Ich nicke und fühle mich dabei sehr leer. Langsam nehme ich das Buch in die Hand und klappe den Buchdeckel auf. Vielleicht hat er mir ja eine Nachricht reingeschrieben, eine Erklärung.

Das Papier der ersten Seiten ist vergilbt – und unbeschrieben. Seufzend blättere ich weiter. Ich bin schon fast ganz durch, als ich unten auf einer Seite einen Satz entdecke, der doppelt mit blauem Kuli unterstrichen ist.

Es gibt Licht und Schatten im Leben, doch Sie gehören zum Licht.

Darunter, knapp über der Seitenzahl, steht etwas mit demselben Stift geschrieben.

Es tut mir leid.
S. A.

Und schon sind die Tränen wieder da. Diesmal bekomme ich nicht nur feuchte Augen, sondern ich weine. Ich heule und schluchze, auch wenn jeder Atemzug schrecklich an meinen Rippen schmerzt. Dad legt seine Hand auf meinen Arm, und zum ersten Mal seit Jahren wünsche ich mir, ich könnte mich wie ein kleines Mädchen auf seinen Schoß werfen und mich dort verkriechen.

Aber jetzt kann er nur meine Hand halten und mich

streicheln und dabei immer wieder flüstern, dass alles gut wird.

Ich glaube, über all die Jahre und all die gemeinsam erlebten Tragödien hinweg hat mein Vater mich kein einziges Mal angelogen.

Heute ist das erste Mal.

Und heute ist auch das erste Mal, dass ich ihm dankbar dafür bin.

KAPITEL 16
Genesung

MÄDEL, WIE lange willst du denn *noch* hier rumjammern?»

Rainey lässt sich neben mich auf die Couch plumpsen, und ich zucke zusammen.

«Hey, vorsichtig! Ich habe immer noch Schmerzen, falls du das vergessen haben solltest.»

Sie verdreht die Augen nach oben. «Wie könnte ich das vergessen – seit einer Woche ist das deine Ausrede, warum du nicht von der Couch hochkommst.»

Ich sehe sie wütend an. «Ein bisschen Mitgefühl ist wohl zu viel verlangt?»

Von der anderen Seite des Zimmers meldet sich jetzt Carson zu Wort. «Cyn. Ich liebe dich. Rainey liebt dich. Und gerade weil wir dich lieben, müssen wir dir etwas sagen.»

Theatralisch holt sie tief Luft. «Du riechst.»

Ich schneide ihr eine Grimasse. «Tue ich nicht!»

«Na gut, vielleicht riechst du nicht. Aber deine Haare sehen aus, als sei dir der Föhn explodiert, und seit drei Tagen trägst du dasselbe T-Shirt.»

«Es tut halt weh, wenn ich die Arme hebe, du herzloses Stück!»

«Ich weiß.» Sie durchquert das Zimmer und setzt sich ebenfalls neben mich. «Seit du aus dem Krankenhaus zurück bist, wohnen wir praktisch hier, falls es dir noch nicht aufgefallen ist. Wir wollen ja gar nicht gemein sein. Aber es ist furchtbar, dich so zu sehen.»

«Ach ja? Ich finde es auch furchtbar, mich so zu sehen, deshalb ertrage ich es ja auch nicht, in den Badspiegel zu schauen.»

Rainey ringt die Hände. «Weißt du was? Vergiss es einfach. Bleib hier sitzen, bis die Sofakissen die Form deines Arsches haben. Oder umgekehrt. Ist mir doch egal.»

Ich verziehe erneut das Gesicht, als sie aufspringt und hinausstapft. «Was ist denn los mit ihr?»

Carson seufzt. «Sie macht sich Sorgen um dich. So wie ich auch.»

«Mir geht's gut.»

Carson lacht laut auf. «So ein be-schis-se-ner Quatsch.»

Ich zucke die Schultern und zupfe an den Stoffknötchen auf der Armlehne herum. Sie hat recht. Es ist Quatsch. Mir geht es nicht gut.

Aber was soll ich sagen?

Dass mich das Bild von Smiths entsetztem Gesicht nicht loslässt, kurz bevor der Mustang mich über den Haufen gefahren hat?

Dass der einzige Mensch, dem ich nah sein will, den ich sehen will, mich vom ersten Moment an belogen hat?

«Ruf ihn endlich zurück», sagt Carson, die offensichtlich meine Gedanken lesen kann.

Ich schüttele den Kopf. «Nein.»

«Er hat dich ein Dutzend Mal angerufen, Cyn.»

«Das weiß ich.»

«Willst du nicht hören, was er zu sagen hat?»

Doch. Zumindest will ich ihn *hören* – seine Stimme, sein Lachen, sein Flüstern, sein Stöhnen.

Ich schüttele den Kopf. «Nein, will ich nicht.»

Carson dreht sich zu mir und zieht die Beine unter den Körper. «Warum nicht?»

Ich funkele sie an. «Meinst du nicht auch, dass ich im letzten Jahr genug von Männern verarscht worden bin? Der letzte hat mich erst monatelang verletzt und ist dann abgehauen. Das mache ich nicht noch einmal mit.»

«Du steckst doch längst mittendrin», widerspricht sie mir mit gesenkter Stimme. Ich will protestieren, aber sie hebt die Hand. «Ich werde es nur dieses eine Mal sagen. Dann verspreche ich dir, es nie wieder anzusprechen. Cyn, ich glaube, du machst einen Fehler.»

«Cars, ich muss das gerade wirklich nicht hören.»

«Doch, das musst du», gibt sie zurück.

Ich schließe die Augen. «Hör zu, Brent hat mir furchtbar weh getan. Er hatte uns längst aufgegeben, bevor ich es auch nur ansatzweise gerafft habe. Als er für sein Medizinstudium weggezogen ist, war ich sicher, es wäre bloß eine Phase. Ich dachte, er bräuchte einfach nur ein bisschen Freiraum und würde dann erkennen, dass wir füreinander bestimmt sind. Stattdessen musste ich dann erfahren, dass er mit irgendso einer Tussi aus Delaware rumgemacht hat. Dass er nie vorhatte, über uns nachzudenken oder sich eine kleine Auszeit zu nehmen. Er wollte einfach nicht mehr mit mir zusammen sein. Unsere Beziehung war ihm nicht wichtig – *ich* war ihm nicht wichtig.»

Pause. Ich atme tief ein. «Und jetzt? Jetzt stelle ich fest, dass mich schon wieder ein Typ von vorne bis hinten belogen hat. Scheiße! Nein, danke. Nicht noch mal.»

Ich werfe den Kopf an die Rückenlehne der Couch.

Carson seufzt. «Ich sage dir ja nur meine Meinung. Außerdem behaupte ich gar nicht, dass Smith sich nicht auch ein bisschen arschig verhalten hat. Aber seine Tarnung an der Schule durfte er einfach nicht auffliegen lassen. Er hat seinen Job als Polizist gemacht. Tja, und dann hat er dich getroffen ...»

«Das habe ich alles schon gehört», erwidere ich und öffne ein Auge.

«Ja, aber mir scheint, dass du es nicht *wahrhaben* willst. Du redest dir ein, er habe dich absichtlich verletzt, obwohl er dich die ganze Zeit nur beschützen wollte.»

Ich hebe eine Braue. «Dich scheint er ja gut um den Finger gewickelt zu haben.»

Sie zuckt mit den Achseln. «Er hat hier jeden Tag angerufen. Irgendwann habe ich mich erbarmt und mit ihm gesprochen.»

Ich schließe die Augen wieder. Vor zwei Wochen bin ich aus dem Krankenhaus entlassen worden, was heißt, dass es drei Wochen her ist, seit ich Smith zuletzt gesehen habe. Laut Officer Rains ist er in der Nacht des Unfalls im Krankenhaus bei mir geblieben, bis er zurück auf die Wache beordert wurde. Er war es auch, der Dad informiert hat. An nichts davon erinnere ich mich, da ich bewusstlos war. Das Letzte, woran ich mich erinnern kann, ist der Ausdruck auf Smiths Gesicht, als JD auf mich zugerast ist.

«Denk einfach mal drüber nach», schließt Carson ihr Plädoyer.

Am liebsten würde ich laut loslachen. Als ob ich an irgendetwas anderes denken könnte.

«Wann wollen wir nach Holly Fields?», fragt sie.

«Um fünf.» Ich verdrehe genervt die Augen. «Da wird immer so früh gegessen. Es sind halt viele alte Leute.»

Sie nickt. «Das ist okay. Aber du bist sicher, dass ich mit zum Essen kommen soll? Es würde mir auch nichts ausmachen, dich dort abzusetzen und wieder abzuholen.»

«Nein, komm bitte mit. Ich habe Wyatt so große Hoffnungen gemacht, dass du ihm hilfst, und im Krankenhaus hattest du keine Gelegenheit, mit ihm zu sprechen.»

Carson hüstelt. «Genau genommen haben wir uns im Krankenhaus kurz unterhalten. Er war ein ziemlicher Arsch, Cyn.»

«Im Ernst? Das kann nicht sein – er ist der netteste Typ *überhaupt*. Vielleicht hast du ihn falsch verstanden.»

«Glaube ich nicht.» Sie zuckt mit den Schultern. «Ich habe erwähnt, dass du mich gefragt hast und dass ich ihm helfen kann, worauf er mich angeblafft hat, von wegen er bräuchte keine Hilfe und so. Ziemlich schräg.»

«Hm, das ist allerdings schräg.» Ich rufe mir unser Gespräch über seine College-Kurse noch einmal in Erinnerung. «Ich rede nachher mit ihm. Aber du isst auf jeden Fall mit uns. Es gibt wie immer das legendäre Holly-Fields-Putensandwich, und das will ich heute Abend zusammen mit dir genießen.»

«Na, großartig», murmelt Carson, während sie in die Küche geht.

Ich kichere und fahre mir sofort stöhnend mit der Hand an die linken Rippen. Sie sind immer noch furchtbar schmerzempfindlich, besonders, wenn ich lache.

Oder mich bewege.

Oder atme.

Auch mein rechtes Handgelenk ist noch bandagiert, aber laut Arzt kann ich den Verband nächste Woche abnehmen. Die meisten blauen Flecke und Schnitte sind schon verheilt, nur auf meiner rechten Wange prangt noch hartnäckig ein violetter Bluterguss. Abgesehen von dem Handgelenksverband und der zum Himmel schreienden Bettfrisur sehe ich eigentlich ganz normal aus. Nicht wie jemand, der angefahren worden ist. Oder dem das Herz gebrochen wurde.

Schließlich gehe ich doch duschen und wechsele die Klamotten, bevor ich mit Carson zum Essen nach Holly Fields fahre. So viel Mühe muss dann doch sein. Oder besser, so *wenig* Mühe, denn von meinen Make-up-Sachen und dem Föhn lasse ich schön die Finger.

«Hast du es schon gehört?», bestürmt mich Rocky sofort, nachdem ich mich an den Tisch in der Cafeteria gesetzt habe.

«Was gehört?»

«Na, dass sie ihn angeklagt haben. Es gab eine große Pressekonferenz – es kam heute Nachmittag in den Nachrichten.»

Ich sehe ihn fragend an. «Wen angeklagt?»

Dad und Carson tauschen Blicke.

«JD Fenton ist heute angeklagt worden, Prinzessin», erklärt mir Dad und tätschelt meine Hand. «Anscheinend haben er und ein paar andere Schüler an der Franklin für irgendeinen Drogenboss aus der Stadt gedealt. Wenn ich es richtig verstanden habe, stellen sie insgesamt acht oder neun Personen vor Gericht. Es kam heute Morgen ganz groß in den Nachrichten.»

«Oh.» Ich starre auf mein Sandwich und nehme dann doch lieber den Apfel. «Wird er nur wegen Drogen angeklagt?»

Dad nickt. «Das Verfahren wegen des Angriffs auf dich kommt später. Also keine Sorge, dass du in diesem Prozess aussagen musst.»

Ich nicke, immer noch auf den Apfel starrend. Wyatt, der rechts neben mir sitzt, legt mir die Hand auf den Arm.

«Iss den Apfel ruhig, Cyn, er beißt nicht zurück. Außerdem siehst du aus, als hättest du seit dem Unfall zehn Kilo abgenommen.»

Schulterzuckend beiße ich ein Stück ab. Gegenüber ist Dad mittlerweile dabei, Carson mit Fragen darüber zu löchern, was ihre Eltern machen und wie es ihrem Bruder geht.

Ich räuspere mich und wende mich Wyatt zu. «Sag mal, Carson hat erzählt, sie hätte dich im Krankenhaus schon auf die Collegegeschichte angesprochen», sage ich in neutralem Ton.

In Wyatts Blick verändert sich etwas; er wirkt plötzlich verschlossen. Achselzuckend trinkt er einen Schluck Wasser. «Hat sie. Aber das ist ... keine so gute Idee.»

Ich sehe ihn stirnrunzelnd an. «Das verstehe ich nicht – du warst doch ganz versessen darauf.»

Er schluckt sichtbar. «Ich kenne ihren Bruder.»

«Hä?»

Kurz huscht sein Blick hinüber zu Carson, die gerade über irgendetwas lacht, was Rocky gesagt hat, dann sieht er mich wieder an. «Ihr Bruder, Lennon. Ich kenne ihn.»

«Ja ... und?»

Wyatt fährt sich mit der Hand übers Gesicht. «Dem habe

ich, als ich ihn das letzte Mal gesehen habe, seine Scheißfresse poliert. Das war vor meinem Unfall. Wir sind nicht gerade beste Kumpel. Ich habe Carson schon mal mit ihm gesehen, aber da die beiden sich überhaupt nicht ähneln, habe ich gedacht, sie sei seine Freundin oder so was. Ich hatte keine Ahnung, dass sie seine Schwester ist.»

Ich gucke ihn überrascht an. «Lennon ist ein ziemlicher Brecher – warum hast du ihn denn verprügelt?»

Er senkt den Blick auf sein Tablett und spielt mit seiner Gabel herum. «Er hat mit meiner Frau geschlafen.»

Mein Mund klappt auf, dann zu, dann wieder auf. Wyatt sieht mich an und lächelt betrübt.

«Wow.» Etwas Besseres fällt mir nicht ein. «Du bist echt verheiratet?»

«Jetzt ist sie meine Exfrau.» Er runzelt die Stirn. «Wieso erstaunt dich das so, dass ich verheiratet war? Bin ich abstoßend oder was?»

«Nein, natürlich nicht!» Ich boxe ihn leicht auf den Arm. «Ich hätte nur nie vermutet, dass du auf feste Beziehungen stehst. Von Musikern hört man doch immer, dass sie es mit Monogamie nicht so haben.»

Er zuckt die Schultern. «Es gibt Ausnahmen.»

«Hm. Offensichtlich.»

Wyatt steckt sich eine Gabel voll Salat in den Mund und schielt dann noch einmal zu Carson hinüber. Mittlerweile beobachtet sie uns. Unauffällig, sodass nur sie es sehen kann, recke ich den Daumen nach oben.

«Du solltest ihr einfach eine Chance geben. Sie kann dir helfen. Das mit ihrem Bruder brauchst du doch gar nicht zu erwähnen.»

Er atmet durch die Nase ein. «Vielleicht.»

«Gut.» Ich beiße erneut von dem Apfel ab, aber er schmeckt nach nichts. «Du wirst schon die richtige Entscheidung treffen.»

«Wir werden sehen», entgegnet er seufzend und sieht mich dann mit trauriger Miene an. «Irgendwie fressen die Menschen immer alles in sich rein. Den ganzen Mist, der ihnen passiert. Und ich bin anscheinend auch schon so – dabei wollte ich nie so werden.»

Ich schnaube zustimmend. «Wenn ich im letzten Monat eins gelernt habe, dann ist es, dass *jeder* alles in sich reinfrisst. Man glaubt, man kennt einen Menschen, und dann findet man plötzlich heraus, dass er völlig anders ist.»

*

Eigentlich habe ich gar nicht vor, den Prozess zu verfolgen. Es passiert einfach.

Die lokalen Medien sind voll davon. Acht Männer, einer von ihnen JD, sind angeklagt wegen Drogenschmuggels über sieben Bundesstaatgrenzen sowie wegen Drogenhandels an einer Schule. Was JD angeht, wird erwähnt, dass er in seinem letzten Jahr an der Franklin School gewesen sei, wo die Polizei «Kontakt zu ihm habe herstellen können». Eine ziemlich vage Umschreibung dafür, dass sie jemanden eingeschleust haben, aber wahrscheinlich muss das in einem Drogenprozess so klingen.

Meistens schaffe ich es, wenigstens bis zum späten Nachmittag ohne die neuesten Nachrichten auszukommen. Dann wird es schwer, denn Carson fährt weg, um Nachhilfe zu geben, und Rainey ist noch nicht aus dem YMCA zurück. Dann sitze ich wie hypnotisiert vor der Glotze und schaue Kanal 13, immer in der Hoffnung, Smith im Gerichtssaal zu entdecken, und mich gleichzeitig dafür verfluchend.

Fast ein Monat ist seit dem Unfall jetzt vergangen.

Und mehr als ein Monat, seit ich ihn zum letzten Mal richtig gesehen habe.

Ich möchte ihn so vieles fragen. Aber stattdessen starre ich auf den Fernseher und hoffe, einen Blick auf ihn zu erhaschen, und sei er auch noch so kurz.

Es ist der Mittwoch, an dem die Verteidigung ihr Eröffnungsplädoyer hält, an dem ich Smith endlich sehe. Aber nicht im Fernsehen. Ich sehe ihn in der Franklin School.

Noch im Krankenhaus habe ich Dankeskarten an Caroline und Mr. Weathersby geschrieben, dann aber beschlossen, sie nicht zu schicken, sondern sie selbst in der Schule abzugeben. Obwohl ich mein Lehrpraktikum zwei Wochen früher als geplant abbrechen musste, haben sie mir beide exzellente Zeugnisse geschrieben. Eine Karte und ein persönlicher Besuch sind da wohl das Mindeste, was ich tun kann, um mich zu bedanken.

Mittlerweile kann ich wieder selbst Auto fahren. Das habe ich echt am meisten vermisst, noch vor allem anderen. Mich hinters Steuer zu setzen und loszufahren, wann immer ich will, ist ein Luxus, der nie wieder selbstverständlich für mich sein wird. Ebenso wenig wie für meine Freundinnen, die mich wochenlang herumkutschieren mussten.

Aber als ich an der Franklin School parke, wünsche ich mir fast, ich wäre nicht allein hierhergekommen. Der Ort erinnert mich an so viele Dinge, und viele von ihnen sind für mich mit Schmerz oder Angst verbunden. Spontan beschließe ich, die Karten doch nicht persönlich abzuliefern, sondern lieber in die Fächer der Lehrer einzuwerfen.

Im Schulsekretariat ist es ruhig, als ich eintrete, es dringen nur ein paar leise Stimmen aus dem Konferenzraum, und irgendwo surrt der obligatorische Kopierer. Ich gehe zur Wand mit den Einwurffächern der Lehrer, suche Carolines Fach und lasse die Karte hineingleiten. Als ich Mr. Weathersbys Namen entdecke, stelle ich fest, dass sein Fach zum Bersten voll mit Aufsätzen und Ordnern ist. Nicht einmal eine Ecke meiner Karte passt hinein. Seufzend blicke ich zu seinem Büro hinüber. Ich könnte die Karte einfach unbemerkt unter der Tür durchschieben – vorausgesetzt, niemand sieht mich, wenn ich an der offenen Konferenzzimmertür vorbeihusche.

Was natürlich nicht klappt.

«Miss Hendricks?»

Ich erstarre und drehe mich langsam zu der Stimme um. Mr. Weathersby steht an der gegenüberliegenden Wand des Zimmers vor einer Weißwandtafel, in der Hand einen trockenen Schwamm. Officer Rains sitzt an einem Ende des Tischs, zusammen mit zwei weiteren uniformierten Polizisten und einem Mann in einem teuer aussehenden Anzug.

Am anderen Ende des Tisches sitzt Smith.

Er sitzt mit dem Rücken zu mir, aber ich erkenne ihn sofort. Seine Haltung ist steif und aufrecht – unnatürlich aufrecht. Als würde er sich gerade sehr zusammenreißen.

«Was für eine schöne Überraschung», sagt Mr. Weathersby und lächelt. «Welchem Umstand verdanken wir Ihren Besuch?»

Beim Betreten des Raumes komme ich mir vor, als würde

ich vor ein Erschießungskommando gestellt. Alles, was ich will, ist ihm die Karte geben und sofort wieder abhauen, ehe die Kugeln mein armes Herz durchschlagen.

«Ich habe das hier für Sie», sage ich und reiche ihm den Umschlag. Meine Stimme klingt nicht gerade fest, aber das ignoriere ich, so gut es geht. «Ich wollte mich bei Ihnen für alles bedanken, was Sie dieses Semester für mich getan haben.»

Mr. Weathersby tut es mit einer Handbewegung ab. «Das war doch selbstverständlich – wie ich schon Ihrem Betreuer an der Uni gesagt habe, aus Ihnen wird eine exzellente Lehrerin, davon bin ich überzeugt.»

Ich lächele nervös. «Danke, Sir.»

Es folgt eine Pause, bis Mr. Weathersby sich räuspert. «Ich hatte noch keine Gelegenheit, nach dem Unfall mit Ihnen zu sprechen, aber ich hoffe sehr, dass Sie verstehen, warum wir Officer Ashers Anwesenheit an unserer Schule vertraulich behandeln mussten.»

Ich lasse meinen Blick kurz zu Smith hinüberhuschen.

Oh mein Gott.

Er trägt ja eine Uniform ...

Alle Uniform-Phantasien, von denen ich gar nicht wusste, dass sie in mir schlummern, drängen sich plötzlich vor mein inneres Auge. Smith sieht mich an. Nur mit Mühe gelingt es mir, cool zu bleiben. Er sieht so erwachsen und reif aus, dass ich mich ohrfeigen könnte, nicht sofort geschnallt zu haben, dass er kein Schüler war.

«Natürlich verstehe ich das», erwidere ich an Mr. Weathersby gewandt, aber meine Worte klingen hohl und wie von ferne. Ich muss hier raus.

«Tja, also», leite ich meinen Abgang ein und gehe auch

schon rückwärts Richtung Tür, «dann haben Sie einen schönen Sommer. Und alles Gute.»

Ich glaube, daraufhin sagt keiner mehr etwas, aber hundertprozentig sicher bin ich mir nicht, denn ich eile so schnell ich kann aus dem Konferenzzimmer, durch das Sekretariat und raus auf den Gang. Dann an meinem alten Kursraum vorbei, der Bibliothek, der Cafeteria. Immer in Bewegung bleiben, bloß weg von Smith, was allerdings sinnlos ist, denn ich sehe ihn ja eh überall, wo ich hinblicke. Sobald ich hier raus bin – vorzugsweise, ohne in Tränen auszubrechen –, muss ich ihn nie wiedersehen.

Ich hätte nie gedacht, dass das Wiedersehen so weh tun würde. Es fühlt sich an, als würde ich von innen heraus verbrennen.

Noch drei Meter trennen mich von der Tür und meiner erfolgreichen Flucht, als ich hinter mir meinen Namen höre.

«Hyacinth!»

Ich ignoriere ihn.

«Komm schon, warte doch mal!»

Ich will nicht. Ich will weiterlaufen, auch wenn ich weiß, dass er eh schneller ist als ich. Cops trainieren das Verfolgen von Verdächtigen, oder? Außerdem ist Smith besser in Form als so ziemlich alle Männer, die ich je kennengelernt habe. Und ich bin ziemlich lädiert. Jeder Fluchtversuch ist also zwecklos.

Schwer atmend werde ich langsamer und bleibe dann erschöpft stehen. Ich bin völlig aus der Puste. Auch meine Rippen tun wieder weh; als ich die Hand darauflege, zucke ich vor Schmerz zusammen.

Ich drehe mich nicht um, lasse ihn stattdessen näher kommen. Er tut es sehr langsam, als hätte er Angst, dass ich mich erschrecken und weglaufen könnte. Weglaufen ist verführerisch, aber ich halte tapfer die Stellung, auch als er direkt vor mir steht und ich seine Nähe wie ein starkes Kraftfeld spüre.

«Hi.»

Mit geschlossenen Augen nicke ich knapp – meine Art, unter den gegebenen Umständen «hi» zu sagen.

«Ich habe dich angerufen», sagt er.

«Ich weiß.»

«Du bist nicht drangegangen.»

«Ich hatte nichts zu sagen.»

Aus dem Augenwinkel sehe ich, wie er mich beobachtet. «Hast du jetzt etwas zu sagen?»

Ja.

Dass ich dich dafür hasse, dass du mir angetan hast, was du mir angetan hast.

Und dass ich dich verdammt noch mal liebe, weshalb ich dich noch viel mehr hasse.

«Nein. Ich habe jetzt nichts zu sagen.»

«Siehst du mich bitte mal an, Cyn? Bitte.»

Ich schließe die Augen. «Kann ich nicht.»

«Warum?»

Ich fahre herum und blitze ihn zornig an. «Weil es weh tut, Smith. Weil es so verdammt weh tut!»

Er strafft sich leicht. Ein zaghaftes Lächeln durchbricht seinen ernsten Gesichtsausdruck. «Jetzt siehst du mich aber doch an.»

Ich verdrehe die Augen. «Gratuliere, Officer, Sie haben mich auf frischer Tat ertappt.»

Smith zuckt kurz zusammen und macht einen Schritt zurück. «Ich will doch einfach nur mit dir reden.»

Ich schüttele den Kopf. «Ich will es nicht hören.»

«Cyn ...»

«Nein», fahre ich ihn an und beginne, rückwärts zu gehen. «Das spielt alles keine Rolle.»

«Weißt du was?», gibt Smith wütend zurück und kommt mir bedrohlich nahe. «Es ist mir eigentlich völlig egal, was du hören willst oder nicht. Verdammt, ich habe dich eine Million Mal angerufen. Und jetzt stehst du vor mir und wirst dir gefälligst anhören, was ich zu sagen habe.»

Ich schaue ihn so kalt an, wie ich kann. «Du hast zwei Minuten.»

Er schnaubt und blickt dann den Flur hinunter. «Als ich noch an der Akademie war, ist mein Bruder in die Taskforce für Drogenkriminalität des Baltimore Police Department befördert worden. Sie haben ihn hier eingesetzt, damit er als Schulpolizist die Drogenszene an den Highschools beobachtet. Irgendwann hat man dann gemerkt, dass man mit einem Beamten in Uniform nicht weit kommt, deshalb bin ich als zusätzlicher verdeckter Ermittler eingeschleust worden.»

Er reibt sich mit der Hand über das Gesicht. «Dass wir uns getroffen haben, war kompletter Zufall. Im Cave wusste ich noch nicht, wer du bist, und ich bin *wirklich* aus allen Wolken gefallen, als ich dich hier wiedergesehen habe. Ich wollte die Operation sogar abblasen deswegen, aber Eric hat mich überredet, es nicht zu tun.»

Ich gucke ihn skeptisch an. «Also wusste Eric doch von uns?»

Smith zuckt die Schultern. «Ja, zum Teil. Er wusste,

dass wir uns in dem Club begegnet sind und dass ich dich mochte.»

Mochte. Vergangenheitsform.

Ich versuche, den Kloß in meiner Kehle hinunterzuschlucken. «Und? Hast du die Highschool abgeschlossen?»

Er grinst. «Jepp. Als Jahrgangsbester.»

Ich schnaube. «Wie sollte es auch anders sein. Und was muss ich sonst noch wissen? Bist du in Wirklichkeit schon dreißig? Hast du Frau und Kinder oder fette Schulden oder sonst irgendein Geheimnis, von dem ich noch nichts ahne?»

Er lehnt sich an einen der Schülerspinde. «Nein, ich bin keine dreißig. Ich bin fünfundzwanzig. Letzten Herbst bin ich an der Polizeiakademie fertig geworden. Keine Frau, keine Kinder. Ich lebe bei meinem Bruder in Catonsville. Das ändert sich aber bald, hoffe ich, denn er räumt nie auf und schnarcht wie ein Bär.»

Er lächelt mich an, aber ich schaue weg.

«Und was ist mit deinem Vater?», frage ich.

Er seufzt. «Mein Dad sitzt im Knast, allerdings in Iowa, nicht hier. Ich habe seit Jahren nicht mit ihm gesprochen. In vielerlei Hinsicht ist Eric wie ein Vater für mich gewesen. Und meine Mom hat immer noch Probleme mit Alkohol, aber sie arbeitet dran. Mehr kann ich nicht von ihr erwarten, finde ich.»

Ich weiß nicht, was ich sagen soll, und nicke bloß.

«Komm schon, Cyn», flüstert er. Er kommt langsam auf mich zu, bis er so dicht vor mir steht, dass ich seinen Atem spüre. «Ich musste dich anlügen. Ich wollte es nicht, aber es war mein Job. Und auf meine Weise wollte ich nur das Beste für dich.»

Ich verschränke die Arme und wünsche mir, sie wären stärker – stark genug, um mein Herz zu beschützen. Er seufzt und lehnt sich wieder an den Spind.

«Ich kann dich nicht zwingen, mir zu vergeben. Aber ich bitte dich trotzdem darum.»

Ich sehe ihm fest in die Augen. «Warum?»

Einen Moment steht er reglos da und blinzelt. Dann macht er einen großen Schritt auf mich zu und beugt sich über mich. Er streicht mit dem Daumen meinen Kiefer entlang und lässt ihn dann sanft an meinem Hals hinabwandern, bis zu der Stelle, wo mein Puls pocht. Das Pochen ist heftig und schnell, wie immer, wenn Smith mir so nah ist.

«Weil ich noch nie jemanden getroffen habe wie dich. Du stehst für dich ein und kämpfst für das, was du willst. Nach außen wirkst du vielleicht schüchtern, aber in Wahrheit bist du unglaublich mutig. Und das bewundere ich an dir.»

Ich spüre, wie meine Unterlippe zu zittern beginnt. Als er sich noch weiter herabbeugt, streicht sein Atem warm über meine Haut.

«Ich will dich, Hyacinth. Nicht nur, weil du so sexy bist. Nicht nur, weil ich dich so lange nicht haben konnte.»

Er gibt mir einen zarten Kuss auf die Wange und lässt seinen Mund dann zu meinem Mundwinkel gleiten.

«Ich will dich, weil du so unschuldig und gut bist. Ich wate jeden Tag durch ein Meer aus Verbrechen und Drogen und diesem ganzen Scheiß. Ich habe selten frei, und Urlaub gibt es so gut wie nie. Aber wenn ich dich berühre, fühlt sich das für mich wie Ferien an. Ich will das alles nicht verlieren.»

Wow. Wenn er es so sagt …

Ich wende ihm das Gesicht zu und suche mit meinen Lippen seinen Mund.

Dann küsse ich ihn, erst verhalten, mit geschlossenen Lippen, dann werde ich mutiger und necke seinen Mund mit meiner Zunge.

Tief aus seiner Brust dringt ein kehliges Geräusch herauf, dann zieht er mich an sich. «Ich habe dich so verdammt vermisst!»

Er erobert meinen Mund und lässt seiner Zunge freien Lauf. Für den Augenblick ist es herrlich, sich einfach mitreißen und überwältigen zu lassen. Sich von ihm führen zu lassen. Und es fühlt sich gut an, nicht mehr seine Lehrerin sein zu müssen. Soll *er* mir doch jetzt ein paar Dinge beibringen.

Schwer atmend vergräbt er sein Gesicht an meinem Hals, bis ich ihn sanft an den Haaren ziehe.

«Ich glaube, es ist keine gute Idee, das hier zu machen», erkläre ich ruhig.

Er sieht mich an, eine Braue hochgezogen. «Meinst du?»

«Ja.» Ich grinse. «Unser Verhalten ist absolut inakzeptabel.»

«Hm.» Er legt einen Finger an die Lippen, als würde er über etwas nachgrübeln. «Wie wäre es damit: Ich bringe die Abschlussbesprechung hinter mich und hole dich dann zu Hause ab.»

«Mich abholen? Wozu?»

Er grinst. «Na, für unser erstes Date.»

«Aha. Unser erstes Date also …»

«Genau.» Er nickt. «Ein ganz offizielles, ganz echtes Date

mit allem Drum und Dran. Du im Kleid – *so* ein Abend schwebt mir vor.»

Ich lasse meinen Blick über sein frisch gebügeltes blaues Hemd mit der Polizeimarke und seine schwarze Hose streifen. «Kommst du in Uniform?»

Er grinst, als wisse er ganz genau, was in mir vorgeht, dann neigt er sich mir zu. «*Willst* du, dass ich in Uniform komme?»

Ich hebe gespielt beiläufig die Schultern. «Vielleicht.»

«Als Polizist ist es natürlich meine Pflicht, stets im Dienst zu sein und dich zu beschützen.» Er küsst mich zärtlich und lang. Dann löst er sich von mir. «Wir sehen uns bei dir – gib mir eine gute Stunde.»

Ich nicke. «Ich warte auf dich.»

Dann setzt er noch einmal sein sexy Lächeln auf. «Ach so ... Soll ich auch meine Handschellen mitbringen?»

«Nicht übertreiben, Officer Asher», erwidere ich mit strengem Blick.

Bevor ich durch die Tür gehe, zwinkert er mir noch einmal zu. «Niemals, Miss Hendricks. Ich will doch nicht schon wieder nachsitzen.»

KAPITEL 17
Abschluss und Anfang

FÜR VIELE ist ein Date ein Essen. Oder ein Kinobesuch. Unser erstes offizielles Date ist ein richtig langer Spaziergang.

«Findest du es eigentlich zu klischeemäßig, fürs erste Date zum Hafen zu fahren?», fragt Smith, als wir am Baltimore Aquarium um die Ecke biegen. Wir bleiben kurz stehen, um uns die Boote anzusehen, die sanft an ihren Liegeplätzen im Wasser schaukeln.

Ich lächele ihn kopfschüttelnd an. «Nein. Gar nicht.»

Smiths Mundwinkel zuckt nach oben. «Mist. Und ich wollte dir hier einen Abend bieten, der literarischen Maßstäben genügt. Mit Spaziergang am Wasser, Küssen im Mondschein dem ganzen Bullshit.» Er legt seine Hände um meine Taille und zieht mich an sich.

Ich lache. «Ehrlich gesagt weiß ich nicht, ob das Wort ‹Bullshit› in romantischen Romanen vorkommt ...»

Er zuckt mit den Schultern, immer noch lächelnd. «Dann sieht es wohl so aus, als würden wir die Form sprengen.»

Ich grinse zu ihm auf. «So sieht es dann wohl aus.»

Ich stelle mich auf Zehenspitzen und küsse Smith Asher – in aller Öffentlichkeit. Es fühlt sich an wie im Märchen.

«So, und jetzt? Irgendwelche Wünsche?» Smiths Stimme klingt ein wenig rau, und um seine Mundwinkel spielt ein kleines sexy Lächeln.

Ich tue so, als wüsste ich auch nicht recht, aber meine Wangen werden verräterisch rot. Gut, dass es schon fast dunkel ist. «Soll ich ehrlich sein?»

«Na klar.»

«Ich hätte Lust, zurück in meine Wohnung zu fahren», antworte ich und nestele am Riemen meiner Handtasche herum. Smith zieht mich wieder in seine Arme.

«Dein Wunsch ist mir Befehl.»

Während der Fahrt zu meiner Wohnung sprechen wir wenig. Im Radio dudelt leise Musik, aber die höre ich gar nicht. Für meinen Körper, für meine Sinne existiert nur Smith. Als wir schließlich da sind und geparkt haben, bin ich so heiß, dass ich jeden Moment in Flammen aufgehen könnte. Er steigt aus und kommt auf die Beifahrerseite des Pick-ups, um mir die Tür aufzuhalten. Ich gleite vom Sitz, und kaum stehe ich, drückt er mich ans Auto und stützt seine Arme links und rechts von mir an die Tür.

«Damit das ganz klar ist, Hyacinth Hendricks: Ich habe die felsenfeste Absicht, die ganze Nacht hierzubleiben. Und du wirst nicht schlafen, solange ich hier bin. Ich habe vor, alles, aber auch wirklich alles mit dir zu machen, was mir einfällt. Über dir, unter dir, hinter dir – alles.»

Smith folgt mit einem Finger dem tiefen V-Ausschnitt

meines Kleids und hält schließlich knapp über meinen Brüsten inne.

«Bevor wir raufgehen», schnurrt er und beugt sich näher an mein Ohr, «will ich sicher sein, dass wir uns da einig sind.»

Ich schlucke und lecke mir über die Lippen.

«Geh vor.» Sein Grinsen reicht von einem Ohr zum anderen, als er sich aufrichtet, um mir in die Augen zu sehen. «Weißt du was? Nirgendwo auf der Welt wäre ich jetzt lieber als hier bei dir.»

Und das glaube ich ihm. Smith hat mir so viel, wie er eben kann und darf, über seinen Job verraten. Er hat mir erzählt, wie es war, mit Eric aufzuwachsen, und wie er immer wie sein Bruder sein wollte. Und er hat mir erklärt, wie es ist, verdeckt zu arbeiten und dass er so tun musste, als würde er die Schule hinschmeißen, damit JD ihm wirklich vertraute.

«Ich musste sein wie er», hat er mir erzählt. «Und das war das Schwerste. Nach dem, was er dir angetan hat, wollte ich ihm jedes Mal, wenn ich ihn gesehen habe, eigentlich nur noch die beschissene Fresse polieren.»

Aber jetzt denkt keiner von uns an JD Fenton oder Undercover-Operationen, jetzt gibt es nur uns beide. Ich steige die Stufen zu meiner Etage hoch und spüre dabei seinen gierigen Blick auf mir. Er törnt mich wahnsinnig an. Nur noch ein paar Meter bis zur Wohnung, wo ich mir die Klamotten vom Leib reißen werde.

Aber es kommt anders. Kaum habe ich die Tür aufgeschlossen und geöffnet, bleibe ich wie angewurzelt stehen.

Das kann nicht sein.

Überall sind Hyazinthen.

Sie blühen in Töpfen in der Küchendurchreiche. Im Wohnzimmer stehen sie in Gläsern und Vasen. Selbst neben der Wohnungstür steht eine kleine Pflanze.

Sprachlos sehe ich ihn an. «Du warst das?»

Er hebt die Schultern. «Ja, mit Carsons Hilfe.»

Ich drehe mich langsam um die eigene Achse und nehme alles in mich auf – jede Blüte, jeden Stiel. Fast kommen mir die Tränen.

«Zu viel des Guten?»

Ich schaue ihn über die Schulter an. Er wirkt verunsichert. Schnell schüttele ich den Kopf. «Spinnst du?» Ich gehe zu ihm und schlinge meine Arme um seine Taille. Er zieht mich an sich.

Einen langen Augenblick stehen wir einfach nur da und umarmen uns, atmen gemeinsam den frühlingshaften Blumenduft ein.

«Es ist perfekt», sage ich schließlich mit gedämpfter Stimme, da mein Gesicht in seinem Hemd vergraben ist. «*Du* bist perfekt.»

Er lacht leise und sieht mir in die Augen. «Nicht mal annähernd, Baby. Aber für dich würde ich es gern sein.»

Dann küsst er mich auf den Mund. Ich schiebe meine Hände an seinem Rücken nach oben und umfasse seine Schultern. Sofort spannen sich seine Muskeln an. Ich seufze verzückt an seinen Lippen.

Smith gibt ein leises Stöhnen von sich und vertieft seine Küsse – ein köstlicher Vorgeschmack auf die Nacht, die vor uns liegt. Seine Zunge neckt meine Lippen, verschafft sich Einlass und erobert meinen Mund. Fest drücke ich mich an ihn, reibe mich an ihm. Meine Brüste fühlen sich dabei voll und schwer an.

Dann wandert er mit seinen Küssen zu meinem Hals. Ich lege den Kopf in den Nacken, um ihm mehr Haut zu bieten, an der er mal knabbert, dann wieder leckt und zart saugt. Währenddessen gleiten seine Hände nach unten, über meinen Bauch zu den Schenkeln, wo sie den hauchdünnen Stoff meines Kleids packen. Sekunden später hat er es mir über den Kopf gezogen, und ich stehe nur noch im schwarzen BH und schwarzen Höschen in meinem Wohnzimmer.

«Fuck», entfährt es Smith leise, während sein Blick über meinen Körper gleitet.

Ja, genau das sollten wir tun.

Ehe ich mich versehe, haben seine Lippen meine Brüste gefunden und liebkosen sie knapp über dem BH, während ich seine nackte Schulter küsse. Mit den Zähnen fahre ich sanft an einer besonders kräftigen Halssehne entlang. Smith stöhnt auf. Dann verharrt er kurz, seine Augen dunkel vor Begierde, bevor er mich an den Hüften hochhebt. Ohne auch nur eine Sekunde zu zögern, schlinge ich meine Beine um ihn.

Am Bett angelangt, wirft er mich in die Mitte der Matratze. Ich will lachen, aber sein Ausdruck ist so ungestüm wild, so voll Begierde, dass ich mir nur über die Lippen lecke. Er reißt sich das halboffene Hemd über den Kopf und öffnet den Knopf seiner Uniformhose. Den Reißverschluss übernehme ich für ihn.

Dann legt sich Smith auf mich, mit ganzem Gewicht, wie ich es mag. Nackte Haut auf nackter Haut. Ich umgreife mit beiden Händen seinen Nacken, um seinen Mund auf meinen zu ziehen. Aber Smith umfasst fest meine Handgelenke und presst sie rechts und links von meinem Kopf ins Kissen.

«Ich finde, du hast jetzt genug *deinen* Willen gehabt», raunt er, während er mit dem Mund an meinem Kiefer entlangstreicht. «Jetzt übernehme ich mal den Unterricht.»

Eine meiner Augenbrauen schnellt in die Höhe. «Ach, wirklich?»

«Ja. Ach, wirklich.»

Und dann hebt er mich ohne Vorwarnung an, dreht mich auf den Bauch und legt sich wieder auf mich. Sein harter Schwanz presst sich in mein Kreuz.

«Kommen wir», flüstert er, «zur ersten Lektion, Miss Hendricks.» Dabei legt er mir die Hände im Nacken zusammen und verschränkt seine Finger mit meinen.

«Und was lerne ich heute?», frage ich halb ins Kissen.

Smith lacht leise. «Stillliegen. Komme, was wolle.»

Ich setze zu einer sarkastischen Bemerkung an, aber die löst sich in Luft auf, als ich seine Zunge auf meiner Haut spüre. Gänsehaut überläuft mich, ich zittere beinah.

«Es ist doch so», fährt Smith fort und gibt mir auf jedes Schulterblatt einen Kuss. «Ich finde, unsere Beziehung muss gleichberechtigter werden. Als meine Lehrerin hattest bislang nur du das Sagen.»

«Ich war aber nie wirklich deine Lehrerin», murmele ich.

«Das wusstest *du* ja nicht.»

Smith lässt seinen Mund an meinem Rücken nach unten gleiten, leckt über meine Haut, die so unglaublich empfindlich ist. Knapp über meinem Hintern verharrt er. Der Drang, mich zu winden, ist fast nicht zu bändigen. Smith scheint das zu merken, denn er lässt meine Hände los und fixiert stattdessen meine Hüfte, indem er sie in die Matratze drückt.

«Hast du die Regel schon vergessen?», ermahnt er mich und zwickt mich leicht mit den Lippen. «Du sollst tun, was ich sage, und dich nicht bewegen.»

Normalerweise würden sich mir bei dieser Art von Anweisung die Nackenhaare sträuben, aber aus Smiths Mund klingt es einfach nur heiß.

Smiths Hände wandern jetzt weiter abwärts, von den Hüften zu meinen Arschbacken. Er legt von unten die Hände darum, als wolle er ihr Gewicht prüfen, dann gleiten seine Hände weiter nach innen. Sanft öffnet er mich etwas, schnalzt mit der Zunge.

«Wow, so feucht schon. Unglaublich, wie schnell das bei dir geht. Ich befürchte, wenn ich dich jetzt berühre, ist es viel zu schnell vorbei.»

«Nein, ist es nicht.» Ich hoffe, meine Stimme klingt in seinen Ohren weniger verzweifelt als in meinen. Ich höre förmlich das Grinsen in seiner Stimme, als er weiterspricht.

«Hast du schon wieder vergessen, dass du stillhalten sollst, Baby?»

Er öffnet mich mit den Daumen noch ein bisschen weiter, dann lässt er sic zwischen meine Schamlippen gleiten, die nass und bereit für ihn sind.

«Gott, Hyacinth.» Smith dreht die eine Hand etwas und gleitet mit einem Finger in mich hinein. Ich bäume mich auf, kann nicht anders. Das Gefühl ist so intensiv, als hätte er mich noch nie zuvor berührt.

«Magst du das, Baby, ja? Magst du es, wenn ich dich mit dem Finger ficke?»

Ich bejahe die Frage mit einem erstickten Geräusch. Smiths Dirty Talk ist geiler als alles, was ich je gehört habe.

«Sag mir, was ich mit dir machen soll.»

Meine Zunge kann kaum noch Worte formen. Vor Geilheit ist meine Stimme nicht mehr als ein Krächzen; ich erkenne sie kaum wieder. «Fick mich. Bitte. Fick mich.»

«Warum?»

Smiths Frage hüpft ziellos in meinem Gehirn umher, als Smith noch einen zweiten Finger in mich hineinsteckt und das Tempo steigert.

Ich rase dem Höhepunkt entgegen. «Weil ich es brauche.»

«Weil du was brauchst?»

Ich kann kaum antworten, so trocken ist mein Mund. «Ich brauche dich.»

Plötzlich sind seine Finger weg – ich könnte schreien vor Frust. Ich will mich umdrehen, aber er stemmt mir seine Hand ins Kreuz und hält mich fest.

«Sei ein braves Mädchen, Hyacinth», zischt er, sein Mund ganz nah an meinem Ohr. «Vielleicht bekommst du dann sogar ein Fleißsternchen.»

Mit diesen Worten dringt er von hinten in mich ein. Langsam, aber bestimmt. Als ich merke, dass er gleich darauf wieder zurückgleitet, versuche ich, ihn mit meiner Möse festzuhalten, aber keine Chance, er entzieht sich mir. Dann umgreift er meine Knöchel und schiebt meine Beine nach vorne. Meine Knie beugen sich ganz automatisch, wodurch mein Arsch steil in die Luft ragt. Gerade will ich protestieren, da dringt er wieder in mich ein.

«Herrgott, bist du eng.»

Smith zieht sich etwas zurück und stößt dann umso kräftiger zu. Unwillkürlich drücke ich den Rücken durch und stoße einen heulenden Laut aus, den ich aus meinem Mund noch nie gehört habe.

«Ja», keuche ich gepresst, als seine Stöße schneller und rhythmischer werden.

«Gefällt dir das, Baby?»

Ich kann nur noch nicken, so sehr erregt mich sein Schwanz, der mich ausfüllt und dann wieder nicht, in immer schnellerem Wechsel. Meine Hände krallen sich ins Laken, meine Zehen krampfen sich zusammen. Das Geräusch unserer aufeinanderklatschenden Körper und das Gefühl von feuchter Haut auf feuchter Haut machen mich endgültig wild. Diese Reibung zwischen unseren Körpern – innen wie außen – ist überirdisch. Mehr noch, sie ist notwendig. Ich brauche Smiths Stöße, ich brauche sie mehr als den nächsten Atemzug.

Smith fasst mich mit den Händen an der Hüfte, und als er sich das nächste Mal zurückzieht, dreht er mich auf den Rücken. Jetzt kann ich ihn wieder sehen – wie kann der Mann nur so gut gebaut sein? Sein Haar ist zerzaust, sein Blick vor Verlangen fast glasig. Ich beiße mir fest auf die Unterlippe, und prompt werden seine Augen noch eine Schattierung dunkler.

«Sie wissen, was das mit mir macht, Miss Hendricks», sagt er, seine Stimme tief und belegt. «Ich muss Sie womöglich nachsitzen lassen.»

Er gleitet wieder in mich, hakt seine Arme um meine Knie und spreizt meine Beine. Bei jedem anderen Mann wäre es mir peinlich, so entblößt und offen vor ihm zu liegen, aber nicht bei Smith. Dafür macht er mich einfach viel zu geil. Meine Lider senken sich flatternd, als sich mein ganzer Unterleib vor Lust zusammenzuziehen scheint.

«Mach es dir selbst.»

Ich reiße die Augen auf und sehe Smith an. «Bitte?»

Er grinst mich diabolisch an. «Mach es dir selbst. Nimm deine Titten in die Hand oder streichel dich unten – Hauptsache, ich darf zusehen.»

Ich öffne den Mund, um zu protestieren, schließe ihn dann aber wieder. Die Wahrheit ist, dass ich ihn anmachen will. Ich *will* es mir machen – für ihn. Ich weiß nicht, ob ich jemals etwas so gewollt habe.

Langsam lasse ich meine Hände zu meinen Brüsten gleiten, umfasse sie von unten und streichele mit den Fingerspitzen meine Nippel. Augenblicklich werden sie noch härter. Ich lecke mir die Lippen. Mein Verlangen nach ihm wird bald unerträglich.

«Du bist so unglaublich sexy, weißt du das?» Smith beugt sich nach vorne und leckt zwischen meinen Fingern über meine Nippel. Stöhnend werfe ich den Kopf zurück. Dann nimmt er eine meiner Brustwarzen zärtlich zwischen die Zähne, bevor er sie ganz in den Mund nimmt, fest daran saugt und sie mit der Zunge gegen den Gaumen drückt. Ich schreie fast auf vor Lust. Dabei ist er die ganze Zeit in mir, stößt vor, zieht sich zurück, das Ganze mit einer Vehemenz, die schmerzhaft wäre, wäre sie nicht so erregend.

«Ich kann's gar nicht abwarten, bis du kommst und deine feuchte Möse sich so geil um meinen Schwanz schließt ...»

Smith vergräbt sein Gesicht an meinem Hals und stößt immer schneller in mich. Ich klammere mich an seine Schultern und versuche, mit ihm mitzuhalten, mich seinen rasenden Stößen entgegenzuschieben. Keine Ahnung, ob es die schnelleren Stöße sind oder seine Worte, aber der Orgasmus, der sich die ganze Zeit schon pulsierend in mir aufgebaut hat, nähert sich plötzlich mit atemberaubendem Tempo und ebensolcher Heftigkeit.

«Ja ...»

Ich stöhne das Wort laut heraus. Sanft beißt Smith mir in den Hals, genau über dem Schlüsselbein. Und das war's – ich komme. Der Orgasmus explodiert in mir, reißt mich davon und schleudert mich ins All. Er ist so intensiv, dass ich mich fast schwerelos fühle. Ein zeitloser, ewiger Moment höchster, reinster Lust. Der noch dadurch versüßt wird, dass Smith im selben Augenblick kommt. Tief in mir spüre ich ihn zucken, sein Körper erzittert.

Dann ist da für einen endlosen Moment nur noch unser Atmen. Zwei Atmende, ein Atem – so klingt es. Auch wenn wir japsen wie zwei erschöpfte Marathonläufer.

Nach ein paar Minuten stützt sich Smith auf und grinst mich an. «Alles gut?»

Ich grinse wie ein Honigkuchenpferd. «Uh, ja. Und ob.»

Er wälzt sich von mir herunter und zieht mich gleich wieder in seinen Arm. Beide starren wir an die Decke. Das Gefühl seiner warmen Haut an meiner ist beruhigend und irgendwie tröstlich. Langsam fallen mir die Augen zu – ich lasse es geschehen. Wann habe ich mich das letzte Mal so zufrieden gefühlt? So vollständig, so ganz?

«Hyacinth?»

«Hm?»

«Kann ich dir was sagen?»

Ich gähne und nicke, ohne die Augen zu öffnen. «Klar.»

Für einen Moment rührt Smith sich nicht, dann streichelt er meine Haare. «Ich glaube, ich bin gerade dabei, mich in dich zu verlieben.»

Ich richte mich etwas auf, um ihn anzusehen. «Ja?»

Er antwortet erst mit einem Nicken, zieht dann aber

die Brauen zusammen. «Wobei – nein. Tut mir leid. Das stimmt nicht.»

Ich fahre hoch und setze mich kerzengerade auf. «Willst du mich verarschen? Welcher Vollidiot sagt einer Frau so etwas und nimmt es dann zurück?»

Grinsend zieht er an meinem Arm. «Komm wieder her und lass mich ausreden.»

Ich funkele ihn an. «Nein.»

«Komm schon, Cyn.» Er streichelt mir über den Arm. Als ich mich nicht rühre, seufzt er.

«Ich wollte sagen, dass ich nicht *dabei bin*, mich in dich zu verlieben, sondern dass ich mich längst verliebt *habe*. Es ist schon passiert.»

Ich blinzele, als wäre ich eben erst aufgewacht. Dann beuge ich mich zu ihm hinab, sodass meine Augen genau vor seinen sind.

«Du liebst mich?», frage ich.

Er nickt. «Ja, das tue ich.»

«Auch wenn ich zu viel getrunken habe und umfalle?», hake ich mit einem Lächeln nach.

«Auch dann.»

«Auch wenn ich völlig gestresst am Rande des Nervenzusammenbruchs stehe?»

«Dann auch.»

«Auch wenn ich ...»

«Stopp», unterbricht er mich, indem er mir einen Finger auf den Mund legt. «Ich liebe dich. Mit allen Macken und Eigenheiten. Egal, ob du gerade durchgeknallt, süß, stinkwütend oder einfach nur brillant bist. Ich liebe alles an dir. Ich liebe alles, was du bist, mit allem, was ich bin.»

Ich neige den Kopf und küsse seine Fingerspitze. «Das ist gut.»

Smith sieht mich fragend an. «Ja? Wieso?»

«Weil», antworte ich ganz leise und hauche einen Kuss auf seinen Mund, «ich dich auch liebe.»

Smiths Lächeln hat mir von Anfang an mehr als nur gefallen, aber so, wie er jetzt lächelt, zieht es mir den Boden unter den Füßen weg. Er legt mich auf den Rücken und senkt sich langsam auf mich. Als er mich küsst, spüre ich seinen Herzschlag an meiner Brust. Sein Herz schlägt wild und schnell, und ich weiß, dass meins gerade dasselbe tut.

«Also, was machen wir jetzt?», fragt er und nibbelt erst an meinem Ohrläppchen, dann an meinem Hals.

Ich erschauere. «Vielleicht ein Brettspiel? Oder Karten?»

«Nö.» Er schüttelt den Kopf. «Keine Spiele.»

Ich ziehe einen Schmollmund. «Keine Spiele? Heißt das, kein Verkleiden mehr?»

Seine Pupillen weiten sich minimal. «Was? Jetzt sag mir nicht, du hast den Schrank voll sexy Dessous, die du mir noch nicht gezeigt hast.»

Ich lache auf. «Eigentlich meinte ich deine Uniform.»

Er zieht eine Augenbraue nach oben. «Ach, tatsächlich?»

Ich zupfe achselzuckend an der Decke herum. «Ich meine, wir müssen das nicht mehr machen, wenn du nicht willst ... Ich dachte nur, wir könnten ein bisschen mehr Spaß damit haben.»

Sein Blick brennt sich in meine Augen. Wieder das diabolische Lächeln. «Beinhaltet dieser Spaß auch Handschellen?»

«Weiß nicht – habe ich denn etwas Schlimmes getan?»

Smith antwortet mit einem tiefen Kuss. Dann hebt er den Kopf und sieht mir in die Augen. «Manchmal nimmt die Polizei versehentlich auch die Guten fest.»

«Ach, und ich bin eine von den Guten?»

Er grinst mich an und legt dann seine Stirn an meine. «Hyacinth Hendricks, du bist das Beste, was mir je passiert ist.»

Und schon gleiten seine Hände wieder über meinen Körper, presst sich sein Mund auf meine Lippen. Den Rest der Nacht verbringe ich damit, ihm zu beweisen, dass er recht hat. Dass das etwas Gutes ist. Mit uns, in diesem Bett, in dieser Wohnung. Wir lieben uns die ganze Nacht hindurch.

*

«Auf Rainey und Hyacinth!», jubelt Carson.

Ich hebe das Glas und stoße mit ihr an. Dann trinke ich einen Schluck Champagner. Sie strahlt, und ihr Lächeln ist echt, das weiß ich. Auch wenn ich mich schrecklich fühle, weil sie heute nicht mit uns auf der Bühne stehen konnte, habe ich das Gefühl, dass sie langsam ihren Frieden mit dem Entschluss macht, die Masterprüfungen noch hinauszuschieben.

«Auf dich!», stimmt Dad ein und drückt meine Schulter. «Ich kann gar nicht glauben, dass meine Prinzessin jetzt einen Uniabschluss hat.»

Er schnieft leise, und Wyatt verdreht die Augen. «Bitte, Gary, jetzt nicht die Schleusen öffnen.»

Dad nuschelt irgendwas Unverständliches, was nicht sehr freundlich klingt. Ich schüttele nur den Kopf über die beiden. Mittlerweile tun mir regelrecht die Backen weh vom vielen Lächeln. Ich greife erneut nach meinem Champagnerglas, als mir eine Hand über den nackten Arm streicht. «Hey. Tut mir leid, dass ich zu spät bin.»

Ich wende mich lächelnd zu Smith und hebe den Kopf, um ihn zu küssen. Kurz zuckt Smiths Blick hinüber zu Dad, dann kommt er meinem Wunsch nach. Sein Kuss fällt allerdings eher wie ein keusches Küsschen aus. Etwas beleidigt verziehe ich den Mund.

Er setzt sich auf den Stuhl neben mir. «Was?», sagt er schulterzuckend. «Dein Dad ist hier. Da werde ich dich wohl kaum in aller Öffentlichkeit antatschen.»

Gleichzeitig verschwindet seine Hand unter dem Tisch. Eine Sekunde später liegt sie auf meinem Oberschenkel und schiebt sich unter meinen Rock.

«Jedenfalls nicht so, dass er es mitbekommt», ergänzt er mit gesenkter Stimme.

Mit entschiedenem Griff stoppe ich seine Hand. Er grinst und lässt sie zurück zu meinem Knie gleiten. Ich weiß nicht, ob ich erleichtert oder enttäuscht sein soll.

«Hey, das Essen kommt», ruft Carson, als der Kellner ein großes Tablett mit Burgern und Pommes auf den Tisch stellt.

Es war nicht ganz leicht, Rainey davon zu überzeugen, unseren Abschluss im Dino's zu feiern, aber nachdem ich ihr versichert hatte, dass es dort Champagner gäbe, war sie dabei. Genau genommen ist es Schaumwein, der wahrscheinlich aus Detroit oder Alabama kommt, aber wen interessiert das. Hauptsache, er perlt. Rainey scheint er jedenfalls zu schmecken, sie hat schon gute Fortschritte mit ihrem zweiten Glas gemacht.

Als alle essen, lasse ich meinen Blick über unsere kleine Gesellschaft schweifen, und unwillkürlich muss ich wieder lächeln. Dad und Wyatt schaufeln Fritten in sich rein und diskutieren die Vorzüge von Mikrobrauereien. Carson kichert über Rainey, die ihren Burger erst zerlegt, um ihn dann, einem nur ihr bekannten Plan folgend, neu zusammenzusetzen. Wyatt und Carson haben heute Abend noch nicht besonders viel miteinander geredet, aber sie hat mir erzählt, dass Wyatt sie angerufen und ein Treffen für nächste Woche mit ihr vereinbart hat. Das heißt dann wohl, dass er seine Vorbehalte überwunden hat oder sie zumindest ignorieren will.

«Ich bin so stolz auf dich», sagt Dad und lächelt mich breit an. Er schüttelt den Kopf und blickt dann zu Smith. «Und ich kann immer noch nicht glauben, dass du ein Cop bist.»

Smith grinst. «Schuldig im Sinne der Anklage.»

Dad lacht leise. «Sind alle bei euch in der Familie Polizisten, oder seid nur ihr, du und dein Bruder, masochistisch veranlagt und steht auf diese unterbezahlte Drecksarbeit?»

«Dad!», zischele ich. «Sei nicht so unhöflich!»

Aber Smith legt mir einen Arm um die Schulter und drückt mich kurz. «Lass nur, er hat ja recht. Nein, sonst ist keiner in meiner Familie Polizist, aber mein Bruder und ich haben tatsächlich viel gemeinsam. Als wir klein waren, hatten unsere beiden Väter so ihre Probleme mit der Polizei. Wahrscheinlich wollen wir da was wiedergutmachen.»

Dad nickt anerkennend. «Da hast du dir einen guten Mann geangelt, Cyn. Den würde ich nicht wieder gehen lassen, wenn ich du wäre.»

Errötend schaue ich Smith an. Er lächelt, und unter dem Tisch wandert seine Hand schon wieder meinen Schenkel hoch.

«Keine Angst, Dad», gebe ich zurück. «Ich werde ihn festhalten, so lange er mich lässt.»

Smith lehnt sich zu mir herüber und streift mit seinem Mund absichtlich mein Ohrläppchen. «Dann stell dich besser darauf ein, dass es für immer ist.»

Danksagung

MICH AN einen Liebesroman zu wagen war für mich so natürlich wie atmen. Trotzdem wäre dieses Buch ohne viele, viele andere Menschen nicht zustande gekommen.

Danke an:

Zuallererst alle Leser und Blogger und Buchliebhaber – ich schulde euch eine dicke Umarmung und jede Menge Cookies. Es ist gut, euch auf meiner Seite zu wissen.

Suzie Townsend. Meine Agentin. Lesepäpstin. Krass und durch nichts aufzuhalten. Ich stehe mehr als nur in deiner Schuld. Du bist der wichtigste Grund, dass ich dieses verrückte Leben als Schreiberling führen kann.

Meine Lektorin, Christina Brower, und alle anderen bei InterMix. Leute kennenzulernen, die Cyn und Smith genauso lieben wie ich, war nicht nur bereichernd – es war überwältigend.

Die Riege meiner Mit-Schreiber, darunter, aber nicht ausschließlich, The Lucky 13s, Binder of YA Writers, der Pub-Hub-Blog. Dahlia Adler – eine Frau, die rockt, und eine wundervolle Freundin. Danke für deine Unterstützung – du hilfst mir, den Verstand nicht zu verlieren.

Meine Familie, besonders meine Eltern. Danke für euer Verständnis, wenn ich oft plötzlich still werde und aus dem Zimmer schleiche. Manchmal sind die Figuren einfach zu laut, um sie zu ignorieren.

Meine Mädels, Katie und Carly, die fast genauso aufgeregt darüber waren, dass ich einen Liebesroman schreiben würde, wie ich. Ich liebe sie für ihre Unterstützung und noch mehr dafür, dass sie mich so nehmen, wie ich bin. Sie stützen mich, wann immer ich sie brauche. Durch sie habe ich gelernt, was echte Freundschaft ist.

Mein Sohn Max. Ich bin überglücklich, ein Teil deines Lebens zu sein. Deine Mommy zu sein ist viel, viel cooler als alles andere.

Und schließlich ist dieses Buch für Josh. Auf jede nur erdenkliche Weise. Ohne unsere Liebesgeschichte könnte ich nicht über die Liebesgeschichten anderer schreiben. Ich liebe alles, was du bist, mit allem, was ich bin.

MIX
Papier aus verantwortungsvollen Quellen
FSC® C083411

Das für dieses Buch verwendete Papier ist FSC®-zertifiziert.